Unter dem Pseudonym May Brooke Aweley wagte die neugierige Berlinerin den Sprung von schicksalhaften Geschichten in die Welt der Thriller. Seit ihrer Jugend ist sie dem Ruf ihrer Passion zum Schreiben gefolgt. Ihre Bücher stürmten in kürzester Zeit die E-Book-Bestsellerlisten.

May B. Aweley pendelt zwischen ihrer Wahlheimat Berlin und einer idyllischen Kleinstadt in Niedersachsen, wo sie sich mit ihrer Familie von den Inspirationen der Großstadt zum Schreiben zurückziehen kann.

Weitere Titel der Autorin:

Puppenbraut
Existenzlos
Der Angstheiler
Erlöse uns
Erinnerung aus Glas
Trau. Ihr. Nicht
Titel in der Regel auch als E-Book erhältlich.

Abigail Moore, eine junge Studentin, wurde bestialisch ermordet und am Straßenrand abgelegt. Eigentlich erscheint der Fall dem FBI-Team schnell nachvollziehbar, doch sie treffen auf einen Serientäter, dessen Spieltrieb ein weiteres Opfer fordert.

Diesmal hat es der Mörder auf Sophie Pritchard abgesehen, die einzige Nichte von Dr. Goseburn, einem der Ermittler des Teams.

Doch dem Täter geht es nicht darum, Sophies junges Leben auszulöschen. Sein Anliegen ist Teil eines perfiden Spiels...

May B. Aweley

Lauf, Sophie

Thriller

Impressum

Bibliografische Information der Deutschen Nationalbibliothek:
Die Deutsche Nationalbibliothek verzeichnet diese Publikation in der Deutschen Nationalbibliografie; detaillierte bibliografische Daten sind im Internet über http://dnb.dnb.de abrufbar.

Lektorat & Korrektorat: Elke Krüßmann, Sabine Steck & Aaron K. Archer
Covergestaltung: Sabine Zindler &Aaron K. Archer

Bilderrechte © vasi_100 & Edenwithin @ Fotolia

Herstellung und Verlag: BoD – Books on Demand, Norderstedt

ISBN: 9783749483976

In Gedenken an meine Oma.
Ich vermisse Dich jeden Tag.

R. I. P.

»Der Mensch ist

kein Gefangener seines Schicksals,

sondern

ein Gefangener seiner Gedanken.«

[Franklin D. Roosevelt]

PROLOG

Während weltweit Millionen Menschen eines natürlichen Todes, an den Folgen des Rauchens oder bei einem Unfall sterben, war das Schicksal von Abigail Moore in jenem Augenblick besiegelt, als er sie sich ausgesucht hatte. Weder eine Zigarette noch der gefürchtete Krebs oder die Unachtsamkeit eines Autofahrers würden ihren wunderschönen jungen Körper dahinraffen. Sie würde aufgrund eines perfiden Zufalls sterben. Vielleicht war es ein grausamer Scherz oder eine üble Laune unserer brutalen Welt ... Möglicherweise einfach nur die wertfreie, fatalistische Bestimmung, dass gerade er Abigails Wege kreuzte. Doch es war nicht mehr wichtig.

Wichtig war, dass sich zu einem gewissen Zeitpunkt der Gottgleiche für sie entschieden hatte. Diese Tatsache konnte niemand mehr ändern.

Mit fast stoischer Ruhe erahnte er derzeit, wie sich die junge Studentin für ihn hübsch machte.

Dass ich mich auch von dem Plan abbringen ließ, eine Kamera im Bad anzubringen, war ein großer Fehler, dachte er verärgert. Plötzlich tauchte doch noch eine schwer zu bremsende Nervosität in ihm auf. In Erwartung von Abigails nacktem Körper auf seinem Bildschirm mit der gestochen scharfen Auflösung leckte er sich die Lippen. *Beim zweiten Mal lasse ich mir nicht von dem Alten vorschreiben, was zu tun ist! Denn ICH bin der Gott! Nicht der alte Mann!* Die Vorstellung seiner Macht über Leben und Tod erregte ihn zutiefst.

In vielerlei Hinsicht war diese Frau, deren Teil ihres Lebens er unbemerkt geworden war, etwas Besonderes. *Du bist mein erstes Mädchen. Darum werde ich ganz behutsam mit dir sein!,* versprach er, als das Geräusch des fließenden Wassers in Abigails Dusche verstummte.

Der Mann am Bildschirm hatte viel Glück. Abigail war nicht besonders schüchtern. Es machte ihr offensichtlich nichts aus, möglicherweise von den Nachbarn des gegenüberliegenden Wohnblocks gesehen zu werden.

Eiligen Schrittes betrat Abigail tatsächlich nackt das Wohnzimmer ihrer winzigen Studentenbleibe, die sie in Chelsea, einem Stadtteil von Manhattan in New York City, bewohnte. Von nun an würde er jeden ihrer Schritte verfolgen können. Diese Vorstellung erfreute ihn.

Die versteckte Kamera war so gut, dass der Beobachtende selbst den Wassertropfen folgen konnte, die sich an den Erhebungen ihres nachlässig abgetrockneten Körpers stauten. Beinahe neidisch beobachtete er, wie das Wasser Stellen an ihr berührte, die er nur am Bildschirm nachzeichnen konnte. *Nicht mehr lange, und ich werde diese Stellen berühren. So, dass du in Todesangst schreist. Doch ich lasse mir Zeit.*

Widerwillig schaute er auf die Uhr an seinem Handgelenk. In einer Stunde war er mit Abigail verabredet. Für einen Mann eine lange Zeit, sich zum Ausgehen vorzubereiten. Eine Fülle von Bildern schoss in seine Gedanken. Ideen, was er mit ihr anstellen würde, bevor das Lebenslicht endgültig aus ihren Augen verschwand. Die Vorstellung, die Person zu sein, die Abigail bis zu ihrem erbitterten Todeskampf begleitete, war jede Gefahr wert, in die er sich begeben hatte. Dabei hätte ihn vor ein paar Tagen beinahe der Nachbar bei der Installation der Kamera erwischt. Aber nur beinahe.

Abigails Anblick war einfach perfekt. Ihre helle Haut bildete eine wie selbstverständlich wirkende Ergänzung zu ihrem rötlichen, schulterlangen Haar, das sie zu einem lässigen Dutt zusammengefasst hatte. Zahlreiche Sommersprossen, die neckisch auf ihren Schultern und im Gesicht verteilt waren, wirkten keinesfalls aufdringlich. Sie verliehen ihr eine sanfte, verletzliche Jugendlichkeit. Wenn er anders wäre, hätte er sich in diesem Augenblick in sie verliebt. Und nicht mit der linken Hand unbeteiligt nach einem Glas Wasser gegriffen.

Als Kind musste Abigail sehr sportlich gewesen sein, denn ihre Oberschenkel schienen bei jeder Bewegung fester zu werden, als man es bei mäßig durchgeführter sportlicher Betätigung erwarten würde. Und seine Beobachtungen waren gründlich gewesen. Mit der Zufriedenheit eines Bauern auf einem Viehmarkt, der einer erstklassigen Stute ins Maul schaut, registrierte er, wie sich beim Gehen die leichte Behaarung im Schambereich offenbarte. Um im nächsten Augenblick festzustellen, dass sich die kurze Show gleich dem Ende zuneigen würde. Abigail schritt hastig zu ihrem Schrank, um die passende Garderobe für den heutigen Abend zu wählen. Ihre Brüste wirkten aus der seitlichen Perspektive am Schrank eher unnatürlich groß für die schmale Figur, fand der Beobachter. *Ein Jammer, dass ich der letzte Mann sein werde, der die Dinger zu sehen bekommt.* Er lachte auf: *außer dem Pathologen natürlich!*

Oh nein, nicht die rote Unterwäsche! Nimm lieber etwas Weißes, flehte er sie in Gedanken an. So einen großen Kontrast zwischen dem Hautton und der Farbe der Unterwäsche mochte er überhaupt nicht. Doch sie widersetzte sich seinen Gedanken. Sie wählte rot - wie die Farbe des Blutes. *Die Rebellinnen können sich wenigstens besser zu Wehr setzen!,* dachte er und spürte, wie es ihn erregte. *Bitte, dann wenigstens ein hübsches Kleid. So eins wie gestern in der Bibliothek ...* Abigail griff zu Jeans und einem hellen T-Shirt, streifte beides über ihren Körper und richtete ihre Schritte ins Badezimmer zurück. Der Beobachter seufzte frustriert. *Nie tun die Weiber das, was Männer an ihnen aufregend finden. Warum nur? Warum wollen sie es mir immer verderben?*

Noch genau dreißig Minuten bis zur Verabredung. Wenn er Abigail unterwegs überraschen wollte, indem er sie noch vor der Bibliothek abfing, musste er sich langsam beeilen.

Dabei war seine Masche so ausgelutscht und alt. Einem Mädchen nachstellen, es auf öffentlichen, wenig überwachten Plätzen ansprechen und so tun, als hätten sie gemeinsam ein Fach studiert. Für Vertrauen sorgen, indem er ihnen zuhörte. Und um alles in der Welt vermeiden, gesehen zu werden. Nach einem zweiten, dritten Mal lud er sie zum gemeinsamen Lernen in die »sichere« und von anderen Studenten belagerte Stadtbücherei oder einen anderen öffentlichen Ort ein. Wenn junge Studentinnen dann von einem attraktiven, ihnen eigentlich fremden Kommilitonen, bei dem nicht mal der Hauch einer Chance bestand, ihn in überfüllten Vorlesesälen zu treffen, mit einem Cabrio mitgenommen wurden, ließen sämtliche Warnsysteme im Kopf nach. Das Überraschungsmoment war auf seiner Seite. Die Mädels lächelten, während er ihnen aus einem gemeinsam besuchten Lokal half. Die K.-O.-Tropfen in ihrem Getränk beseitigten alle Erinnerungen an diesen Tag - einschließlich der gelegentlich polizeilich festgestellten Vergewaltigung. Bisher hatte er jedoch noch keine von ihnen in den Tod geschickt.

Für ihn endeten solche Eskapaden dann in leicht betrunkenem Zustand an abgelegenen Orten, wo er nach der Vergewaltigung mit irgendwelchen umherstehenden Gegenständen eine Erektion bekam. Und das, wenn er nur daran dachte, was er mit dieser Frau alles anstellen würde, wenn er in nüchternem Zustand mehr Gewalt über sie hätte ... Wenn er in ihren Augen pure Todesangst ablesen könnte ... Wenn sie ihn um ihr Leben anbettelte, obwohl er sie bereits dem Tode geweiht hatte ... Doch seine Fantasie real auszuleben hatte er sich bisher noch nicht getraut. Abigail Moore war von ihm zu seiner ersten Prüfung vor seinem Meister auserkoren worden.

Und dennoch. Sein nächstes Mädchen sollte es schwerer haben ... *Sobald ich die Hütte im Wald nach meinen Träumen ausgebaut habe, werden meine Kindheitsfantasien wahr. Jede von ihnen werde ich wie ein Reh im Wald jagen ... Sie werden alle sterben. In dem Wissen, dass sie von Anfang an keine Chance zum Überleben hatten ...*

Kapitel 1

Eine Woche später ...
Montag, 22.06.2015
Wohnung von Angel Davis

Das Licht der aufgehenden Sonne drang durch einen kleinen Spalt ins Schlafzimmer von Angel Davis. Seine Reflektion an der Wand des geweißten Zimmers verteilte es so reichlich im Raum, dass Scott Goodwin Schwierigkeiten hatte, in seinen Schlaf zurückzufinden. In seinem kleinen Appartement war er deutlich strenger mit der Nachtruhe. Die ließ er sich einfach nicht nehmen. Mit einem Blick auf den Wecker, den er auf sieben Uhr gestellt hatte, gab er seine Einschlafversuche auf.

Es bliebe mir maximal eine halbe Stunde tatsächliche Schlafzeit, wenn es schnell klappt ... Das lohnt sich kaum. Dann besser noch ein wenig herumliegen, überlegte er geistesabwesend. Scott nahm Angels Arm von seiner Hüfte herunter, um sich behutsam an ihren Körper zu legen.

Die FBI-Agentin drehte sich im Tiefschlaf seufzend zu Scott um. *Sie wirkt so zerbrechlich,* dachte er und verfolgte mit seinem Blick die zarten Formen ihres Gesichts. Ihre Stupsnase verlieh ihr etwas Freches. Ungeschminkt wirkte Angel auch im wachen Zustand deutlich jünger als ihre biologischen 36 Jahre. Mit der schlanken Figur würde sie zur Not als Zwanzigjährige durchgehen, was besonders bei den 'bösen Jungs' im Verhör starke Beschützerinstinkte weckte. Nicht anders bei ihrem Vorgesetzten, Scott, der neben der Tatsache, dass er gelegentlich ihr Bett teilte, neun Jahre älter als sein weiblicher Protegé war.

Wie wunderschön du eigentlich bist, ahnst du vermutlich gar nicht ..., dachte er und verspürte ein aufsteigendes Glücksgefühl. Niemals hätte er erwartet, dass sein Herz noch im mittleren Alter und nach einer gescheiterten Ehe zu derart unsinnigen Emotionen fähig sein würde. Streckenweise fühlte er sich wie sein fünfzehnjähriger Sohn William, wenn sie auch die Anzahl der Pickel voneinander unterschied: voller Zweifel über die Berechtigung seines Daseins auf der Erde und gleichzeitig hin- und hergerissen zwischen dem Wunsch nach Freiheit und der Gewissheit seiner Verpflichtungen. *Es ist nicht zu glauben! Doch ich vergleiche mich gerade mit einem pubertierenden Teenager. Was machst du bloß mit mir, Angie?*

»Woran denkst du gerade?«, hörte er sie sagen. Als hätte Angel seine Gedanken lesen können.

Scott schmunzelte. »An dich. An uns. Daran, dass wir es vor dem Team verheimlichen ...«

Ein trauriges Maunzen drang durch die Tür zum Schlafzimmer. Angel streckte sich, ohne etwas zu entgegnen, und ließ den Kater hinein. Mittlerweile begriff das Tier, dass es den Anspruch auf sein Frauchen mit dem ungebetenen Mann teilen musste, was gelegentlich mit einem Fauchen quittiert wurde. Doch auch Angel verschaffte sich mit dem Aufstehen die nötige Zeit, über das akute, doch momentan unangenehme Thema nachzudenken: die vielleicht gemeinsame Zukunft.

Dass die Beziehung von zwei gleichgestellten FBI-Agenten im Team über das Arbeitsverhältnis hinausging, war schon ein schwieriger Aspekt. *Doch dass wir unterschiedliche hierarchische Stellungen haben, wird die Zusammenarbeit deutlich erschweren*, schoss es ihr immer wieder beunruhigend durch den Kopf. *Was wird passieren, wenn künftig Fälle auftauchen, die mein Leben bedrohen? Wird mich dann mein Chef und Liebster vom Dienst abziehen, um mich der Gefahr nicht auszusetzen? Oder bekomme ich doch die Chance, mich zu beweisen?* So oft sie auch darüber nachdachte – zu einem für sie schlüssigen Ergebnis kam sie nicht. Oreo sprintete ins Schlafzimmer, als hätte der Kater Angst, die Tür könnte erneut zugehen. Er legte sich auf die vorgewärmte Bettseite seines Frauchens und zwang Angel damit, sich an Scott anzukuscheln, was sie auch ohne nachzudenken tat. Der Kater schnurrte leise, während seine samtigen Pfoten den Milchtritt an der weichen Decke vollführten. Angels Kopf ruhte an Scotts männlich behaarter Brust. Sie hörte seinen Herzschlag und fühlte sich einfach nur durch und durch wohl.

»Zukunft ...«, seufzte sie betrübt, als hätte sie eine schwere Last zu stemmen. »Darüber denke ich auch manchmal nach. Lange werden wir es nicht mehr geheim halten können. Es ist nur eine Frage der Zeit, bis uns jemand zusammen sieht. Wir arbeiten mit Profilern. Ich bin mir sicher, dass sie über kurz oder lang etwas ahnen.«

»Hmm ...« Angel spürte eine ganz leichte Vibration des Brustkorbs an ihrer Wange und schmunzelte darüber. »Du hast vielleicht recht.« Scott schwieg kurz. *Eigentlich hätten wir die Zeit, es langsam anzugehen ...*

Mit sanfter Bewegung schob er ihr Gesicht zu seinem hinauf und schaute ihr in die stahlblauen Augen, die von Lachfältchen umringt waren. Dabei registrierte er, wie sich ihre Pupillen bei seinem Anblick weiteten, als wollten sie ihre Zuneigung zusätzlich unterstreichen. Scott unterdrückte ein Feixen.

»Ich weiß, dass wir genau das jetzt nicht tun sollten, aber ich bin schwach ... sehr ... schwach ...« Seine Stimme verstummte, während seine Lippen die ihren erreichten. Die Zukunft war jetzt egal. Die süße Gegenwart holte sie ein. Angel entgegnete seinen Kuss und stemmte sich instinktiv gegen Scotts halbnackten Körper, ohne sich von seinen Lippen zu lösen.

Im gleichen Augenblick ertönte die Melodie von *Gonna Fly Now* und ließ beide in ihrer Bewegung erstarren. *Oh, nein, nicht ausgerechnet jetzt! Verdammt!*, fluchte Scott innerlich. »Oh, bitte, mach weiter, Angel ...«

»Aha? Immer noch die Musik von Rocky?« Angel wirkte sichtlich amüsiert über den Klingelton des Handys, während sie sich langsam aufrichtete. Die Magie des Augenblicks war dahin. Das konnte selbst der Kater erkennen, der soeben neben ihr eingeschlafen war. Das Tier erhob sich rasch zum Gehen, als hätte die Musik seine sensiblen Katzenohren aufs Äußerste beleidigt.

»... It's so hard now. Trying hard now. Getting strong now ...«, summte Angel belustigt mit.

Frustriert verdrehte Scott die Augen. *Die Melodie war mal wieder einer der aberwitzigen Einfälle von William, der sichtlich genervt war, seinem uncoolen Vater die Wunder der modernen Technik immer wieder erklären zu müssen. Na warte, Bürschchen ...*

Und dennoch wusste er insgeheim, dass er seinem Sohn nicht wirklich böse sein konnte. Sein Umzug nach Boston, der die notwendige Konsequenz der beruflichen Versetzung von Scotts Ex-Ehefrau Isabella gewesen war, hatte bei dem Jungen ziemliche Spuren hinterlassen. Auch wenn er sich schnell in die neue soziale Umgebung integriert hatte – dass ihn sein mit der Arbeit verheirateter Vater nicht in New York behalten 'wollte', lag wie ein tiefer Graben zwischen ihnen beiden.

Will besuchte ihn sehr unregelmäßig, um gelegentlich den Duft seiner Heimat einzuatmen und mit seinen alten Freunden ein paar Runden Skateboard zu 'drehen'. Und Scott stellte keine Bedingungen. Vielmehr war er froh, seinen Jungen noch aufwachsen zu sehen, auch wenn die miteinander verbrachte Zeit von bockigen Phasen begleitet wurde.

Während Scott immer noch zwischen den Laken nach seinem Mobiltelefon suchte, schaute Angel auf den Wecker. *Das Ding muss ihm gestern beim Ausziehen rausgefallen sein.* Die Erinnerung an die gestrige Nacht ließ ihr einen Schauer der Erregung den Rücken herunterlaufen. *Noch eine halbe Stunde ... Für eine schnelle Nummer vor der Arbeit sollte die Zeit gerade mal reichen.* Grinsend begann sie die am wenigsten an der Suche nach dem Handy beteiligte Region von Scotts Schulter abzuküssen.

»Na warte«, sagte er erheitert in ihre Richtung und nahm den Hörer ab. Bei seinem »Hallo« rang er sichtlich um Fassung. »BAU-Zentrale, Special Agent Scott Goodwin. Was gibt's?«

Als wäre das Gespräch nur ein Startschuss, wanderte Angels küssender Mund entlang der Wirbelsäule und verursachte bei ihm Gänsehaut. Angel wusste ganz genau, was zu tun war, um sein Verlangen zu erwecken. Ihre Lippen kitzelten seine Haut ...

Bis ... bis sich Scott zu ihr umdrehte und ihren Kopf sanft anhielt. Der Blickt sagte mehr, als Worte es getan hätten. Ein ernüchternder Übergang vom Lächeln zum Bereuen, dass die Realität sie packte. Angel wusste, dass sie jetzt einen Fall hatten. Scott stand auf. Mit einem Ohr den Ausführungen folgend, suchte er nach den in der Wohnung verstreuten Anziehsachen. Von nun an war ihre gemeinsame Zeit vorbei.

»Aha ... aha ... okay. Ich bin sofort unterwegs«, sagte er hastig. »Anthony, ich rufe noch das BAU-Team zusammen. Bis später.«

Was heißt, dass uns auch irgendwie die Zukunft wieder eingeholt hat, dachte Angel schwermütig. Zu gern hätte sie die Zeit noch genützt.

»Angie, wir haben einen neuen, scheinbar recht brutalen Fall. Ich lasse dich von irgendjemandem aus dem Team anrufen, damit keine Fragen aufkommen. Ich fahre schon vor, einverstanden?« Im gleichen Augenblick fiel ihm ein, wie unsensibel er war. »Es tut mir leid, Schatz. Wir holen es bald nach, versprochen!« Eilig ging er ins Badezimmer, um die letzten Spuren der Nacht zu beseitigen, bevor er seine Mitarbeiter sich gegenseitig anrufen lassen würde.

»So sind die Männer, Oreo«, schimpfte Angel gespielt. Sie folgte dem hungrigen Kater in die Küche.

Wenigstens einer von uns, der das vorzeitige Erwachen als durchaus positiv empfindet. »Bei Männern ist das so. Erst erobern sie dein Herz, dann lassen sie dich fallen wie eine heiße Kartoffel ...«, sagte sie eine Spur lauter, als es selbst für ein taubes Tier notwendig gewesen wäre.

»Ich weiß, ich weiß. Es tut mir echt leid!« Die Realität schien auch bei ihm die Reste der morgendlichen Laune endgültig vertrieben zu haben. »Josh ruft gleich bei dir an. Ich muss leider los. Wir sehen uns später. Ihr kommt zusammen, okay?«

Ehe sie brav bejahen konnte, klingelte bereits ihr eigenes Mobiltelefon. Scott küsste sie sanft auf die Stirn. Mit der Stimme ihres Kollegen am Hörer schien sich ihr Verlangen nach dem Mund ihres Vorgesetzten auf ein minimales Maß reduziert zu haben. Flüchtig verließ Scott ihre Wohnung – diesmal ohne das sonst übliche, ausgiebige Frühstück.

Kapitel 2

Als sie die Brooklyn Bridge erreichten, herrschte der übliche Montagsverkehr. Die Autos fuhren aneinander gereiht, als wären sie Teil eines überdimensionalen Zuges ins Nirgendwo. Es ließ sich erahnen, dass die wenigen Wolken am Himmel auch im Laufe des Tages keinen Schutz vor der drückenden Hitze der Großstadt bieten würden.

»Heute Mittag scheint häufig die Sonne, zeitweise kann es auch leicht bewölkt sein. Es bleibt aber weiterhin trocken. Die Temperatur erreicht 80,6 Grad Fahrenheit bei einer Niederschlagswahrscheinlichkeit von null Prozent ...«, hörten sie den berühmten Meteorologen Craig Allen bei WCBS Newsradio sagen.

Das bedeutete im Klartext: Spätestens gegen Mittag würde man den erhitzten Asphalt der Straße abseits der laufenden Klimaanlagen der Büroräume riechen können. Bei der BAU bedeutete es außerdem auch den starken Duft der bereits verwesenden Leichen und die Hektik der Ermittlungen zur Sicherung des Beweismaterials.

Im Auto, fernab der Realität, die ihnen der Job zu bieten hatte, herrschte zwischen Angel und Josh eine ununterbrochene Stille. Als wären sie darauf erpicht, jedes Wort des Meteorologen zu erhaschen.

Vorausschauend wählte ihr Kollege eine längere, dennoch deutlich schnellere Verbindung zum Tatort über den Belt Parkway – eine Autobahn, die an der Küste entlang führte. Während sich die meisten New Yorker an der kürzeren Strecke im Stop-and-go-Tempo abmühten, konnte Josh weitere Strecken des Belt Parkway in gewohnter Geschwindigkeit bewältigen.

Angel war es recht. Schweigend schaute sie lieber den Joggern zu, die entlang der Wasserpromenade ihr tägliches Sportprogramm absolvierten, als den trostlosen Gebäuden, die sie zweifelsohne auf dem anderen Weg zu sehen bekämen. Die Überlegungen zu ihrer gemeinsamen Zukunft mit Scott holten sie wieder ein, weshalb sie lediglich die Stimme des Moderators und nicht den Inhalt der Sendung wahrnahm. Josh schaltete das Radio aus. Er schien etwas auf dem Herzen zu haben.

»Es ist manchmal nicht leicht ...«, unterbrach er das gemeinsame Schweigen. Dass Angel seit Tagen etwas bedrückte, hatte er offenbar bereits bemerkt. Josh konnte seiner Partnerin nur helfen, wenn sie endlich mit ihm sprach.

»Hmm?« Angel versuchte, den misslungenen Anfang einer tieferen Diskussion zu dem unbeliebten Thema aufzugreifen, während ihre Gedanken noch immer bei Scott waren.

»Na ja, das Leben ist kompliziert, manchmal ...«, wiederholte Josh und machte es ihr nicht einfacher.

»Ja, das ist es«, antwortete Angel zerstreut. »Das ist es ...« Sie überlegte kurz. »Sag mal, kann ich dir eine Frage stellen, ohne dass wir jetzt irgendwas in dieser Angelegenheit vertiefen müssen?«

»Klar, schieß los. Du sagst einfach Bescheid, wenn ich dir ... ähm ... 'vertiefter' helfen kann, okay?« Josh schaute seine Beifahrerin länger an, als er es sich sonst beim Fahren auf einer recht vollen Autobahn erlaubt hätte. Sie stellte keine Fragen. Ihr Problem schien komplizierter zu sein, als er ursprünglich dachte. Wie er es hätte sensibler ansprechen sollen, fiel ihm augenblicklich nicht ein.

»Na klar erzähle ich dir mehr, wenn es tatsächlich etwas ZU ERZÄHLEN gibt«, entgegnete sie ungewöhnlich gereizt. »Ich muss aber zuerst selbst ... Ach, nicht wichtig!« Dass sie die Affäre geheim halten wollten, war eher ihre Idee. Scott sah es bei weitem gelassener.

Angel begann wieder von vorn. Diesmal deutlich freundlicher. »Ganz allgemein gefragt: Wie funktioniert eine Beziehung zwischen zwei Cops? Geht so etwas überhaupt gut? Du kennst dich da sicher besser aus als ich ...«

Ah, der Wind weht tatsächlich aus der zu erwartenden Richtung. Josh verkniff sich ein Lächeln. *Du willst mir etwas sagen, ohne es gesagt zu haben? Frauen sind wirklich manchmal sehr kompliziert. Du meinst vermutlich eine Beziehung zu unserem Scott, der dich seit einiger Zeit mehr anhimmelt als jemals zuvor. Und ich dachte, es hätte etwas mit dieser tragischen Geschichte mit Robert Latton zu tun. Dabei habt ihr offensichtlich zueinander gefunden. Endlich ...*

»Beziehungen zwischen Cops funktionieren wie jede andere auch. Der Vorteil ist, dass zwei Menschen die gleiche Leidenschaft teilen. Der Nachteil übrigens auch.« Pause. »Du dachtest sicher an Alice, der wir vor acht Jahren den Hintern gerettet haben?«

»Wer kann sich an die Schwester deiner wunderschönen Freundin nicht erinnern?« Angel kitzelte Joshs Ego ein wenig, als hätte sie sich überlegt, von ihrer Frage abzulenken. »Als ich unsere Akten zu diesem Fall schließen wollte und sie einlud, um letzte Einzelheiten zu klären, gab es bei uns keinen einzigen Mann, der sich nicht nach der uniformierten Latina umgedreht hätte ...« Angel lächelte.

»Nun, genau diese Latina hat vor zwei Wochen einen hübschen Jungen zur Welt gebracht. Es ist ihr zweites Kind, wohlgemerkt. Und das, nachdem sie wieder voll gearbeitet hat. Ich gehe davon aus, dass sie auch bei ihrem zweiten Baby nicht allzu lange zu Hause sitzen wird, sondern ihrer verdammten Berufung folgt. Im gleichen Streifenwagen und mit ihrem Mann und gleichzeitig Partner an ihrer Seite ... Sie ist ein tolles Beispiel dafür, dass es auch so funktionieren kann. Andere Cops haben es vielleicht weniger gut im Griff ...«

Wie ich. »Und? Funktioniert es wirklich so perfekt zwischen den beiden, wie ich es mir denke?« Angel hakte nochmal nach. Sie hoffte, dass es unauffällig genug war.

»Manchmal weniger, manchmal mehr. Die beiden haben Regeln gefunden, wie sie im Job miteinander umgehen. Es hat zwar etwas gedauert, doch heute scheinen sie zumindest so glücklich, dass sie Emily zum zweiten Mal zur Tante gemacht haben. Im Leben geht es darum, glaube ich, Kompromisse zu finden. Und seinem Partner die Chance zu geben, manchmal auch seinen eigenen Weg auf dem gemeinsamen Pfad zu gehen. Dann klappt es schon. Na ja, und das Baby ...«

Diesmal entging Angel der Wink mit dem Zaunpfahl nicht. Josh redete - wie jeder ihrer kinderlosen Freunde - niemals über Babys. Und wenn überhaupt, dann leuchteten seine Augen nicht so stark wie gerade. Das konnte nur eines bedeuten ...

»Nein!«, kreischte Angel. »Wann ist es bei euch soweit?«

Josh grinste jetzt ganz offensichtlich. »Emily ist noch ganz am Anfang. Zweiter Monat. Ich darf es keinem erzählen ... Außer meiner Lieblingskollegin und Freundin Angel natürlich. Sonst aber streng geheim!«

»Aber klar, Josh. Du kennst mich doch.« Angel versuchte gar nicht, ihre unbändige Freude zu verbergen. Mit ihren 36 Jahren begann langsam das Ticken der biologischen Uhr in ihrem Inneren. Umso mehr freute sie sich, wenn andere Menschen bekamen, was ihr nicht vergönnt war.

Für die restliche Fahrzeit wurde ihre Unterhaltung vom Thema der anstehenden Veränderungen beherrscht.

*****

Dass sie sich dem Tatort genähert hatten, stand für beide außer Frage. Auch wenn es sie weder beruflich noch beim Vorbeifahren jemals in diese Gegend verschlagen hatte, wussten sie, dass sie abfahren mussten.

Mehrere NYPD-Wagen und ein Absperrband stimmten bereits von weitem die von der Autobahn abfahrenden Fahrzeugführer auf das Einhalten von Vorsichtsmaßnahmen ein.

Eine Streifenkontrolle wurde errichtet in der Hoffnung, verwertbare Daten zu bekommen. Auch wenn sich für gewöhnlich die Täter gern in der Nähe der Tatorte aufhielten oder gar bei der Aufklärung helfen wollten; bei der bereits vorliegenden Anzahl der Aussagen und dem sonstigen Chaos war es unmöglich, alles bis ins Detail zu überprüfen. Josh fuhr an einem der patrouillierenden Polizisten vorbei, sie zeigten ihm ihre FBI-Marken, was mit einem Nicken quittiert wurde. Josh parkte den Wagen direkt hinter einem schwarzen Chevy Suburban, der seinem Chef gehörte. Nun

tauchten sie in eine andere Welt ein: zurück in die harte Realität –
ihre Arbeit.

Just als sie das Absperrband passierten, sahen sie einen recht
jungen New Yorker Polizisten in leicht gebeugter Stellung
angelehnt an einen Baum. Das war ein Zeichen dafür, dass sie mal
wieder einen schwierigen Fall haben würden. In den Gesichtern der
Kollegen, die wie ein Fliegenschwarm um die Fundstelle kreisten,
zeichnete sich ein einheitlicher Ausdruck ab: der des Entsetzens.
Vielleicht bildete sich Angel deshalb ein, in der warmen, trockenen
Luft des Hochsommers den Geruch des Todes wahrzunehmen.

Der Leichnam wurde bereits für den Abtransport in einen
schwarzen Sack gelegt, als Angel, von Josh gefolgt, am Tatort
eintraf. Doch der Gestank der einsetzenden Verwesung war nicht
zu leugnen. In einigen Metern Entfernung sahen sie Scott mit
einem etwas älteren, glatzköpfigen Mann im Anzug in einen Dialog
vertieft, während ein jüngerer zwischen den einzelnen Mitarbeitern
des forensischen Teams hin- und herlief.

*Wie immer plaudert der Gerichtsmediziner mit dem FBI, während sein
forensischer Ermittler die ganze Arbeit erledigt!*, dachte Angel spöttisch.
Sie gesellten sich zu ihrem Chef und dem Gerichtsmediziner.

» ... ich würde den Todeszeitpunkt ...«, sprach er, während Scott
seine Kollegen bereits freudig registriert hatte.

»Verzeihung. Darf ich Ihnen meine Mitarbeiter, Special Agent
Angel Davis und unseren IT-Spezialisten, Special Agent Josh
McMelma vorstellen?«, unterbrach Scott seinen Gesprächspartner.
»Auch sie sollen sich mit dem Tatort vertraut machen. Je mehr
Informationen wir zu diesem Thema haben, desto besser.«

Scott wandte sich an seine BAU-Ermittler, ohne einen Hauch
von Intimität zwischen ihm und Angel preiszugeben. »Der für
diesen Mordfall zuständige Medical Examiner, Steve Miller. Er hat
heute früh geistesgegenwärtig das FBI angefordert, weil er von
ähnlichen Fällen bereits gehört hat.«

»Guten Tag. Genau.« Der Gerichtsmediziner übernahm wieder
das Gespräch. »Genau, eine ähnliche, spezifische Handschrift des

Täters ... Nun, die Leiche wurde heute früh gefunden. Sie lag zwischen den hinteren Bäumen und wurde wirklich sehr brutal zugerichtet. Die genaue Todesursache kann ich Ihnen erst nach der Autopsie benennen, doch der Leichnam weist neben den zahlreichen Verletzungen und fehlenden Organen Strangulationsmale und massenhaft Stichverletzungen auf. Warum ich Sie angefordert habe?« Er machte eine kleine Pause. »Die Augenhöhlen der Leiche waren leer, ihre Geschlechtsorgane massakriert und zerstreut. In der Mundhöhle des Leichnams fanden wir einen versteckten Kieselstein. Hier in der Gegend gibt es dabei weit und breit keine Kieselsteine. Die Beweisstücke wurden bereits eingetütet; ich werde sie nachher zum FBI schicken. Mal wieder scheint es ein 'Mitbringsel' des Täters zu sein.« Kurze Verschnaufpause.

»Noch eins: Vor einiger Zeit war ein Kollege aus New Jersey wegen eines interdisziplinären Austausches bei uns. Einer Art fachlicher Meinungstausch, wenn Sie so wollen. Er sollte uns seine derzeitigen Fälle vorstellen, auf deren Auflösung man immer noch hofft, bevor man sie als Cold Cases ad acta legen wird. Ein ähnlicher Mordfall war dabei. Diese Serie in New Jersey hörte damals unerwartet auf.«

»Wie ähnlich?«, fragte Angel erstaunt.

»Nun, bis auf die zahlreichen Stichwunden und den recht öffentlichen Ablageort in New York und nicht New Jersey können Sie die Leichenfunde praktisch eins zu eins miteinander vergleichen. Auch hier wurden die Augen entfernt, ein Kieselstein in den Mund gelegt ... Diese Merkmale sind identisch. Wenn ich mich nicht täusche, waren es vier Opfer, die irgendwo in den Wäldern von New Jersey gefunden wurden. Vielleicht haben die Fälle aber auch gar nichts miteinander zu tun, denn die dortigen Opfer wurden nicht erstochen. Aber das brutale Vorgehen ...«

»Werden wir sehen. Wollen wir noch einmal die Fakten durchgehen?«, warf Scott Goodwin ein.

»Aber gern«, antwortete der Gerichtsmediziner. »Gegen 5 Uhr 30 fand ein Mitarbeiter vom Brooklyn Golf Center das Opfer genau hier.« Er machte eine ausladende Geste in Richtung der Maisfelder am Rand der an die Autobahn angrenzenden Straße und setzte sich in Bewegung. Sie folgten dem Gerichtsmediziner konzentriert. Plötzlich blieb er vor einer in die Pflanzen eingedrückten Stelle am Rande des Weges stehen. Wäre sie nicht bis zur Unkenntlichkeit mit Tatort-Nummerntafeln gespickt gewesen, hätte man denken können, ein Betrunkener hätte an dieser Stelle genächtigt. Doch die Realität der winzigen Spritzer aus geronnenem Blut erzählte eine andere Geschichte.

»Der Mann, der sie fand, war gerade auf dem Weg zur Arbeit. Er sollte früh die Grünflächen bewässern und wunderte sich, als er hier jemanden liegen sah. Er dachte, es wäre ein junges Mädchen, das seine Alkoholverträglichkeit überschätzt hatte. Also hielt er an, um zu helfen, wie er sagte. Wegen des zugegeben makabren Anblicks der herumliegenden Leiche und der überall verstreuten Organe erlitt er einen Nervenzusammenbruch und wurde gleich ins Krankenhaus gebracht. Selbst die hartgesottenen Kollegen des NYPD ließ es nicht kalt, wie Sie sicherlich bereits bemerkt haben. Es grenzt schon an ein Wunder, dass der Mann imstande war, den Notruf zu wählen und die Informationen einigermaßen verständlich zu übermitteln.« Der Ton seiner Stimme drückte Mitleid für den Zeugen aus.

»Täusche ich mich oder hat sich der Täter nicht die geringste Mühe gemacht, den Leichnam zu verstecken? Zumindest klang es für mich bisher so«, warf Angel Davis sachlich ein. Sie war froh darüber, die Bilder der Leiche erst nach dem ersten Kaffee im Büro ertragen zu müssen.

»Im Gegenteil sogar. Er stellte ihn zur Schau«, bestätigte der Gerichtsmediziner. »Das Opfer wurde parallel zur Ausfahrt entsorgt. Das bedeutet wiederum, dass das parkende Auto des Täters in dieser Gegend kaum auffiel, wenn er einen Warnblinker gesetzt hatte, sofern es nicht eine bestimmte Form oder Farbe hatte. Würde mich aber wundern, wenn ja. Der Ablageort ist trotz der Nähe zu einem NYPD-Flugplatz recht unauffällig.« Pause. »Den wenigen Spuren und geringen Mengen an Blut nach zu urteilen, handelt es sich nicht um den primären Tatort.«

»Es sieht tatsächlich so aus, als hätte sich der Täter wenig Mühe mit der Inszenierung gemacht. Fast so, als entledigte er sich des Opfers ...«, warf Scott ein. Er war wieder der sachliche Special Agent Scott Goodwin, Chef der BAU - der mittlerweile vorzeigbaren Verhaltensanalyseeinheit des FBI. Verschwunden war der Mann, der noch heute früh das Bett mit Angel geteilt hatte.

Die beiden haben ihre Regeln gefunden, wie sie im Job miteinander umgehen, hörte sie Josh im Kopf den Satz von vorhin sagen und drehte sich von Scott weg. Ihr Blick blieb auf Josh haften. Der Kollege, den sie seit einigen Jahren zum Freund hatte, sah gelinde gesagt sehr schlecht aus. Die Nähe zum Tatort schien ihm nicht zu bekommen.

Sicherlich sehnst du dich nach deinem wohlklimatisierten Raum im 20. Stock der FBI- Zentrale an der Federal Plaza, oder?

Sie beide zu begleiten und sich nicht wie gewohnt hinter einem Bildschirm zu verstecken, war für Josh eine neue Erfahrung. Doch Scotts Devise war, den Rest des Teams erst dann aus dem Urlaub zurück zu beordern, wenn ein absoluter Notfall eintraf. Das war einer! Und sie waren unterbesetzt.

Angels Blick schweifte von Josh direkt zu der Stelle, an der noch vor einigen Minuten die Leiche gelegen hatte. »Gab es irgendwelche Tatwerkzeuge am Fundort?«

»Nein. Wir fanden keine Waffen. Was die tatsächliche Todesursache war, werde ich Ihnen endgültig sagen können, wenn die Autopsie abgeschlossen ist. Ideen hätte ich in diesem Fall ganz viele, so wie der Leichnam zugerichtet wurde. Dieser Frau wurde vor ihrem Tod wirklich nichts erspart.« Der Gerichtsmediziner strich sich mit der Hand über die Glatze. Er schwitzte aufgrund der aufsteigenden Hitze bereits stark.

»Was wissen wir über den Todeszeitpunkt? Ungefähr wenigstens ...«, fragte Scott leise.

»Das Opfer wies bei meinem Eintreffen Totenstarre an den Armen und Beinen auf. Der sonst so untypische Verlauf lässt darauf schließen, dass es sich bis zum Todeszeitpunkt extrem gewehrt hat. Außerdem befinden sich auf dem Korpus verlagerte

Totenflecken, was darauf schließen lässt, dass die Frau ...«, Steve Miller verbesserte sich sofort, »... der Körper nach dem Todeseintritt nochmals bewegt wurde. Manche der Flecken unterliegen bereits einem Fixierungsprozess, was wetterbedingt sein könnte. Aufgrund der warmen Umgebungstemperatur und der todesbegleitenden Umstände schätze ich - ganz vorsichtig - den Todeseintritt auf nur wenige Stunden vor dem Ablegen des Leichnams am Ablageort ein. Vielleicht sind es drei oder vier Stunden. Möglicherweise gegen Mitternacht. Wie schon gesagt - Genaueres erst nach der Autopsie. Der Fall erhält aber bei mir ab sofort oberste Priorität ...«

»Steve, darf ich stören?« Der Assistent unterbrach unsicher.

»Klar. Was gibt es? Das ist Special Agent ... ähm ...« Steve Miller schien sich an die Namen nicht mehr erinnern zu können.

»Davis. Special Agent Davis.« Angel reagierte blitzschnell und reichte dem Mann ihre Hand.

»Special Agent McMelma.« Josh folgte ihrem Beispiel.

»Und das hier ist Special Agent Scott Goodwin. Die Kollegen kommen von der BAU und werden uns vielleicht mit einem Täterprofil aushelfen können.« Der Gerichtsmediziner schien sich wieder, was die Namen betraf, gefangen zu haben. »Tom Mitchel ist meine rechte Hand bei allen Ermittlungen.«

Also doch ein Laufbursche - wie ich vorhin gedacht habe, schoss es Angel durch den Kopf. Sie lächelte den immer noch sichtlich verunsicherten Mann an. Dennoch schien ihn die Anwesenheit einer attraktiven BAU-Ermittlerin am Tatort nicht besonders zu interessieren. Die wippende Bewegung des Körpers zeigte, wie aufgeregt er wegen etwas ganz anderem war.

»Steve?«, wiederholte er hastig und verschluckte sich beinahe dabei. »Wir kennen bereits den Namen des Opfers ...«

Alles verstummte.

»Es ist eine gewisse Abigail Moore, eine Studentin. Sie wohnt zurzeit in der neunzehnten Straße, Ecke 347 West, direkt in der

City. Das hat ein Schnellabgleich ihrer gescannten Fingerabdrücke ergeben. Abigail Moore wurde im April bei einer Demonstration verhaftet, darum fand man sie in unserer Datenbank. Und heute früh wurde sie von ihrem Nachbarn als vermisst gemeldet ...«

Kapitel 3

Scott wählte einen anderen Weg zurück in jene Stadt, die in diesem Jahr zu den zehn sichersten der Welt gekürt worden war. Diese beruhigende Erkenntnis der Journalisten hatte jedoch nicht geholfen, Abigail Moore vor dem Unheil zu bewahren, das ihr in der gestrigen Nacht widerfahren war. Es war eine frustrierende Erkenntnis, der sie sich stellen mussten. Diesmal begleitete Angel ihren Vorgesetzten, während Josh bereits den Weg zur Federal Plaza in die Zentrale der BAU nahm.

»Im Handschuhfach findest du zwei Cola und ein Sandwich. Habe ich noch vorhin beim Tanken gekauft. Ist vielleicht nicht die feinste Mahlzeit, aber besser als gar nichts. Wer weiß, was heute noch kommt«, hörte Angel ihren Vorgesetzten sagen. Diesmal nahm auch sie das Knurren ihres Magens wahr.

Kein Wunder. Die Mittagspause war längst vorbei, ohne dass sie Notiz davon genommen hätten. *Bitte aufhören! Ist das peinlich!*, dachte Angel, als könnte sie das unangenehme Geräusch mit ihren Gedanken unterdrücken. Scott erweckte nicht im Geringsten den Eindruck, Hunger zu haben. Auch sein Anzug schien von der hauptsächlich gebeugten Position während der Autofahrt wenig Schaden genommen zu haben. Er fiel so elegant, als wäre er aus feinstem Zwirn.

Beim Griff ins Handschuhfach des schwarzen Chevy Suburban bemerkte Angel, wie zerknittert dagegen ihr Hosenanzug wirkte. Als wäre das nicht schon schlimm genug, unterstrichen die warmen Sonnenstrahlen, die durch die Vorderscheibe des klimagekühlten Wagens hinein strahlten, durch ihre Helligkeit den nachlässigen Charakter ihrer in Eile gebügelten Anziehsachen. Plötzlich fühlte sich Angel sehr unwohl.

Ich will nicht wissen, welche Affenhitze herrschen wird, wenn wir erst aus dem Auto aussteigen. Ich muss mir unbedingt ein paar Anzüge aus einem qualitativ besseren Material für besonders heiße Tage kaufen, wenn ich neben Scott nach irgendetwas aussehen will, stellte sie trocken fest, während ihr

Kopf bereits die arbeitsfreien Termine für einen Stadtbummel durchging.

»Angel?«

Sie erschrak.

»Angel, ist alles okay?«, fragte Scott besorgt. Auch ihm fiel es schwer, mit der neuen Beziehung zwischen ihnen umzugehen.

»Ja? Ähm ... klar ... Ist alles klar.« Der Magen knurrte erneut, als wollte er ihr einen kleinen Streich spielen. Scott lachte plötzlich auf und drehte den Kopf zu ihr hin. »Ach komm, Schatz ...« Das Wort 'Schatz' in Verbindung mit dem Duft von Scotts Aftershave wirkte nach wie vor auf sie sehr elektrisierend. »Es ist doch keine große Sache, ein Sandwich in zwei Hälften zu teilen. Mit Blicken allein gelingt das nicht. Und Hunger habe ich mittlerweile auch.«

Erst jetzt fiel Angel auf, dass sie das Brot seit mindestens 20 Sekunden anstarrte. *Na toll, mein Gehirn schaltet offensichtlich ganz ab; anstatt mich auf den neuen Fall zu konzentrieren, denke ich wie ein Teenager daran, wie ich neben einem Mann besser aussehen kann.* »Entschuldige, bin gedanklich anscheinend noch am Tatort«, schwindelte sie.

»Was sagst du zu dem Fall? Warum ist der Ablageort plötzlich mehr als 70 Meilen entfernt, wenn er angeblich zu der Serie aus New Jersey gehören soll?« Scotts gesamte Aufmerksamkeit galt wieder dem Straßenverkehr. Er wurde erneut zu ihrem Chef.

»Mal angenommen, es ist tatsächlich der New Jersey-Serientäter ... Warum ist er diesmal so unentschieden? Strangulationsmale, Stichwunden, die ganze Palette. Wenn es ein Trittbrettfahrer ist, warum kennt er wiederum die spezielle Signatur seines vermeintlichen Vorbildes? Einige wichtige Details scheinen tatsächlich übereinzustimmen, sofern die Cops dort nicht nachlässig gearbeitet haben«, überlegte Angel laut. »Ich bin wirklich gespannt, was Josh an Informationen zu den Vorfällen aus der ViCLAS rausholen wird. Er müsste bald in der Zentrale sein, wenn der Shore Parkway nicht allzu voll ist.«

Erneut schwebten ihre Gedanken zu der morgendlichen Hinfahrt mit ihrem Kollegen. Die schnellere Alternative über den Ocean

Parkway, die Scott gewählt hatte, war mit Abstand nicht so malerisch. Der Küstenanblick wich jetzt dem einer Industriestadt, in der die Dächer die aufsteigende, stickige Hitze festzuklammern schienen. Bereits der Anblick der vibrierenden, heißen Luft raubte Angel den Atem.

Mit einem Ruck brach sie das belegte Brot, das sie in den Händen hielt, und gab den größeren Teil Scott. Sie kaute uninteressiert an ihrem Stück herum, froh darüber, eine Cola zum Runterspülen zu haben. Das Brot schmeckte nach etwas Salat und Tomate, die man in einem Meer von Mayonnaise ertränkt hatte.

Ohne es zu sehen, war sie sicher, dass Scott eine deutlich bessere Figur bei diesem Imbiss gemacht hatte. *Zurück zum Fall!* Diesmal wanderten ihre Gedanken auf direktem Weg nach Chelsea, zu einem Studentenappartement, das einst die schützende Bleibe von Abigail Moore gewesen war.

*****

Die Neunzehnte Straße, Ecke 347 West war keine ungewöhnliche Straße. Verschiedenfarbige drei- bis fünfstöckige Häuser standen aneinandergereiht da und boten damit den neugierigen Touristen nur einen spärlichen Blick in ihre Hinterhöfe. Die höher ausgelegten Bauwerke waren alle mit einer für New York so typischen Feuerleiter ausgestattet.

Auf dem Bürgersteig standen die zum Ausleeren aufgestellten, teils überfüllten Mülltonnen. Sie verliehen der ansonsten sehr nüchternen Einbahnstraße - nicht zuletzt des aufsteigenden Geruchs wegen - einen leicht schmuddeligen Charakter. Selbst die Bäume am Straßenrand, deren Kronen dicht mit Blättern besetzt waren, konnten diesen Anblick nicht deutlich verbessern.

Scott Goodwin parkte den Wagen vor dem fünfstöckigen Haus - einem der schöneren in der Gegend. Ein Backsteinhaus mit geweißter Fassade und Fensterbögen, deren Abschluss Kästen voller Blumen bildeten, lud förmlich zum Hineinkommen ein. Unübersehbar waren bereits die Kollegen des NYPD vor Ort. Zwei Streifenwagen parkten am Bordstein gegenüber.

Angel folgte ihrem Chef in den gepflegten Flur, aus dem viele männliche Stimmen zu vernehmen waren. Sie stiegen die steile Treppe hinauf. Eine der Türen im vierten Stock des Hauses war aufgebrochen, und ein davor stehender Polizist schaute Scott misstrauisch an. Der strenge Blick des Mannes bewog ihn dazu, seine FBI-Marke zu zeigen. Ohne zu zögern wurde ihnen der Zutritt gewährt.

»Detective Mathewson? Das FBI ist da!«, hörte Angel die tiefe Stimme des Polizisten hinter ihrem Rücken. Einer der anwesenden Männer drehte sich im gleichen Moment zu Scott um.

»Könnten wir uns umschauen?«, fragte Scott nach einer kurzen Vorstellung ihrer Namen. Er blieb höflich, weil er den Zuständigkeitskampf an Tatorten kannte und Spannungen im Vorfeld vermeiden wollte.

»Klar«, antwortete Detective Mathewson knapp und schaute unbeholfen zur Seite.

Es ist verdammt eng in der Wohnung, überlegte Scott, wie er dem Detective nahe legen sollte, zu verschwinden.

»Ich könnte jetzt eine Zigarette vertragen«, sagte Mathewson. Scotts defensives Verhalten schien seinen Willen zur Mitarbeit geweckt zu haben. Er verließ ohne weitere Diskussion die winzige Mietwohnung von Abigail Moore und nahm seine beiden Kollegen mit.

»Angel, du bist doch eine Frau. Was sagst du zu dieser Wohnung? Was fällt dir auf?«, fragte Scott nachdenklich. Sie hatten das Glück, den mutmaßlichen Tatort, der noch offiziell als Entführungsort galt, kurz vor dem Eintreffen des forensischen Teams zu sehen. Angel streifte ihre Einweghandschuhe über für den Fall, dass sie etwas berühren musste.

»Nun. Das Zimmer ist nicht gerade billig ausgestattet. Es könnte aber zum vermieteten Mobiliar gehören und nicht das Eigentum des Opfers sein. Dennoch denke ich, dass sie nicht aus ärmsten Verhältnissen stammt. Eine Studentenwohnung in Chelsea in einem so noblen Haus kostet bestimmt mehr, als ein gut bezahlter Studentenjob hergibt. Schau mal, Bücher über Bücher ...« Angel zeigte auf die überfüllten Regale, in denen die Bücher in mehreren Reihen standen.

»Sie schien neben dem Studium viel gelesen zu haben«, fuhr Scott fort. »Das Risiko, bei der Tat erwischt zu werden, dürfte im Fall einer introvertierten Leserin nicht hoch sein ... Sie schien aber auch insgesamt gesellschaftlich eher unauffällig zu sein, wenn du mal einen Blick auf die Bilder auf ihrem Schreibtisch wirfst. Fast alle zeigen nur ihre Familie, wenige davon ihre Freunde. Ein Laptop, viele Bücher, eine Couch zum Ausziehen, kein Esstisch und nur ein Schreibtisch. Wie schaut es in der Küche aus?«, fragte Scott interessiert, als er Angel einige Schritte hinübergehen sah.

Das Zimmer besaß eigentlich eher eine kleine Kochnische als eine im herkömmlichen Sinn gemeinte Küche, die sich lediglich durch einen gefliesten Boden und einige Möbel vom Wohnzimmer abhob. Sie war dadurch hell und sehr funktional.

»Drei Teller, zwei Gläser, zwei Töpfe und kein Abwasch. Im Kühlschrank steht Wasser, ein Salatkopf und ein … Moment …« Angel nahm die Packung in die Hand. »Oh, abgelaufener Fruchtjoghurt.«

Sie legte die Verpackung wieder zurück und schloss die Kühlschranktür. Für eine alleinstehende Frau war der Inhalt keinesfalls außergewöhnlich, daher wechselte sie in einen noch interessanteren Teil der Wohnung. Das Badezimmer war der einzige Raum, der vom restlichen Bereich durch Wände getrennt war. Angel war froh, dass die NYPD-Kollegen ihnen - warum auch immer - so viele Freiheiten bei der Besichtigung der Wohnung ließen.

»*Eine* Zahnpasta, *eine* Zahnbürste«, rief sie Scott zu.

»Und der Kleiderschrank ist, wie ich erwartet hatte, voll«, ergänzte er, nachdem er sich die verhassten Gummihandschuhe übergezogen hatte.

Angel wechselte wieder in den Wohnbereich.

»Was haben wir also?«, fragte Scott. »Einen recht hübschen Single. Eine Frau, die vermutlich außerhalb dieser Wohnung entführt wurde. Ich glaube nicht, dass der Täter sie in der Wohnung entführt und den Tatort anschließend gereinigt hat, um die Spuren zu beseitigen. Dennoch bin ich gespannt auf die Spurensicherung. Hoffen wir, dass sich etwas Verwertbares finden lässt, nachdem hier Horden von Menschen durchgelaufen sind. Inklusive uns. Ihre Handtasche oder sonst etwas mit ihren Personalien konnte ich bisher nicht finden. Oberflächlich gesehen wurden auch die Fenster nicht angerührt, was dann nachher die Spurensicherung genauer überprüfen wird.«

»Lediglich ihre Schminksachen waren etwas durcheinander, was nicht sonderlich verwundert. Als wäre sie in großer Eile gewesen, während sie diese benutzt hat. So sieht es bei mir immer aus, wenn ich mich mit dir zu einem feinen Essen treffe. Oder bevor ich zur

Arbeit aufbreche.« Unter anderen Umständen hätte Angel an dieser Stelle verführerisch gegrinst. In diesem Augenblick jedoch war es eine wichtige Erkenntnis, die zu einer weiteren Schlussfolgerung führte:

»Angel, sie wollte sich mit jemandem treffen. Möglicherweise mit einem Mann. Obwohl sich heute Frauen allgemein schminken, bevor sie weggehen, denke ich, dass sie auf einen Besuch vorbereitet war. Vielleicht war sie aber so penibel, dass sie die Wohnung immer aufgeräumt verließ. Wer keinen Abwasch hinterlässt, also nicht mal ein Glas - bei den Temperaturen ...«, fuhr Scott fort.

»... der rechnet unter Umständen tatsächlich mit einem Besuch. Mit einem der ersten Besuche. Denn Freundinnen ist ein Glas im Spülbecken egal. Das bedeutet ... Wen auch immer sie traf, den wollte sie irgendwie beeindrucken oder etwas in dieser Art«, beendete Angel.

»Was übersehen wir, Angie?« Scotts Augen überflogen zum gefühlt hundertsten Mal das Zimmer von Abigail Moore auf der Suche nach einem noch so kleinen Hinweis, ohne jedoch fündig zu werden. Der Raum lieferte wirklich nichts Verdächtiges an Informationen über die letzten Lebensstunden des Opfers.

»Scott, eine Sache wundert mich doch. Schau mal. Bisher fanden wir nichts Extravagantes hier. Und dann das ...« Angel zeigte in Richtung einer Holzskulptur aus drei sitzenden Affen, die abwechselnd Mund, Kopf und Augen mit den Pfoten bedeckten ...*Nichts (Böses) sehen, nichts (Böses) hören, nichts (Böses) sagen.* Kennst du diese Äffchen?«

Neugierig nahm sie die hölzerne Figur in die Hand. Sie passte hier irgendwie nicht ins Bild.

»Scott, unten stehen irgendwelche chinesischen Zeichen. Sie sind eingeritzt. Aber so dilettantisch, dass ich mir nicht vorstellen kann, dass sie bei der Herstellung geplant waren ... Hast du etwas zum Schreiben?«, fragte Angel. »Vielleicht ist es nur die verzweifelte Suche nach einem Hinweis, aber ...«

»Klar.« Scott tastete die Innentasche seines Sakkos ab und wurde fündig. In Gedanken versunken reichte er ein kleines Notizbüchlein mit einem Stift an seine Partnerin weiter. Zur Not hätten sie die Figur auch aus der Wohnung mitnehmen können, doch solange die Spurensicherung noch nicht da war, wollten sie am vermeintlichen Sekundärtatort so wenig wie möglich verändern. Angel kritzelte die Zeichen ab und stellte die Figur zurück. Das Büchlein steckte sie reflexartig in ihre Jackentasche.

Plötzlich drangen aus dem Flur aufgeregte Stimmen zu ihnen.

»Sie können da nicht rein!«, klang nicht danach, als dass man ohne Widerstand durchkäme.

Sicherlich der Polizist von vorhin, dachte Angel.

»Ich muss mit dem FBI reden, denn ich habe Abi als vermisst gemeldet, Sir. Ich verspreche, dass ich Ihnen die nötigen Informationen liefern werde, wenn Sie mich endlich hineinlassen!« Es war beeindruckend, mit welcher Vehemenz der Mann gegen den Polizisten um den Zutritt zur Wohnung kämpfte. Gewöhnlich ließen sich die Menschen durch die NYPD-Uniformen eher abschrecken. Ohne zu wissen warum, verspürte Angel ein unangenehmes Gefühl. *Was erwartet uns hinter der Tür? Freund, Liebhaber, Täter?*, fragte sie sich.

Scott war mit einem Satz an der Eingangstür. Angel folgte ihm. Nun hörte sie deutlich mehr Menschen sprechen - ein Hinweis darauf, dass die Spurensicherung endlich eingetroffen war.

»Ich denke, ich habe Informationen für Sie zum Tod von Abigail.« Der unbekannte Mann verstummte. »Sie ist doch tot, wenn Sie so einen Aufwand treiben, oder?« Angels unangenehmes Bauchgefühl steigerte sich ins Unermessliche. Die Stimme des Mannes verriet keine besondere Neugier, eine Antwort auf seine Frage zu erhalten. Ein drahtiger Mann drängte sich zu ihnen durch.

»Mr. ...?« Scott schaute den Mann fragend an.

»Collins. Jeffrey Collins. Der fürsorgliche Nachbar der verschwundenen Abigail Moore, wenn Sie so wollen.« Der Fremde zögerte.

»Genau. Mr. Collins.« Scotts Gesicht erhellte sich. »Leider darf ich nicht mit Ihnen über den Stand der Ermittlungen sprechen. Wir könnten uns aber stattdessen über Ihre vermisste Nachbarin unterhalten ...« Scott zwang sich an einem der Polizisten vorbei. So gepflegt der Flur sein mochte, so unangenehm eng war er auch.

»Hier herrscht ein Durcheinander. Mein lieber Mann. Wollen Sie zu mir kommen? Ich wohne eine Etage tiefer«, fragte der Unbekannte interessiert.

Noch bevor Scott seinen Kopf zu Angel wandte, stand seine Entscheidung bereits fest.

Kapitel 4

Während den Ermittlern das Appartement von Abigail Moore zwar modern, aber ein wenig spartanisch vorgekommen war, war das eine Etage tiefer liegende Pendant noch deutlich reizärmer. Alle Einrichtungsgegenstände waren nach zwei Aspekten ausgewählt: schlafen und am Computer arbeiten oder spielen. Keine unnötigen Bilder, Blumen oder gar Tische.

Es schien so, als könnte der Bewohner in zehn Minuten mit seinen zwei Bildschirmen aus der Wohnung verschwinden, ohne Beweise seiner Existenz zu hinterlassen. Die gesamte Einzimmerwohnung machte diesen seltsamen Eindruck - bis auf die einzig vorhandene Regalwand. Wenn es im gesamten Raum an Persönlichkeit des Bewohners fehlte, um eine detaillierte Aussage über Jeffrey Collins zu treffen, strotzte dieses Möbelstück im Übermaß vor Individualität.

»Sie sind offenbar ein Fan des Fernen Ostens!?«, bemerkte Angel. Mit dieser Sammlung an Figürchen, Räucherstäbchen, Büchern und Spielen ließe sich ein kleiner Touristenkiosk in Chinatown bestücken. *Seltsam - ob mir das nur auffällt, weil ich eben eine solche Figur in den Händen hielt?*

»Er ist, wenn Sie so wollen, meine zweite Heimat«, erwiderte Jeffrey Collins. Seine leicht gesenkte Stimme passte zum Wesen eines zuvorkommenden, höflichen Mannes in den Vierzigern. *Ein 'mitdenkender' Nachbar, auf den man sich jederzeit verlassen kann,* ging es Angel durch den Kopf. *Fast zu perfekt, um wahr zu sein.*

»Als ich fünfzehn war, mussten wir aus beruflichen Gründen übersiedeln. Mein Vater bekleidete zu dem Zeitpunkt das Amt eines Diplomaten. Er wollte seine Frau nicht mit einem schwierigen Kind, für das er mich hielt, allein lassen, also nahm er uns mit nach China. Wollen Sie etwas trinken?«, fuhr er fort.

Angel schaute instinktiv in Scotts Richtung, um seine Antwort abzuwarten. Gelegentlich nahmen sie solche Angebote an, um den Menschen ihre Bereitschaft zur Kooperation zu signalisieren.

Diesmal standen sie mitten in einer Bleibe, die nicht besonders vertrauenerweckend wirkte. Jeffrey Collins war zudem ganz offensichtlich einer von diesen Junggesellen, die es mit der Hygiene nicht besonders genau nahmen. Ganz anders als Scott.

»Vielen Dank, doch wir haben bereits zu Mittag gegessen und sind daher rundum versorgt«, log Scott höflich.

»Bitte, nehmen Sie doch wenigstens Platz«, bat Jeffrey mit einer einladenden Geste auf die Schlafcouch. »Ich weiß, mein Reich ist winzig, doch für einen einsamen Mann genau richtig!« Er machte sich nicht die geringste Mühe, einen pathetischen Unterton zu vermeiden.

»Vielen Dank«, entgegnete Angel, während sie sich auf dem von einer schmuddeligen Tagesdecke bedeckten Schlafsofa niederließ. Scott nahm direkt neben ihr Platz. Dass sie beide wie Hühner auf der Stange saßen, gefiel ihnen nicht. Doch es war die exklusive Gefälligkeit, welche sie diesem fremden Mann entgegenzubringen bereit waren, um seine Gastfreundlichkeit und somit sein Vertrauen nicht zu verletzen. Der einzige Trost war die Tatsache, dass das Sitzmöbel an die Wand gestellt war. Somit behielten sie den Überblick über das gesamte Zimmer.

»Eine tolle Wohnung haben Sie«, begann Scott mit einer üblichen Floskel.

»Danke sehr.« Jeffrey Collins drehte sich zu seiner Kochnische um, nahm einen Hocker heraus und setzte sich den Ermittlern gegenüber. Auch er verzichtete auf ein Getränk. Vermutlich aber mehr aus einem solidarischen Gedanken heraus, wenn man an die Hitze des sommerlichen Tages dachte.

»Warum haben Sie Ihre Nachbarin Abigail Moore als vermisst gemeldet?« Angel entschied sich, auf die indirekte Art der Befragung zu verzichten. Unterbewusst hatte sie das Gefühl, dass der Mann eine Herausforderung suchte und dass er eine starke Frau auch als eine solche wahrnahm.

»Nun, wir waren am Sonntag verabredet.« Jeffrey sprach unerwartet entspannt. »Ich habe ihr vor ein paar Tagen den

Computer neu installiert, aber etwas funktionierte immer noch nicht, nun wollte ich es mir ansehen. Es war sehr ungewöhnlich, dass ich sie das ganze Wochenende nicht erreichen konnte, obwohl wir fest verabredet waren.«

»Und das veranlasste Sie, Ihre Nachbarin als vermisst zu melden? Warum? Vielleicht war sie spontan verreist? Oder übernachtete bei Bekannten, Freunden?« Angel war aufrichtig irritiert. Aus ihrer Berufspraxis kannte sie eher die Sorte Nachbarn, die das Verschwinden eines Menschen erst dann bemerkten, wenn aus der Nebenwohnung unangenehmer Verwesungsgeruch drang. Die grausame Realität der Großstadt. So früh meldeten das Verschwinden nur Eltern von Minderjährigen.

»Dann kannten Sie aber Abigail schlecht«, entgegnete Jeffrey. Dass er die Vergangenheitsform benutzt hatte, ließ Angels innere Alarmglocken schrillen. Ein Blick zu Scott verriet, dass auch er es bemerkt hatte. Es konnte ein seltsamer Zufall sein, doch in den meisten Fällen bedeutete dies, dass derjenige zumindest als Zeuge einer Tat fungiert hatte.

»Abi ließ Leute nie im Stich, wenn sie eine Verabredung hatte«, fuhr der Mann fort. »Und mich hätte sie garantiert informiert, wenn sie weggefahren wäre. Schon allein deshalb, damit ich ihren Briefkasten leere. Außerdem brauchte sie jetzt einen funktionierenden PC für ihre Seminararbeit. Nein, diese Frau war die Inkarnation der Verlässlichkeit, wenn man das so sagen darf.« Im gleichen Augenblick überlegte Angel, ob sie diesen Mann nur voreilig verurteilt oder ob er lediglich auf ihren Blick zu Scott reagiert hatte. Jeffrey benutzte die Vergangenheitsform. *Zufall?*

»Reparieren Sie Computer?«, fragte sie neugierig.

»Irgendwie muss ich meinen Lebensunterhalt verdienen. Ich repariere alles, was Sie wollen. Oder ich versuche es zumindest.«

»Aha«, stellte Scott desinteressiert fest. »Wann haben Sie Abigail Moore das letzte Mal gesprochen?«

»Am Samstag. Nachmittags war es, glaube ich ... im Hausflur, oder was wollen Sie genau wissen?« Jeffreys Stimme klang leicht gereizt. Entweder mochte er die Frage, den Fragenden oder die Tatsache, gefragt worden zu sein, nicht. Umso interessanter wurde es für die beiden Ermittler.

Interessant. Zwei Gockel in Konkurrenz, dachte Angel amüsiert. Unter männlichen Kollegen keine Seltenheit.

»Kam sie Ihnen an dem Tag irgendwie anders vor als sonst? War sie in Eile? Ist Ihnen vielleicht etwas Komisches aufgefallen? Jede noch so kleine Sache könnte wichtig sein«, durchbrach Angel die latent spürbare Spannung zwischen den Männern.

»Nein. Sie hatte es am Samstag nicht eiliger als sonst. Abi bestätigte mir nur den Termin und ging hoch. Mehr sollten Sie selbst herausfinden.« Im gleichen Augenblick wurde Angel klar, dass Jeffrey aus unerklärlichen Gründen doch nicht mehr zum Reden bereit war. Er schien Scott nicht zu mögen. Und schließlich hatten sie Besseres zu tun.

Warum blockt er plötzlich ab? »Na gut. Vielen Dank für Ihre Hilfe.« Angel erhob sich als erste zum Gehen.

Die beiden Männer taten es ihr gleich. Scott bedankte sich so überschwänglich für die Hilfe, dass sie aufrichtig hoffte, Jeffrey würde die Ironie ihres Vorgesetzten nicht zu dessen Nachteil deuten.

Im gleichen Augenblick, als Scott gezwungenermaßen Jeffrey den Rücken zukehren musste, verlangsamte sie ihre Bewegung. Sie spürte, dass etwas mit diesem Mann nicht stimmte. Was genau, konnte sie nicht sagen. Noch nicht. Alles zu gegebener Zeit. *Ich darf diesem Mann aber nicht den Rücken zukehren. Er ist seltsam.*

Wenn es Jeffrey irritierte, dass er beim Hinausbegleiten nicht das sprichwörtliche Schlusslicht bilden durfte, so ließ er es die Ermittler nicht erkennen. Vielleicht spielte die Nervosität doch mit, denn seine Hände bekamen einen unkontrollierten Schwung. Er riss ein kleines Brettspiel von der Kommode im Flur seiner Wohnung. Mehrere kleine Keramikteile verteilten sich mit lautem Krach auf dem Boden.

»Mist, verdammter!«, fluchte Jeffrey. Scott beugte sich hinunter, um ihm zu helfen. Es waren viele perfekt gerundete und für die Form recht schwere Spielfiguren.

»Alles in Ordnung?«, fragte Angel um Fassung ringend, nachdem sie das unerwartete Geräusch sichtlich erschreckt hatte. »Was ist das?«

»Verzeihung ... Bin in letzter Zeit so zappelig. Das ist ein Spiel mit dem Namen 'Go'. Es müssten an die 340 Steine sein. Bedauerlicherweise verliere ich einige immer wieder. Könnten wir sie gleich nach Farben trennen? Erspart mir viel Arbeit. Die weißen kommen in die helle Dose, die schwarzen in die dunklere«, antwortete Jeffrey etwas ruhiger. Als er in die überraschten Gesichter der Ermittler blickte, fühlte er sich verpflichtet, es auszuführen. »... Ah, das kennen Sie wohl nicht? Ich hätte schwören können, dass ich vor einiger Zeit gegen einen Polizisten gespielt habe ... Nicht wichtig. Es ist ein altchinesisches Umzingelungsspiel, bei dem weiße und schwarze Steine abwechselnd auf einem Spielfeld gesetzt werden. Das Ziel ist, mit den Steinen der eigenen Farbe möglichst große Gebiete zu umranden. Dabei besteht ein Spielfeld, anders als beim Schach, nicht aus Quadraten, sondern lediglich aus Verbindungslinien. Es klingt einfacher, als es tatsächlich ist, denn die Komplexität dieses Spiels übersteigt Spiele wie Schach bei weitem.«

»Sie haben doch in China gewohnt, nicht wahr? Und können womöglich mit einigen Zeichen oder Buchstaben etwas anfangen, oder?« Scott verstand sofort, worauf Angel hinauswollte. *Schlaues Mädchen*, dachte er.

»Könnten Sie mir vielleicht erklären, was diese Zeichen zu bedeuten haben?« Sie zeigte Jeffrey die zuvor in Abigails Wohnung abgezeichneten Symbole, während Scott den letzten weißen Stein in einer der Dosen verstaute.

»Vielen Dank fürs Helfen ...« Prüfend nahm Jeffrey Collins den Block in seine Hand. »Aber natürlich. Es ist ganz leicht. Es ist eine Zahl. Die 514.«

»514?«, fragte Angel beinahe enttäuscht. Sie hatte sich deutlich mehr davon erhofft.

»Ja, nur die Zahl 514. Mehr nicht. Weniger aber auch nicht«, bestätigte Jeffrey und lächelte. Angel verkniff sich die Frage, wie er das wohl gemeint hatte. Sein Gesichtsausdruck verriet, dass er es für trivial hielt. *Das schaffen wir schon allein. Keine Sorge!*

»Noch eins«, warf Scott diesmal ein. Er achtete ganz genau darauf, die Vergangenheitsform nicht zu benutzen. »Teilt Abigail Ihre Vorliebe für China? Wissen Sie das?«

»Abi? Nein, niemals. Sie hielt dieses Land für furchtbar kitschig. Soweit ich weiß, hatte sie in Europa ganz viele Freunde und wollte da mal hin. Mehr kann ich Ihnen dazu aber wirklich nicht sagen.«

Wieder China ..., dachte Angel argwöhnisch.

Kapitel 5

»Was sagst du zu unserem überaus hilfsbereiten Nachbarn?«
Angel konnte ihre Neugier nicht verbergen, nachdem sie die Tür
des Chevy geschlossen hatte.

»Sehr seltsam«, antwortete Scott. Beim Drehen des Schlüssels
sprang der Wagen im Vergleich zu Angels 'Rostlaube' ungewohnt
leise an. Er ließ ihn erst warmlaufen, damit sich die Klimaanlage
einschaltete, bevor sie ausparkten. »Er bot sich förmlich an, auf die
Liste der Verdächtigen zu kommen. Ich habe den Eindruck, dass
mit ihm etwas nicht stimmt. Nur: ein komisches Gefühl, eine
Vorliebe für China und eine überaus sorgsam eingereichte
Vermisstenmeldung bieten uns nicht ausreichend Anhaltspunkte,
diesen Mann verhaften zu lassen. Heute wird wohl unsere Aufgabe
sein, etwas mehr über die Fälle aus New Jersey zu erfahren. Und ob
es eine tatsächliche Verbindung zu unserem Opfer gibt. Jeffrey
Collins werde ich mir persönlich vorknöpfen. Falls der Täter aus
New Jersey zu uns gewechselt ist, werden wir Verstärkung von
Bryan und Michelle brauchen. Ob ich will oder nicht, werde ich sie
aus dem Urlaub holen müssen. Denn wenn Abigail Moore das
fünfte Opfer ist, wird womöglich ein sechstes folgen. Der Täter
scheint sich in einer Umorientierungsphase zu befinden.
Vorsichtshalber soll Josh Bryan sogar schon anfordern. Sein
Wissen auf dem Gebiet der Individualpsychologie wäre jetzt sicher
gut, zumal die hiesige Signatur der Morde etwas von New Jersey
abzuweichen scheint ...«

Scott trat auf die Bremse, stellte auf 'D' und setzte damit den
Chevy in Bewegung, während Angel die Nummer von Josh wählte.

»Hi, ich bin's«, unterbrach sie seine obligatorische Vorstellung.
»Scott möchte alle Informationen zu der New Jersey-Serie haben,
die wir nur auftreiben können. Sobald ich in der Zentrale
angekommen bin, werde ich dir helfen.«

Stille.

»Bilder? So schnell?«, fragte sie überrascht und wartete ab.

Dass es sich offenbar um die ersten Bilder vom Tatort handeln musste, konnte Scott leicht am angespannten Gesichtsausdruck seiner Beifahrerin erkennen.

»Sag Josh bitte, er soll unsere Urlauber, soweit es geht, benachrichtigen«, warf er Angel zu. »Heute Abend tragen wir unsere Recherche zusammen und entscheiden, was zu tun ist. Wenn wir Jeffrey Collins im Revier verhören wollen, brauchen wir etwas Handfestes«, warf Scott ein und registrierte, wie Angel seine Anweisungen weitergab.

Und hätte sie sich umgedreht, so hätte sie wahrgenommen, wie sich der Eingang des Hauses in der neunzehnten Straße, das zu ihren Lebzeiten von Abigail Moore bewohnt worden war, zunehmend mit Schaulustigen füllte. Das gelbe Absperrband des FBI zog Menschen immer magisch an. Bis die letzte Spur gesichert war, würde das Band als aufmerksamer Wächter bleiben. Danach würde das Alltagsleben der Bewohner wieder den gewohnten Gang gehen. *Als wäre nichts passiert*, dachte Angel.

Derweil bog Scott in die Ninth Avenue ein. *Wie grausam*, dachte Angel. *Unweit der Bleibe des bestialisch ermordeten Opfers tobt das Leben. Menschen gehen zur Arbeit, Kinder zur Schule, ohne zu ahnen, dass sie womöglich den Ort überqueren, an dem noch vor wenigen Stunden eine junge Frau entführt wurde ...*

Sie hatte bereits im Gefühl, dass das forensische Team nur wenige Hinweise zur eigentlichen Tat in der Wohnung des Opfers finden würde. *Wer auch immer es war, hat dich nicht von Zuhause aus entführt. Zu auffällig, zu unsicher, zu durchsichtig. Hier muss man als Täter ein Teil des Ganzen sein, um unauffällig zu agieren. Dann wäre die Tat etwas Persönliches. Du bist freiwillig mit ihm gegangen, nicht wahr, Abigail? Und zwar ohne zu ahnen, was passieren würde*, spann sie im Kopf ihre Überlegungen zur Tat weiter.

»Angie, könntest du ein wenig aus ihrem Leben recherchieren?«, fragte Scott, als hätte er ihre Gedanken erraten. »Wir strecken mal die Fühler in alle Richtungen aus, würde ich sagen. Aber wollen wir vorher kurz bei unserem Lieblingschinesen vorbeifahren? Ich habe das Gefühl, dass dies heute ein sehr langer Abend wird, und langsam kommt der Hunger durch.«

»Warum wundert es mich nicht, dass du das vorgeschlagen hast? So oft, wie wir heute das Land erwähnt haben. Sag mal, wenn ich mich nicht täusche, dann gibt es bei denen immer wieder einige Migranten - aber genau das hattest du im Sinn, nicht wahr, Scott?«

Ihr Vorgesetzter quittierte die Frage mit einem so verführerischen Lächeln, dass Angel ein einzigartiges Gefühl von Lust überkam. Ähnlich einem Teenager fühlte sie, wie sie ein Schauder der Erregung ergriff.

Und diesmal musste sie nichts gegen ihre Gefühle tun, denn sie waren allein. Sie mussten sich nicht verstecken. Angel nahm Scotts Hand in die ihre, während er mit der linken den Wagen lenkte.

Sanft küsste sie seine schlanken Finger. Sie waren wie kleine Werkzeuge, die ihr in kürzester Zeit Schauer der Erregung den Rücken herunter jagen konnten, wenn er es nur wollte. Auch wenn sie wusste, dass Scotts Aufmerksamkeit zum großen Teil der Straße und nicht ihr galt, strahlte sie.

Da der Wagen endgültig an Geschwindigkeit verlor, konnte der eine oder andere aufmerksame Passant am Straßenrand sehen, wie glücklich der Fahrer des ankommenden Chevy in diesem Augenblick zu sein schien.

Kapitel 6

Wie für alle Besprechungen im Großraumbüro der 20. Etage des FBI-Gebäudes an der Federal Plaza üblich, roch es nach frisch gebrühtem, sehr starkem Kaffee. Angesichts der fortgeschrittenen Abendstunde musste es sich demnach um einen spannenden, diskussionsbedürftigen Fall handeln.

Die Ermittler des ansässigen BAU Teams, der besten Einheit, die das FBI derzeit landesweit zu bieten hatte, saßen an einem runden Tisch und warteten auf Scott Goodwin, die leitende Kraft der Einheit. Jeder von ihnen besaß wichtige Informationen, die den Fall betrafen, und konnte es kaum erwarten, sie dem Team zu präsentieren.

Doch heute ließ sie ihr Vorgesetzter ein wenig warten, was für ihn ungewöhnlich war. Sonst war Scott der erste, der den Raum betrat und trotz seiner höheren Position für die Erfrischungen seiner Mitarbeiter sorgte. Angel wartete geduldig ab, bis auch der letzte im Raum Platz genommen hatte.

»Scott lässt sich kurz entschuldigen«, sagte sie beschwichtigend. »Michelle liegt im Krankenhaus mit einem gebrochenen Bein, wie ich soeben mitbekommen habe. Sie war gestern mit ihren Enkelkindern im Zoo. Dort ist sie unglücklich gestolpert. Ein ganz blöder, recht komplizierter Bruch. Nun erholt sie sich von ihrer heutigen Operation. Soweit ich verstehen konnte, geht es ihr gut ...«

»Das stimmt.« Scott betrat den Besprechungsraum. Verblüfft stellte er wieder fest, wie Angel zusammenzuckte, als sie den warmen Bass in seiner Stimme hörte. Er war sicher, dass das nicht passiert wäre, wenn sie nicht mit dem Rücken zur Tür gesessen hätte. Die anderen Team-Mitglieder waren so geistesabwesend durch die Information über Michelles Unfall, dass sie diese winzige Geste ihrer Kollegin nicht im mindesten bemerkt hatten.

Irgendwie war Scott dafür dankbar. *Je weniger Beachtung solche Ticks bekommen, umso schneller verschwinden sie*, fand er. *Die lange Therapie, bei der du dich von Latton, unserem letzten Fall, erholt hast, hat zwar rein äußerlich funktioniert. Doch die instinktive Angst gegenüber unvorhergesehenen Ereignissen bist du wohl noch nicht los, Angie,* dachte er liebevoll.

Wie gern hätte er ihr damals diese Erfahrung erspart. Er fühlte sich wie ein Versager. Zumal auch ein Missverständnis zwischen ihnen beiden schuld daran war, dass er sie beinahe verloren hätte.

Angel setzte sich wieder aufrecht hin und lächelte. Es fühlte sich so an, als existiere seit ihrem anschließenden Krankenhausaufenthalt ein starkes Band zwischen ihnen, das sie zu einer innigen Einheit verknüpfte und dennoch nach außen unsichtbar war. Als würden sie in der Realität des Berufes und zur gleichen Zeit in einer anderen Welt existieren - einem Paralleluniversum, frei von Zeit und Raum, und vor allem frei von anderen Menschen. In dem sich alles nur um sie beide drehte.

»... ähm ... mit den New Jersey-Fällen beschäftigt«, drang die verunsicherte Stimme von Josh auch bei Scott langsam durch. Ertappt richtete er seine gesamte Aufmerksamkeit auf seinen IT - Spezialisten, in der Hoffnung, dass dieser seine Zerstreutheit nicht bemerkt hatte. Er war nicht sicher, ob Josh McMelma nur aus Höflichkeit oder Freundschaft die Zuwendung seines Vorgesetzten zu seiner Kollegin bisher 'nicht bemerkt' hatte. Anmerken ließ er sich sein Wissen jedenfalls nicht. McMelma ließ den Beamer hochfahren.

»Eine der Mordtaten geht sehr weit in die Vergangenheit zurück. Das erste Opfer der New Jersey-Serie wurde 1984 in den dortigen Wäldern gefunden. Annie Jones.« Das Foto einer jungen Frau erschien auf der Projektionswand, gefolgt von Bildern vom Tatort. Sehr grausamen Bildern.

»Annie wurde von ihren Eltern als vermisst gemeldet und ein paar Tage später von einem Förster in den Wäldern von Montagne Township gefunden«, fuhr Josh fort. »Sie war vierzehn Jahre alt, dunkelhaarig, und laut der Unterlagen recht unauffällig. Ihr Torso wies sehr viele Verletzungen auf, wovon nur die Strangulation zum unmittelbaren Tode geführt hat. Aber auch in Fällen aus New Jersey gab es Stichwunden. Aufgrund der Chronologie der Ereignisse und der Systematik des Tatortes schlossen die Ermittler damals in New Jersey auf einen Overkill. Der Täter wurde nie gefasst. Bis ein Zusammenhang zu den späteren Morden ersichtlich wurde. Nach einer wirklich langen Abkühlungsphase gab es ähnliche Morde. Bei jedem weiteren hatte der Täter zwar sein Handeln verfeinert, doch der Signatur seiner Handlung ist er treu geblieben.« Bilder von weiteren vier Opfern erschienen auf der Wand. Wie eine abscheuliche Steigerung des Grauens sahen sie junge Frauen, deren letzte Stunden auf jeder Stelle ihres Körpers eingezeichnet waren. Die Strangulation schien dem Täter eine humane Hilfe zur Erlösung von den Schmerzen in seiner verkehrten Welt zu sein.

»Overkill bei einem vierzehnjährigen Mädchen? Könnte es tatsächlich das erste Opfer gewesen sein?« Angel überlegte laut.

»In der Tat, zumal der Täter eine sehr lange Abkühlphase hatte.« Josh schien jedes Detail gut recherchiert zu haben. »Nach dem ersten Mord verliefen alle Spuren im Sand. Man fand wenige Anhaltspunkte. Der zweite, ähnliche Mord passierte erst 2005, also mehr als zwanzig Jahre später. Die weiteren jährlich im Sommer, bis die Serie 2007 plötzlich wieder aufhörte. Irgendwann landeten die Fälle bei den Cold Cases-Akten und wurden jetzt nach acht Jahren wieder aufgerollt.«

»Seit dem ersten Mord sind also 31 Jahre vergangen ...«, warf Scott ein. »Wenn der Mörder, wie damals aufgrund der Schwere und Brutalität der Tat vermutet wurde, zum Zeitpunkt des Overkills dreißig gewesen wäre, dann könnte er unser jetziges Opfer nicht so zugerichtet haben. Abigail Moore war zwar recht schlank, doch bestimmt auch kräftig. Und der Täter wäre demnach um die sechzig. Könnte es ein Trittbrettfahrer sein?«

»Die Kollegen in New Jersey legten großen Wert darauf, mir zu beteuern, dass wir sicher sein können, dass keine Detailinformationen über die Signatur nach außen gedrungen sind«, sagte Josh überzeugt. »Und diese ist wirklich recht speziell.«

»Wie speziell denn genau?«, fragte Dr. Bryan Goseburn leise. Seine Gedanken wanderten währenddessen zum verärgerten Gesichtsausdruck seiner Frau, die kein Verständnis für den verkürzten Urlaub gehabt hatte. Die nächste Zeit würde zu einem Balanceakt werden, seiner Arbeit nachzukommen, ohne seine Frau zu verletzen, die sich bereits am Ende seiner persönlichen Prioritätenliste sah. Deutlich nach seiner verletzten Freundin, Dr. Michelle Bellamy, die er in den nächsten Tagen im Krankenhaus zu besuchen beabsichtigte. Auch das würde sie schlucken müssen.

»In allen Mordfällen - bis auf den aktuellen - gab es massive Verletzungen der Opfer, jedoch nur die Strangulation führte zum Tod. Dennoch wurde nur auf das erste und das letzte der Opfer massiv eingestochen. Bei den anderen gab es eher Knochenbrüche oder Verbrennungen ... Bei keinem der Opfer wurden Spermaspuren beziehungsweise sexuell motivierte Handlungen im engeren Sinne festgestellt.« Josh setzte seine Erklärung fort. »Was sie alle verbindet, ist die postmortale Entfernung der Augäpfel und der Kieselstein, den die Opfer in der Mundhöhle hatten. Das Ausweiden - in Form der Entfernung innerer Organe, die der Täter anschließend neben dem Leichnam verteilt hatte - lag nur bei dem ersten Mordfall nicht vor. Die Autopsie von Abigail Moore fand noch nicht statt, doch es gibt erste Vermutungen, dass es sich wegen der sonderbaren Anordnung der Stichwunden vermutlich um einen Links- und Rechtshänder handelt. Das ist aber nur eine Hypothese der ersten Leichenbeschau am Tatort. Die Tiefe und die Ausrichtung der zugefügten Wunden müssen wir noch abwarten. Selbst bei umgelernten Linkshändern ist die Krafteinwirkung beider Hände unterschiedlich. Demnach hätten wir einen Unterschied zu den als älter vermuteten Taten. Was in diesem Fall neu wäre, sind die festgestellten Verletzungen im äußeren Teil des Genitalbereichs. Sie ließen die vorsichtige Einschätzung zu, dass es sich um einen besonders sadistischen Täter handeln muss. Wie stark das Opfer wirklich verletzt wurde, können wir zurzeit nicht sagen. Ansonsten - 'gewohntes' Muster.«

»Also, wenn wir unser bereits erlangtes Wissen anwenden ...«, resümierte Bryan Goseburn. Der Fall fing an, ihn zu beschäftigen, »... handelt es sich entweder um einen Trittbrettfahrer, der besonderes Wissen über die Vorgehensweise besitzt, oder womöglich um ein Team? Wobei solche gleichgesinnten Teams in der Realität eher selten sind. Vielleicht hätten die Kollegen bei dem ersten Mord nicht nach einem Dreißigjährigen, sondern einem Gleichaltrigen ermitteln sollen? Dann wäre er jetzt nicht sechzig, sondern 45. Und in dem Alter sicherlich auch fähig, eine junge Frau zu überwältigen.«

»Da ist was dran, Bryan.« Scott übernahm das Wort. »Ich fürchte, um diese Antworten zu finden, müssen wir die Ergebnisse der neuesten Autopsie abwarten. Mich würde noch etwas interessieren: Warum gibt es zwischen dem ersten und dem zweiten Mord über zwanzig Jahre, in denen der Täter nicht agiert hat? Ich halte das für ziemlich lang für eine Abkühlphase. Und warum brach die Serie dann 2007 erneut ab? Warum erfolgte der Mord an Abigail Moore erst acht Jahre nach dem vierten Opfer? Was hat der Täter in dieser Zeit gemacht?«

»Könnte er - vielleicht aus einem anderen Grund - im Gefängnis gewesen sein?«, überlegte Angel. »In diesem Fall würde es sich lohnen, ViCLAS nach interessanten Zeiträumen zu durchforsten. Die zweite Pause ist allerdings auch aus einem anderen Grund interessant. Sein Handlungsradius hat sich geändert.«

»Aus den Autopsieberichten der ersten beiden Opfer geht hervor, dass sich der Täter sogar enorm gesteigert hat. Es sieht fast so aus, als hätte er - denn von einem Mann können wir wohl ausgehen - heimlich geübt. Aber wo?«, erwiderte Josh. Im gleichen Augenblick klingelte sein Smartphone. »'Tschuldigung«, sagte er und schaute gleichzeitig aufs Display. »Im Gefängnis hätte der Täter keine Möglichkeit zum Üben gehabt. Ich habe soeben genauere Bilder von den Tatorten aus New Jersey als E-Mail erhalten, wie es aussieht. Vielleicht fällt uns ein Zusammenhang auf.«

Während Josh die Dateien von seinem Smartphone in einen Ordner auf den BAU-internen Computer weiterleiten ließ, überlegte Scott, ob sie nicht zu voreilig geurteilt hatten. *Verrennen wir uns nicht zu schnell in ein Täterprofil, das mit der Realität nicht mehr viel zu tun hat? Ohne einen aktuellen Autopsiebericht können wir nicht mal sagen, ob Abigail Moore wirklich ein neues Opfer der New Jersey-Serie ist.*

»Wir waren heute auch nicht untätig. Nach der Besichtigung des Tatortes sind Angel und ich zum Wohnort des Opfers gefahren, um uns ein Bild von den Umständen des Verschwindens zu machen. Erstaunlicherweise trafen wir dort einen sehr aufmerksamen Nachbarn, Jeffrey Collins, der sich uns fast wie ein Täter angeboten hat. Sehr auffällig.« Die alten Bilder der Tatorte in New Jersey wechselten in Form einer Diashow über ihren Köpfen. »Halt! Stopp! Halt das bitte an!«

Josh erschrak sichtlich.

»Kannst du bitte das Bild davor zeigen? Das mit dem weißen Stein?«, bat Scott aufgeregt. So unbeherrscht kannten sie ihn nicht. Josh klickte das gewünschte Bild an. Sie sahen einen ideal rund geformten Stein am Tatort-Fotomarker mit der Aufschrift: *Beweisstück Nr. 115, Fundort: cavum oris.*

»Oh, mein Gott«, entfuhr es Angel. »Einen ähnlichen Stein hatten wir heute sogar in der Hand! Der Nachbar des Opfers hat ein Spiel, das aus solchen Steinen besteht. Es heißt ... «

»Go!«, beendete Bryan Goseburn entsetzt. »Es ist ein strategisches Brettspiel für zwei Spieler und stammt ursprünglich aus China. Ich kenne es deshalb, weil ich öfter bei Turnieren mitspiele und sogar den ersten Dan besitze. Es sieht mir nach einer Standardausführung der Steine aus. Hatten alle Opfer sie im Mund?«

Josh überflog im Schnelldurchlauf alle Bilder. »Bis auf den ersten Mord scheinen die Steine tatsächlich identisch zu sein. Beim ersten Mal war es 'nur' ein Kieselstein, der den Ermittlern aufgefallen ist.«

»Was wenige Menschen wissen, ist«, entgegnete Bryan mit ernstem Gesichtsausdruck, »... dass in China die weiße Farbe ein Symbol des Todes und der Geister der Vorfahren ist. Weiße Kleidung ist auch im modernen China ausschließlich dem Besuch von Trauerzeremonien vorbehalten.«

»Könnte der Spielstein so eine Art Entgelt wie die Münze für Charon in der Antike sein?«, überlegte Josh. »Um den Toten ins andere Reich zu befördern? Die fehlenden Augen könnten bei dieser Fantasie der Garant sein, dass unser Opfer im Jenseits keinen Zeugen abgeben würde. Zu den Organen habe ich allerdings gar keine Idee. Sadistischer Akt? Klingt bizarr, aber nicht unplausibel.«

»Alles wäre möglich«, griff Angel seine Idee auf. »Als wir heute in der Wohnung des Opfers waren, fiel mir eine Statue auf. Ihr kennt sie ganz sicher. Drei Äffchen, geschnitzt, die nichts sehen, nichts hören und nicht sprechen wollen. Sonst hatte Abigail Moore keinen sichtbaren Tinnef in ihrer Wohnung. Meiner Recherche nach sind die Figuren ein Bestandteil der Lehre des buddhistischen Gottes und gelangten über Indien, dann China nach Japan. Sie lehren in ihrem Ursprung den Umgang mit dem Bösen. Während sie in der östlichen Welt eine positive Bewältigungsstrategie empfehlen, nämlich über das Böse hinwegzusehen, sind sie in der westlichen Welt sehr negativ besetzt - als ein Inbegriff von fehlender Zivilcourage: *Böses nicht wahrhaben zu wollen.* Noch ein Aspekt erscheint sehr interessant: Als ich die Figur umgedreht habe, sah ich vier dilettantisch eingeritzte, chinesische Schriftzeichen. Einer unserer Informanten«, Angel verschwieg gekonnt, dass man sie bei der Familie des Restaurantbesitzers finden konnte, bei denen sie zu Mittag gegessen hatten, »beziehungsweise sein Großvater bestätigte uns, dass es sich dabei um die Zahl 514 handelt. So, wie es zuvor der hilfreiche Nachbar auch übersetzt hatte. Seltsam, oder?«

»Wie jetzt? War das vielleicht so etwas wie eine Artikelnummer?«, fragte Josh neugierig. Trotz weitgehender Interessen auf beinah jedem Gebiet waren ihm fernöstliche Bräuche bisher verborgen geblieben.

»Eine 'Vier' ist bei den abergläubischen Chinesen ein genaues Gegenstück zu der erfolgsbringenden 'Acht'«, klärte Bryan seinen jüngeren Kollegen auf. Fernost war schon immer sein Steckenpferd, weshalb er in der Vergangenheit einige Male in Peking gewesen war. »Unsere *Vier* lautet auf Chinesisch *sì*, und das klingt ähnlich wie *Tod*. Aus diesem Grund gibt es in vielen Hotels oder Bürohochhäusern in China auch keinen vierten Stock. Aber was die 514 auf sich hat, kann ich euch leider auch nicht sagen.«

»Ich schon. Ich habe weiter recherchiert«, übernahm Angel. »Der Großvater erklärte, dass die Zahlen 514 hintereinander gelesen einen ähnlichen Klang ergeben, als wollte man sagen: 'Ich will sterben'. Noch heute Nachmittag hielt ich es für Humbug, dass diese Figur etwas mit unserem Mord zu tun haben könnte. Doch langsam bin ich mir nicht mehr so sicher. Was hat das alles zu bedeuten?«

Scott schaute recht auffällig auf seine Uhr. Er fühlte sich abgeschlagen und seine Konzentrationsfähigkeit ließ spürbar nach. Es war bereits nach neun, und die Luft war spürbar raus. Dass die Zeit so schnell vergangen war, hatten sie in der hitzigen Diskussion nicht bemerkt. Dafür spürte er, wie sein verspannter Nacken nach etwas Bewegung vor dem Schlaf verlangte. *Eine Runde ums Haus wird heute noch 'gehen' müssen,* überlegte er und dachte nach, wie er Angel seine abendliche Joggingrunde plausibel machen konnte.

Er spürte, wie sein Hemd unangenehm am Körper klebte, als würde dieser nach einer heißen Dusche verlangen. Scott sehnte sich danach, gleich nach dem Laufen den wohligen Geruch von Angels Haut wahrzunehmen, der den Todesgestank seines Jobs und die Bilder sicher vertreiben würde.

»Das bedeutet, Leute«, griff er Angels Frage auf, »dass wir uns entweder ganz fürchterlich in eine Sache verrennen, oder dass wir bisher erschreckend viele Puzzlestücke zusammentragen konnten. Damit schlage ich vor, dass wir für heute Feierabend machen. Etwas Schlaf wird uns allen guttun. Morgen werde ich mich mit Josh um Jeffrey Collins kümmern. Dazu bin ich heute kaum gekommen. Irgendwie steckt er da mit drin, nur weiß ich nicht, wie. Bryan könnte sich morgen mit der Presse auseinandersetzen. Und Angel kümmert sich um die Ergebnisse der Autopsie, sobald sie vorliegen. Bis dahin wäre es nicht schlecht, wenn Bryan die Bilder der Tatorte überprüft, um gegebenenfalls herauszufinden, ob diese Affen oder ähnliche fernöstliche Figuren noch irgendwo aufgetaucht sind, ohne dass man sie als Beweisstück registriert hat. Bryan kann dir vielleicht helfen. Möglicherweise gibt uns unsere ViCLAS die Täter heraus, die bereits ähnlich agiert haben ... Und ich weiß auch, dass ihr gern Michelle im Krankenhaus besuchen würdet. Wollen wir mit diesem Besuch den morgigen Arbeitstag beginnen?«

Scott sah, dass seine Kollegen verständnisvoll nickten. Die Müdigkeit war ihnen ebenfalls anzumerken.

»Sehr gut, dann sehen wir uns morgen um neun im Krankenhaus. Schlaft euch gut aus, denn es könnte in den nächsten Tagen wieder recht spät werden.« Mit diesen Worten entließ er seine Kollegen in den mehr als verdienten Feierabend.

Kapitel 7

Dienstag, 23.06.2015
Presbyterian Hospital

»Ihr seid verrückt!«, hörte Angel Michelle Bellamy feierlich zu den Besuchern sagen, als sie das Krankenzimmer in der Orthopädie des Presbyterian Hospital betrat. Sie lächelte.

Dass die Jungs am Bett der beliebten Kollegin stehen würden, davon konnte sie ausgehen, nachdem Scott ihre Wohnung bereits eine Viertelstunde vor ihr verlassen hatte.

Jeff und Bryan waren in solchen Fällen immer überpünktlich. Ganz im Gegensatz zu Angel, die eher auf den letzten Drücker kam. Eine schlichte Uhr über der Eingangstür zeigte bereits fünf Minuten nach neun, was bedeutete, dass sie mal wieder leicht verspätet war. Zum Glück fiel ihre Abwesenheit zum verabredeten Zeitpunkt niemandem auf.

Obwohl die sterile Umgebung des Krankenhauses kaum Wärme ausstrahlte, spürte man die vorhandene innere Ruhe, die die verletzte Ermittlerin selbst in dieser Situation ausstrahlte. Dabei ertrank ihr Ein-Bett-Zimmer in den von Familie und Freunden mitgebrachten Blumen. »Ihr seid alle richtig verrückt!«, wiederholte sie sichtlich gerührt. »Wer kümmert sich um die Arbeit, wenn ihr alle hier seid?«

»Mach dir keine Sorgen, Michelle. Im Moment haben wir nicht besonders viel zu tun«, beruhigte Scott die Kollegin. »Wir freuen uns doch, dass die Operation so gut verlaufen ist. Die Arbeit läuft nicht weg, wenn wir dich kurz besuchen.«

Dr. Michelle Bellamy schaute ihn durchdringend an. Ihre braunen Augen, die von unendlich vielen Fältchen umrahmt waren, zeugten von ihrer Lebenserfahrung, deren Teil auch die jahrelange Mitarbeit bei der Verbrechensbekämpfung war. Sie wirkte trotz ihrer durch und durch lebensbejahenden Einstellung recht matt. Zum ersten Mal verstand Scott, wie ernst es Michelle tatsächlich gewesen war, als sie ihm gesagt hatte, dass sie bald vorzeitig in Pension gehen wolle.

»Für eine Viertelstunde, länger nicht!«, sagte sie und nahm ihnen die Chance, sich zu widersetzen. Michelle kannte ihren Vorgesetzten viel zu lange, um ihm eine Lüge betreffend der sorgenfreien Zeit so leicht abzunehmen. »Auch ich bin etwas älter geworden und brauche manchmal meine Ruhe«, fügte sie als Erklärung hinzu.

»Und jetzt erzähl mal. Was ist passiert?«, fragte Scott neugierig.

»Ihr werdet es nicht glauben. Wir waren mit den Enkelkindern am Sonntag im Zoo, im Central Park. An einem Gehege bin ich dämlich ausgerutscht und zwar so unglücklich, dass ich gleich operiert werden musste. Jetzt sitze ich hier fest und ihr wisst ganz sicher, was das für mich bedeutet!«

Scott lächelte. *Es bedeutet, dass endlich etwas mehr Ruhe in dein Leben einkehrt, Michelle*, vollendete er amüsiert in Gedanken. Ihm fiel mit der Zeit auf, dass seine Kollegin sich mehr vornahm, als sie zu leisten fähig war. Der Zahn der Zeit machte auch vor ihr nicht halt. *Einige arbeitsfreie Wochen werden dir garantiert guttun.* »Gib Obacht, Michelle! Ich habe schon gehört, dass die Schwestern ihre tollste Patientin hier behalten wollen!«, witzelte er.

Eine Handvoll der schlausten Köpfe, die das FBI im Moment zur Verfügung hatte, war in ausgelassener Laune am Bett ihrer Kollegin versammelt, während der Mörder einen grausamen Plan schmiedete, dessen Teil einer von ihnen werden würde. Nur das künftige Opfer ahnte es nicht ... noch nicht.

Nun war Zeit für die unbeschwerte Gerüchteküche. »... Ist das nicht idiotisch? In seiner hohen Stellung wie ein Schuljunge im Druckerraum von der Putzfrau entdeckt zu werden? Der Oberboss höchstpersönlich? Es ist wie in einem schlechten Krimi ...« Joshs Stimme bebte vor Vergnügen.

»Leute!« Auch Michelle konnte ihre Belustigung kaum bändigen. Was Josh gerade zum Besten gegeben hatte, trieb auch ihr Lachtränen in die Augen. »Jetzt ist aber gut! Gleich gibt es eine

Ärztevisite! Wie sieht das aus, wenn ihr alle um mich versammelt seid? Die Arbeit wartet schon!«

Zu gut wusste Scott, dass sie recht hatte. Selbst wenn sie sich in Sicherheit wiegten, dass der Täter bisher ausreichend lange Abkühlphasen gehabt hatte, durften sie ihre Arbeit jetzt nicht vernachlässigen. Auch nicht, wenn sie selten so gelöst zusammen saßen. Als wollten sie mit guter Laune all den Psychopathen trotzen, die das Schicksal ihres Berufes für sie vorgesehen hatte. Der Wink wurde verstanden. Sie verließen das Zimmer nacheinander.

»Scott, warte mal bitte!«, bat Michelle mit ernster Stimme. »Ich muss dich noch ganz kurz sprechen.«

Unüberlegt griff Scott Angel am Arm. »Wir sehen uns gleich. Ihr wisst, was zu tun ist, nicht wahr?«, warf er ihr fast entschuldigend zu, bevor sie das Krankenzimmer nickend verließ.

»Ist alles okay, Michelle?«, begann Scott unsicher. Sie waren allein.

»Keine Angst, es ist nichts Schlimmes!« Seine Kollegin lächelte müde. »Sie mag dich sehr. Das sieht ein Blinder! Es würde mich wundern, wenn die anderen es nicht längst bemerkt hätten.«

Scott fuhr sich unsicher mit seiner Hand über die Haare. »Vermutlich hast du recht. Angel braucht noch Zeit, die ich ihr geben will. Was die anderen dazu meinen, ist mir nicht wichtig. Du weißt, einst hat mich meine Ungeduld meine Ehe gekostet. Diesmal will ich es nicht vermasseln. Aber nicht deshalb wolltest du mich sprechen, oder?«

Es ist erstaunlich, wie gut wir uns kennen, dachte Michelle wohlig. »Nein. Nicht nur. Ich habe heute früh in der Personalabteilung angerufen und darum gebeten, meine Stundenanzahl auf ein absolutes Minimum zu reduzieren, damit du eine Stelle frei bekommst. Ihr habt wieder einen schwierigen Fall, nicht wahr? Und ich kann nicht helfen.«

»Nein, alles ...«, begann Scott.

»Hör auf!«, unterbrach ihn Michelle sehr ernst. »Wie lange kennen wir uns schon? Fünfzehn Jahre vielleicht? Ich weiß, dass du mich schonen möchtest, und das ist sehr lieb von dir. Aber ihr braucht dringend Verstärkung, und ich weiß nicht, wann ich wieder einsatzbereit bin. Es tut mir leid, dass du es nicht als erster erfährst ...«

»Wir brauchen keine ...«

»Doch, braucht ihr!« Michelle fiel ihrem Vorgesetzten ins Wort. Beide wussten sie, dass in diesem Zimmer, unter vier Augen, andere Regeln galten als in der 20. Etage der Federal Plaza, in der Scott die führende Rolle innehatte. »Dass ihr unterbesetzt seid, brauche ich nicht zu betonen. Das weißt du besser als ich. Und du ahnst sicherlich, wen ich vorgeschlagen habe. Gib ihr bitte eine Chance in deinem Team. Sie ist gut und sie schafft es. Nur sie kann mich perfekt ersetzen!«

»Estrella? Ich soll Estrella ins Team holen?« Auch wenn er sich keine andere Agentin als würdigen Ersatz für Michelle vorstellen konnte, gefiel ihm der Gedanke nicht.

»Genau. Sie kommt heute Nachmittag in dein Büro. Gib ihr bitte eine winzige Chance, okay? Wenn nicht ihret-, so meinetwegen«, bat Michelle leise.

Kapitel 8

Als Angel am späten Nachmittag mit den Zwischenergebnissen der Autopsie im Büro auftauchte, spürte sie, wie die Anspannung bereits in der Luft hing.

Bryan Goseburn war geladen. Sehr geladen.

»Alles in Ordnung?«, fragte sie vorsichtig.

Bryan war zwar ein recht umgänglicher Kollege, doch die herrschende Hitze und sein fortgeschrittenes Alter machten es ihm in letzter Zeit schwerer, die für ihn so charakteristische Ruhe zu bewahren. Dass er das perfekt klimatisierte Großraumbüro heute hatte verlassen müssen, zeigten die angedeuteten Schweißflecken, die bei jeder seiner Armbewegungen sichtbar wurden.

Die Sonneneinstrahlung in der Stadt war bereits so stark, dass der Asphalt zu glühen schien. Am Himmel gab es nicht mal eine Wolke, die die Hoffnung auf ein wenig Regen aufleben ließ. Angels Bluse klebte an ihrem Körper.

»Hör bloß auf!«, antwortete Bryan grimmig. »Diese blöde Presse! Sie haben mich zu dem aktuellen Fall ausgequetscht wie eine Zitrone. Mein Name geistert mittlerweile durch jeden Sender. Und mein Haus wird von der Presse so belagert, als wüsste jeder, der mich annähernd kennt, etwas über unsere aktuelle Leiche. Mich würde nicht wundern, wenn sie selbst meine vermeintliche Unterhosengröße von einem gesprächswilligen Nachbarn wissen. Dieses sensationsgeile Journalistenpack! Wie machst du das bloß?«

»Wie mache ich was?« Angel lachte auf.

»Wie schaffst du es, vor einer Schar dieser Aasgeier so ruhig und gelassen zu bleiben, dass sie kaum etwas von dir erfahren? Ich war zu nervös, machte Fehler. Nie wieder bekommt man mich dahin! Ich bin nicht für die Publicity geschaffen. Ich ziehe meinen Hut vor dir.«

»Jahrelange Übung, Bryan.«, Angel schien amüsiert. »Aber ich weiß, was du meinst. Glaube nicht, dass bei mir am Anfang alles glatt lief. Allerdings wundert es mich, dass die Presse euer Haus belagert.«

»Mich nicht besonders, muss ich gestehen«, antwortete Bryan frustriert. »Bisher habe ich es Scott gar nicht erzählt, doch Grace bemüht sich um die Kandidatur am Obersten Gerichtshof. Jede Neuigkeit aus dem Hause Goseburn ist der Öffentlichkeit recht. Insbesondere eine bis zur Unkenntlichkeit zugerichtete Frauenleiche mit Vorgeschichten aus New Jersey. Hätte ich geahnt, dass sich alles so entwickelt, hätte ich mich geweigert, eine Erklärung abzugeben.«

»Autsch. Das ist wirklich blöd. Tut mir leid, Bryan.« Angel tätschelte tröstend den Arm ihres langjährigen Kollegen. Auch wenn sie nicht schuld war an Scotts Entscheidung, Bryan dort hinzuschicken - er tat ihr wirklich leid. »Kann ich dir irgendwie helfen?«

»Helfen? Wobei?« Scotts Stimme ließ sich in Angels Rücken vernehmen. Erneut zuckte sie für einen kurzen Augenblick zusammen, ließ aber dann ganz schnell locker und drehte sich zu ihm um.

»Nicht wichtig!«, antwortete Bryan vielleicht eine Spur zu hastig.

Scott ließ sich erstaunlich leicht mit dieser Antwort zufriedenstellen. Offensichtlich beschäftigten ihn andere Gedanken.

»Könntet ihr alle in fünfzehn Minuten im Besprechungsraum eintreffen?« Scott war nur so sachlich, wenn es etwas Wichtiges zu erörtern gab. Klar war: Es war keine höfliche Frage, sondern eine ernst gemeinte Aufforderung. Bryan und Josh nickten - ein überflüssiges Zeichen der Zustimmung. Angel dagegen fand den Ton ihres in diesen Räumlichkeiten 'nur' Vorgesetzten unpassend.

Für dich springen wir alle gerade im Dreieck, etwas netter könntest du schon sein. »Brauchst du eine Zusammenstellung der Vorergebnisse der Autopsie? Ich weiß nicht, ob ich sie ...«, antwortete sie trocken.

»Vorerst haben wir etwas Wichtigeres auf der Agenda!«, schnitt Scott ihr das Wort ab. Ohne sich umzudrehen, ging er eiligen Schrittes die Treppe hoch zu seinem Büro, sich Angels verärgerten Blickes voll bewusst.

*****

Es war einer der wenigen Fälle bei der Arbeit, in denen Angel den ansonsten resoluten Scott angespannt erlebt hatte. Diese Tatsache ließ gleich das Missfallen in Sorge umschlagen. *Ich könnte mich vielleicht etwas beeilen und ein paar Worte mit Scott wechseln, bevor die Jungs eintreffen. Irgendetwas stimmt hier nicht,* ging es ihr durch den Kopf.

Hastig packte sie ein paar Akten zusammen und stellte dabei fest, dass Josh am Rechner vertieft war und Bryan offensichtlich noch die Zeit nutzte, den Waschraum aufzusuchen. Wenn sie sich beeilte, würde sie Scott vorher allein erwischen ...

Zu seinem Büro nahm sie den gleichen Weg, den Scott zuvor gegangen war. Niemand schien von ihrem fluchtartigen Verlassen des Arbeitsplatzes Notiz genommen zu haben, was sie erleichterte.

Unter dem Druck der fortgeschrittenen Zeit verzichtete sie diesmal darauf, anzuklopfen. Als sie die Tür öffnete, blieb ihr Herz stehen.

In dem zweifelsohne luxuriösesten Raum, den die BAU-Einheit zu bieten hatte, saß hinter Scotts aufgeräumtem Schreibtisch aus feinstem Mahagoni eine Frau. In ein angeregtes Gespräch vertieft, ließ sie sich von ihm etwas erklären. *Ich saß noch nie auf seinem Platz,* ging es Angel im gleichen Augenblick durch den Kopf.

So, wie Scott der Frau zugeneigt war, bedurfte es keiner beruflichen Kenntnisse eines Profilers, um zu wissen, dass die beiden sich offenbar gut kannten. Nein, Fraueninstinkt genügte.

Für die weniger vertrauten Besucher in diesem Büro war ein edler Tisch in Vollholz aus feinstem Mahagoni mit acht hochwertigen Stühlen vorgesehen. Angel fühlte sich plötzlich so fehl am Platz, als hätte sie einen intimen Augenblick gestört. Zugleich stellte sich die Empfindung ein, betrogen worden zu sein, die sich nicht rational wegdenken ließ.

Scotts verunsicherten Blick, den er Angel beim Aufrichten schenkte, ignorierte sie gänzlich. »Es tut mir leid, wenn ich störe ...« *Irgendetwas muss ich schon sagen, auch wenn mir nicht danach ist,* versuchte sie sich zu beherrschen. Sie fühlte, wie ihre Emotionen die Oberhand gewannen. *Das darf ich vor dieser fremden Frau nicht zulassen. Dafür wird es nachher sicher eine Erklärung geben.*

»Ich wollte nur sagen, dass ich im aktuellen Fall einige nützliche Informationen ... na ja ... Ich habe sie jedenfalls mit. Später. Bei der Besprechung ...« Es klang genauso erbärmlich, wie es Angel tatsächlich zumute war. *Ich mache alles nur noch schlimmer,* dachte sie verärgert.

Als hätte Scott diese für Angel peinliche Situation gar nicht registriert, entgegnete er trocken: »Wir besprechen noch kurz einige Details und kommen gleich rüber, Angel. Estrella hat gute Arbeit geleistet. Gib uns einen Moment ...« Noch ehe er diesen Satz zum Abschluss bringen konnte, erklang das Geräusch der ins Schloss fallenden Tür.

Wie verärgert Angel tatsächlich war, konnte Scott vermutlich nicht im Mindesten erahnen. Dessen war sie sicher. *Was bin ich für ein naiver Trottel?*, fragte sie sich, obwohl sie keine Antwort auf diese Frage parat hatte. Nicht mal auf die, ob sie mehr auf Scott oder auf sich selbst sauer sein sollte für diese eindeutige Situation. Alles, was sie jetzt wollte, war weg. Weg von Scott, weg aus dem Büro ... Zur gleichen Zeit sagte ihr Kopf, dass diese Reaktion sehr unreif war. *Ich darf mich von den Emotionen nicht so leiten lassen,* ermahnte sie sich. *Hey, was wir haben, ist LEDIGLICH eine Affäre! Nicht der Rede wert. Es hat sogar den Vorteil, dass wir jederzeit tun können, was uns gefällt.* Das Echo im Kopf antwortete: 'Treffen können, wer uns gefällt ...'

Angel musste sich dem Teufel stellen. Man erwartete von ihr Professionalität, und diese würde sie zeigen. Oder es zumindest versuchen. Wider Willen schritt sie daher sofort in das Team-Besprechungszimmer, in dem sich bereits Bryan und Josh angeregt über den aktuellen Fall unterhielten. Auch wenn sich Angel sehr bemühte, folgen konnte sie diesem Gespräch nur schwer. Estrella ging ihr nicht aus dem Kopf.

»Alles okay, Angel?« Josh bewies als erster seine Feinfühligkeit.

»Alles in bester Ordnung«, entgegnete sie gepresst. »Unser neuestes Opfer geht mir nicht aus dem Kopf. So eine junge Frau. Und es passiert immer und immer wieder ...«

»Hey, darum sind wir doch da! Um dieses Schwein zu fassen!« Bryan schien ihre vermeintliche Sorge ernst zu nehmen. Offenbar hatten ihr die Jungs die kleine Lüge abgenommen. Nicht, dass ihr die Frau tatsächlich wichtig war. Im Gegenteil. Nur im Moment bemühte sich ihr Verstand, ihr Herz zu übertönen.

Im gleichen Augenblick betrat Scott mit seiner Begleiterin den Raum. Ihr Vorgesetzter, wie sie sich stets zwang, ihn in diesen Räumen zu sehen, schien etwas gelöster zu sein. Angel sah die Fremde neben Scott stehen. Etwas in ihr zog sich bei diesem Anblick merklich zusammen. Die Fremde sah so erstklassig aus neben dem Mann, mit dem sie eine Affäre hatte, dass es ihr wehtat. *Rein optisch passen sie so gut zusammen*, fand Angel, *wie wir es niemals tun werden*. Diese Erkenntnis versetzte ihr einen Stich.

»In erster Linie möchte ich euch Estrella Fernández vorstellen«, begann Scott feierlich, bevor er sich mit dem Rücken zu der Projektionswand Angel gegenüber setzte. Estrella nahm direkt neben ihm Platz. Sie wirkte keinesfalls verunsichert. »Estrella wurde von Michelle vorgeschlagen, unser Team zu verstärken. Zumindest solange sie noch im Krankenhaus ist.«

Voller Absicht wich Angel seinen Blicken aus. Darüber ärgerte sie sich selbst. *Nimm dich doch endlich zusammen! Du benimmst dich wie ein Kleinkind*, ermahnte sie sich innerlich. Doch das Bild, wie die dunkelhaarige Brasilianerin in einem äußerst ansprechend wirkenden Hosenanzug neben Scott saß, ging ihr nicht aus dem Kopf. Auch wenn Estrella schwerer als Angel wirkte, so waren ihre Rundungen auf die Stellen verteilt, die sie für viele Männer unwiderstehlich machten. Selbst Angel musste zugeben, dass sie Estrella sehr anziehend fand.

Diese Frau gehört zu der Sorte, mit denen ich es mit meinem sportlichen Körper niemals aufnehmen kann, dachte sie betrübt. *Warum fühle ich mich durch ihre bloße Anwesenheit gezwungen, mich mit einer Frau zu messen?*

»Estrella ist eigentlich Psychologin mit einer erstklassig abgeschlossenen FBI-Ausbildung. Wir kennen uns bereits seit unserer Kadettenzeit in Quantico und hatten das Vergnügen, die ersten Jahre zusammenzuarbeiten.«

Nur das Vergnügen, zusammenzuarbeiten?, dachte Angel sarkastisch. *Oder war da auch mehr?* Jetzt schaute sie Scott herausfordernd an und registrierte, wie er den Blick senkte. *Offensichtlich war da mehr als nur 'Arbeit',* stellte sie schmerzerfüllt fest.

»Michelle habe ich in Quantico in der Toxikologie kennengelernt«, übernahm Estrella das Wort. Ihre Stimme klang angenehm samtig, und ihr Akzent verriet auf eine hinreißende Weise ihre Wurzeln. Und genau das passte Angel absolut nicht. »Damals promovierte sie, und ihr Thema hatte mich, eine angehende FBI-Agentin, so gepackt, dass ich sie bat, mich in ihr Team aufzunehmen. Aus Arbeit wurde Freundschaft, und nun stehe ich hier in der Hoffnung, dass auch meine bisherige Leistung ausschlaggebend ist.«

Angel sah sich um. Josh und Bryan schauten der neuen und sehr attraktiven Kollegin mit einem überaus euphorischen Gesichtsausdruck zu, was sie noch mehr zur Verzweiflung trieb. *Nimm dich endlich zusammen, du Kleinkind!,* brüllte ihre innere Stimme sie jetzt an. Ohne nennenswerten Erfolg. In ihr brodelte es.

»Herzlich willkommen im Team«, vernahm sie Joshs Stimme. Bryans Beteuerung der Freude folgte zugleich.

Typisch Männer, fluchte sie innerlich. »Auch von mir ein herzliches Willkommen!«, presste sie heraus, sichtlich bemüht, es wenigstens annähernd so zu empfinden. *Vielleicht... eines Tages ...,* ergänzte sie in Gedanken.

»Stört es euch, wenn ich sogleich zu unserem derzeitigen Fall komme?«, unterbrach Scott mit einem Hauch Ironie in der Stimme, die darüber hinwegtäuschen sollte, wie erleichtert er über Estrellas Erstaufnahme im Team war.

Den Blicken von Angel nach zu urteilen, würde der heutige gemeinsame Abend unter einem weniger glücklichen Stern stehen. »Wir sind alle Fakten nochmal durchgegangen, was den vermeintlich netten Nachbarn von Abigail Moore betrifft. Jeffrey Collins weist, was seinen Lebenslauf betrifft, viele interessante Parallelen auf, die er mit unserem Täter gemeinsam hat. Zufälligerweise, oder vielleicht auch gar nicht zufällig, wurde er in New Brunswick geboren, also in New Jersey, als Sohn eines Diplomaten. Viele Aufzeichnungen gibt es allerdings darüber nicht. Im Jahre 1985 entsandte unsere Regierung einige Diplomaten nach Nanjing, eine Stadt im Osten der Volksrepublik China. Mit Joshs Hilfe fanden wir heraus, dass sich dabei auch ein Diplomat namens Collins befand. Ab diesem Zeitpunkt fehlen jegliche Informationen bis zum Jahr 2005, in dem in New Jersey auf den Namen Jeffrey Collins ein Führerschein und eine Kreditkarte beantragt wurden. Es stellt sich die Frage, wie der erwachsene Herr Collins, wenn es alles Zufälle sind, sich in den einundzwanzig Jahren fortbewegt hat oder seinen Lebensunterhalt bestritt, falls er doch noch zurückgekehrt ist. Erst recht stellt sich die Frage, warum er ausgerechnet mit 35 Jahren plötzlich einen Führerschein brauchte.«

Schweigen. »Bäääm. Wir haben ihn also?«, unterbrach Bryan das Schweigen. »Angenommen, er ist unser Mann. Dann wäre dies einer der leichtesten Fälle, den ich je in meiner Karriere bearbeitet habe.«

»Ich gebe zu«, übernahm Scott, »es klingt zu leicht, um wahr zu sein. Er hat sich quasi angeboten, verdächtig zu erscheinen. Diese Haltung ist mir in meiner ganzen Berufszeit noch nicht begegnet. Meist sind die Täter bemüht, sich zu tarnen. Darum wollte ich noch mit euch sprechen, bevor wir ihn verhaften lassen. Haben wir etwas übersehen?«

»Ich war heute in der Rechtsmedizin.« Angel schien mit dem Aufrollen des aktuellen Falles die Fassung wiedererlangt zu haben. Zumindest in den vier Wänden der BAU. Reflexartig strich sie mit ihrer Hand über die Akte mit der Aufschrift *Abigail Moore*, die vor ihr lag. »Im vorläufigen Bericht, um den ich gebeten habe, wimmelt es von zahlreichen dokumentierten Verletzungen des Opfers. Doch die wahre Todesursache ist, passend zu unseren Recherchen in New Jersey, wieder das Erdrosseln. Es heißt: *Der Leichnam weist Brüche von Zungenbein und Kehlkopf sowie typische Würgemale am Hals auf.* Der untersuchende Rechtsmediziner verglich - auf meine Bitte hin - seine Beobachtungen mit den früheren Berichten aus New Jersey, die uns gemailt wurden. Er hielt die Würgemale im aktuellen Fall für deutlich effizienter gesetzt, was mit einem gewissen Lerneffekt des Täters zusammenhängen könnte. Er schließt die Ähnlichkeit nicht aus. Den Begutachtungsbericht lassen sie uns zukommen, wenn die Ergebnisse der Toxikologie vorliegen. Und«, auf diesen Moment hatte sich Angel bereits in der Rechtsmedizin besonders gefreut, deshalb zog sie das 'u' besonders in die Länge, »diesmal fand man auf der Kleidung des Opfers ein ausgerissenes Haar mit einem sogenannten Haarbalg, der genug Follikelgewebe für eine DNA-Analyse liefern konnte. Die DNA konnte zwar bestimmt werden, aber nicht, wem sie gehört. Zumindest nicht in unserer Datenbank. Das heißt, dass der Träger nicht vorbestraft ist. Für weitere Erkenntnisse brauchen sie noch Zeit. Es ist Sommerzeit, die Gerichtsmedizin ist etwas unterbesetzt, aber ich bleibe dran.«

»Donnerwetter! Wir sind wieder einen großen Schritt weiter!«, stellte Scott zufrieden fest. Als er Angels prüfenden, aber jetzt weniger strengen Blick registrierte, spürte er eine Woge der Erleichterung.

»Auch bei meiner Recherche sind wir weitergekommen«, übernahm Josh das Wort. »Selbst nach dem gründlichen Durchschauen aller Tatortbilder aus New Jersey ist Bryan und mir nichts Besonderes aufgefallen. Also riefen wir ganz behutsam bei den Angehörigen an. Immerhin konnten sie uns in einem der vier Fälle über eine Affenfigur berichten. Wir baten um ein Bild davon. Einer der Beamten vor Ort ließ es mir zukommen. Wieder eine dilettantisch angefertigte Gravur. Wieder die Zahl 514. Nun sind sie dabei, die anderen Angehörigen zu kontaktieren. Unser viertes Opfer machte Yoga, daher waren die Äffchen bei der

Durchsuchung nicht aufgefallen. Die Mutter ließ aber das Zimmer ihrer Tochter so, wie sie es vor acht Jahren verlassen hatte. Mal schauen, ob wir bei den anderen ähnliches Glück haben, obwohl ich mir keine Hoffnungen mache. Immerhin liegen die Verbrechen schon etliche Jahre zurück. Die Lebensumstände der Familien haben sich seitdem gravierend verändert, was die Suche nicht leichter machen wird.«

»*Ich will sterben*, heißt die chinesische Botschaft, die hinter der Nummer 514 steht, richtig?«, fragte Estrella mit Bedacht und betonte jedes Wort. »ICH WILL STERBEN. Klingt das nach Rechtfertigung für den Mörder? Hat er so sein Opfer markiert? Hat er sich seine Billigung mit einem Geschenk geholt? Oder ist es eine Botschaft an die Ermittler?«

»So oder so, es klingt nach einem selbstbewussten, planenden Täter.« Bryan fuhr sich mit der Hand über die Schläfe. Er fühlte sich erschöpft. »Wenn er eine Billigung des Opfers gewollt hätte, hätte er doch dem Leichnam mehr Respekt erwiesen, oder? Stattdessen ließ er sie ungeschützt liegen, vielmehr warf er die Frauen wie einen Müllsack weg. Wie passt das zusammen?«

»Genau!« Estrella übernahm wieder das Wort. »Er ist selbstbewusst, gerissen, überheblich. Er fordert uns heraus! Warum sollte er es uns so leicht machen, ihn zu fassen? Und das, indem er sich quasi auf einem Silbertablett in Form eines mitdenkenden Nachbarn anbietet, den wir nur zu verhaften bräuchten. Das ist etwas, das aus meiner Sicht bei diesem Puzzle nicht passt.«

»Andererseits haben wir bisher nur einen einzigen Verdächtigen, der allein aufgrund der Indizien den perfekten Täter abgibt«, stellte Scott nüchtern fest. »Ich schlage vor, dass ich alle unsere Informationen an die Staatsanwaltschaft weitergebe, um einen Haftbefehl zu erwirken. Mal sehen, ob es für einen dringenden Tatverdacht und eine gerichtlich verordnete Untersuchung ausreicht. Deshalb schlage ich vor, dass ihr heute etwas eher Feierabend macht. Die letzten Tage waren anstrengend genug. Falls wir einen Haftbefehl erwirken können, werde ich persönlich das S.W.A.T.-Team begleiten. Ab morgen geht unsere Arbeit am Fall weiter. Wir sind aber ganz nah dran. Ich spüre es!« Scotts Stimme klang eine Spur zu euphorisch. Vielleicht wollte er es tatsächlich glauben. Oder vielleicht wollte er seine Nervosität vor einem Gespräch mit Angel verstecken. *Wenn ich ihr über Estrella nichts sage, wird sie es irgendwann herausfinden …*

Sein mulmiges Gefühl steigerte sich noch mehr, als er sah, wie sich der Besprechungsraum leerte. »Ach, Angel. Den vorläufigen Autopsiebericht würde ich mir gern etwas näher anschauen. Wollen wir uns nochmal im Büro zusammensetzen, bevor du gehst? Doch vorher muss ich das Telefonat mit der Staatsanwältin erledigen.« Scott hoffte, dass diese Aufforderung für die Kollegen harmlos genug klang.

»Selbstverständlich, Chef!«, antwortete Angel eine Spur zu gereizt.

Währenddessen wandte sich Scott an seinen alten Freund: »Bryan, könntest du unserer neuen Kollegin den Schreibtisch von Michelle zeigen? Sie hat Estrella bereits alle Zugangsdaten gegeben. Könntest du den Rest übernehmen? Die Einrichtung eines neuen Arbeitsbereiches wird sich noch etwas hinziehen, fürchte ich. Macht aber heute nicht zu lange. Eher morgen, okay? Das dürfte reichen.«

Während Bryan zustimmend nickte, stand Estrella graziös auf, um den Raum zu verlassen. Die Spannung, die in der Luft hing, ließ sich nicht leugnen. Sie hielt es taktisch für klüger, sich zunächst herauszuhalten.

»Angel, könntest du bitte schon in mein Büro gehen? Ich bin gleich bei dir«, warf Scott ein, nachdem sein Blick die neue Kollegin beim Hinausgehen begleitet hatte. Angels Emotionen, die diesen winzigen Augenblick registrierten, gewannen wieder die Oberhand über die sonst so beherrschte Ermittlerin. Ohne sich nach Scott umzudrehen oder ihm ein Zeichen der Zustimmung zukommen zu lassen, folgte sie den Kollegen hinaus.

Kapitel 9

Etwa zur gleichen Zeit nahm Sophie Pritchard die letzten vier Stufen bis zu ihrer Wohnung mit jugendlicher Leichtigkeit. Bis zum November waren es noch etwa vier Monate, und sie lag mit ihrem Training für den New-York-Marathon gut in der Zeit. Natürlich vorausgesetzt, dass sie jetzt anfing, etwas konsequenter zu trainieren.

Es machte ihr nichts aus, dass Natalie, ihre beste Freundin, sie für sportsuchtgefährdet hielt. Es war doch gar nicht so! Sophie verspürte nun mal diesen unbändigen Drang, sich ständig zu bewegen, und konnte nichts dagegen tun.

Zudem verschaffte ihr das Laufen einen guten Ausgleich zum Lernen. Sie stand kurz vor dem Bachelor-Abschluss im Fach Rechtswissenschaften, was momentan siebzig Prozent ihres Lebens beanspruchte. Den restlichen Anteil reservierte sie für den bevorstehenden Marathon und den dafür nötigen Schlaf. Es nützte nichts, dass ihr Natalie vorwarf, mit ihrer übertriebenen Freizeitgestaltung das Bedürfnis nach einem festen Freund zu unterdrücken.

Ihr einziges Ziel war, endlich diese Strecke zu schaffen, bei der sie bisher kläglich versagt hatte. Dabei wäre sie vor einem Jahr beinahe so weit gewesen. Sophie musste jedoch zwei Kilometer vor dem ersehnten Ziel wegen massiver Schmerzen am Knöchel, die sich nicht mehr ignorieren ließen, aufhören. Zum Glück nur ein Bänderriss.

Es ärgerte sie bereits jetzt, dass Natalie andauernd fragte, was sie sich mit diesem Lauf beweisen wolle, obwohl sie wusste, wie viel Hilfe sie damals von ihrer Freundin erfahren hatte. Natalie hatte Angst um sie.

Will ich mir tatsächlich etwas beweisen? Aber was?, überlegte sie tatsächlich für einen Augenblick. Eine Antwort darauf hatte sie nicht parat. Schließlich war sie eine vorbildliche Jura-Studentin, die in einem eher ungewohnt jungen Alter vor dem Abschluss an der

Columbia stand - eine der Spitzenuniversitäten des Landes. Darüber hinaus galt sie unter Kommilitonen als sehr beliebt und durchaus attraktiv. Und wenn sie ihr Studium endlich abgeschlossen hatte, konnte sie die Kanzlei ihres Vaters übernehmen und damit endlich seinen größten Traum erfüllen. Die Welt lag ihr zu Füßen, sie musste sich nur bücken.

Nein, ich muss mir nichts beweisen, wiederholte sie in Gedanken, als sie die Tür zu ihrem Studentenzimmer erreicht hatte. *Ich habe das Leben, das für mich gut ist.*

Vor der Tür angekommen, erschrak sie plötzlich. Auf der Fußmatte lag ein Paket, das wie ein Geburtstagsgeschenk eingewickelt war.

Sophie schaute sich im Flur um. Niemand war zu sehen.

Ihre Kommilitonen schienen alle nicht da zu sein. Misstrauisch bückte sie sich, um das längliche Paket zu begutachten. Ihr 25. Geburtstag lag bereits Monate zurück, und einen anderen Grund für ein Geschenk von irgendjemandem gab es nicht. Eigentlich sollte sie es wegwerfen. Eigentlich ...

Die Neugier gewann.

Vorsichtig entfernte sie das rote Satinband und riss das Papier in kleinen Stücken ab. Die Schnipsel flogen auf die Fußmatte - wie überdimensioniertes Konfetti.

Jemand muss sich wahnsinnig viel Mühe gemacht haben, dachte sie, als der seltsame Gegenstand zum Vorschein kam.

Vielleicht hat man sich in der Tür geirrt?, dachte sie verwundert und suchte nach einer zugehörigen Karte. Sie fand nichts. Als Sophie das letzte Stück Papier entfernte, erschien eine eher ungewöhnliche Figur aus Holz, die so gar nicht zu ihr passte.

Drei kleine Äffchen, von denen sich das eine den Mund, das andere die Ohren und das dritte die Augen zuhielt. Diese Symbole waren ihr schon irgendwo begegnet, dessen war sie sich sicher, doch sie erinnerte sich nicht genau, wo. Sie drehte die Affen um. Unten waren chinesische Buchstaben eingeritzt. Eine einzige

Botschaft, wenn man es so sehen wollte, die sie nicht verstand. Ansonsten kein Hinweis, der auf den Schenkenden hindeutete.

Sophie beschloss, die Affen mit in ihre Wohnung zu nehmen. *Das wird vermutlich ein kleines Dankeschön vom chinesischen Imbiss sein, wo die Jungs aus meinem Studentenheim immer eine Sammelbestellung aufgeben. Der Lieferant fand bestimmt nicht die richtige Tür und legte es bei mir ab,* schmunzelte sie bei der Vorstellung. *Bei Gelegenheit muss ich es an die Jungs weitergeben.*

Im Zimmer angekommen, legte sie die Figur achtlos auf ein Bücherregal und widmete sich im Kopf der bevorstehenden Strecke. Der Abschnitt, den sie für sich ausgewählt hatte, war deutlich kürzer als die Marathon-Route, dafür auch sehr ruhig gelegen und mehr im Grünen. *Ich werde sie heute zweimal laufen,* beschloss sie. *Es wird nicht leicht, aber es sollte gehen. Genug trainiert habe ich ja schon. Und damit käme ich ungefähr auf meine dreißig Kilometer. Die restlichen zehn werde ich dann in den weiteren zwei Monaten angehen, sodass mir die vierzig Kilometer nicht mehr so schwer erscheinen.*

Eilig füllte Sophie eine Plastikflasche mit Wasser und griff nach ihrem MP3-Player. Zwar war sie bereits verschwitzt nach dem ganzen Tag an der Uni. Zu duschen war trotzdem unnötig, da sie beim Laufen spätestens in fünfzehn Minuten erneut schwitzen würde. Dafür gab es nachher noch Zeit.

Ihren Laufanzug fand sie getrocknet in ihrem winzigen Badezimmer. Nachdem sie ihn übergestreift hatte, fasste sie ihre langen, blonden Haare zu einem festen Pferdeschwanz zusammen.

Den Gürtel mit ihrer Trinkflasche schnallte sie um ihre schmalen Hüften und befestigte den Musikplayer um ihren Oberarm. Ein flüchtiger Blick auf den Kalender verriet, dass sie am Sonntag zum Geburtstag von Onkel Bryan eingeladen war, was sie beinahe vergessen hätte.

Diesmal wäre es noch nicht so schlimm, doch im nächsten Jahr würde sie sich etwas mehr Mühe mit dem Geschenk geben müssen. *Den Fünfzigsten wird er sicherlich groß feiern wollen,* überlegte sie und freute sich ganz besonders, Onkel Bryans besten Freund Scott zu treffen. Zumal sie ihn schon lange nicht mehr gesehen hatte. Von Scott lernte sie jedes Mal die 'andere' Seite ihres bevorstehenden Berufes kennen, die reale, spannende Verbrecherjagd, die ihr Onkel Bryan erzähltechnisch immer verwehrt hatte.

Ihre Aufgabe würde sein, das Werk zu vollenden und die Täter hinter Gitter zu bringen. Vielleicht eines Tages sogar als Staatsanwältin? Das war ihr größter Wunsch. Für das Gute zu kämpfen. So oder zunächst als Rechtsanwältin würde sie die Psychopathen dieser Welt immer in Anwesenheit eines Wärters und in Handschellen zu Gesicht bekommen. Völlig sicher! Wie es sich ihr Vater für sie ausdrücklich gewünscht hatte.

Sophies schwarze Laufschuhe, die durch pinkfarbene Akzente mädchenhaft wirkten, passten so hervorragend zu ihrem sonstigen Ensemble, dass es sie wie eine professionelle Läuferin aussehen ließ. Selbstzufrieden lachte sie ihr Spiegelbild im Flur an, bevor sie ihr kleines Studentenappartement verließ.

*****

Ein, aus, ein, aus ...

Sophie registrierte, wie sich ihre Atmung zunehmend ihrem Laufschritt anpasste. Sie nahm sehr bewusst wahr, wie die warme, sommerliche Luft ihre Lungen durchströmte, bevor sie sie durch den Mund wieder verließ. Nichts und niemand störte diese Balance der Atemtechnik, die ihr längst zur Routine geworden war.

Beim Laufen vergaß sie normalerweise die Welt um sich herum. Ihr Studium, ihre Probleme und die Tatsache, dass sie sich sehr einsam fühlte. Wenn ihre Turnschuhe den Asphalt der Laufstrecke passierten, zählte das Hier und Jetzt.

Nur heute nicht. Es war irgendwie nicht ihr Tag. Sophie spürte eine Unruhe in sich, die sie sich nicht erklären konnte. Daher überlegte sie, ihre Gedanken auf die verbliebene Strecke zu lenken. Sie hatte es nicht mehr weit - gute zwanzig Kilometer hatte sie bereits hinter sich gelassen.

Dass sie plötzlich ungünstig auf einen Stein trat, bemerkte sie, als ein stechender Schmerz ihren Körper wie ein Blitz traf. Sophie stürzte mit einem Aufschrei zu Boden.

»Ist mit Ihnen alles in Ordnung?«, hörte sie jemanden sagen, kurz nachdem sie ihren Knöchel von der Socke befreit hatte, um sich die Ursache ihres Schmerzes anzusehen. Die Schwellung war noch nicht zu sehen.

Sophie sah zu dem Fremden auf. Vor ihr stand ein zugegeben sehr attraktiver Läufer in ungefähr ihrem Alter. Er streckte ihr die Hand entgegen. Auf dem Kopf trug er eine Kapuze, die seine Haare verdeckte. *Vermutlich, um einen Zug zu verhindern,* dachte Sophie. Was bei der Hitze ziemlich albern wäre. *Sehr muskulös an den Waden, wie ich es bereits von anderen Läufern gesehen habe, aber sonderlich verschwitzt wirkt er nicht. Sicherlich doch nur ein Anfänger.* Sie hätte schwören können, dass ihr dieses Gesicht bereits begegnet war. Nur wo, daran konnte sie sich nicht erinnern.

»Vielen Dank, ich schaffe das schon!«, fauchte sie verärgert über sich selbst, dass sie so unaufmerksam gewesen war. Dass sie es doch nicht schaffen würde, wurde ihr bereits jetzt klar. Dennoch versuchte sie, selbst auf die Beine zu kommen. Mit mäßigem Erfolg. »Scheiße«, entfuhr es ihr. »Verdammte Scheiße!«

»Na, kommen Sie schon. Nehmen Sie meine Hand. Übrigens, ich heiße Henry«, lachte er sie an. Als er Sophies Abwehrhaltung bemerkte, warf er ein: »Ich bitte Sie nicht, mich zu heiraten, sondern will Ihnen helfen, wieder aufzustehen«, beteuerte er so frech grinsend, dass diesmal auch Sophies Gesichtszüge etwas freundlicher wurden.

»Dann muss ich es wohl annehmen«, sagte sie halb resigniert, halb ernsthaft dankbar.

»Es sei denn, Sie wollen hier übernachten«, antwortete er keck. »Das müssen Sie entscheiden.«

Sophie nahm die Hand und richtete sich vorsichtig auf. Zum ersten Mal im Leben verfluchte sie die ausgewählte Strecke. Sie führte quer durch den Central Park entlang der 96. Straße direkt bis zum Ufer des East River und war in der Regel bei Läufern beliebt. Doch genau dieser Abschnitt schien weniger frequentiert zu sein. Der Fuß tat ihr so höllisch weh, dass sie zu mehr als einem zaghaften Humpeln nicht fähig war. Sie hoffte, dass es diesmal nicht wieder ein Bänderriss war. Sollte das der Fall sein, konnte sie den Lauf abhaken.

»So ein Mist!«, fluchte sie wiederholt. Ihr Handy lag in der Handtasche in ihrer Wohnung. »Haben Sie vielleicht ein Handy dabei?«

»Leider nein«, antwortete der Läufer diesmal ernster. »Hey, Lady! Sie hatten Glück im Unglück, dass ich plötzlich aufgetaucht bin. Wenn Sie sich an mir abstützen, kann ich Sie in die Richtung bringen, wo ich das Auto geparkt habe. Dann können Sie immer noch entscheiden, ob ich Sie nicht lieber zum Arzt fahren soll.«

»Einverstanden«, antwortete Sophie. Sie hatte keine andere Wahl, wie ihr schien. »Dann wäre ich Ihnen etwas schuldig.«

»Das können wir bei einem Essen morgen Abend besprechen. Schließlich will ich erfahren, wie es Ihnen geht. Natürlich erst, nachdem Sie ärztlich versorgt wurden. Was meinen Sie?«

Sophie schaute ihren Helfer kurz an, bevor sie antwortete. Henry hatte etwas Vertrauenerweckendes an sich. Sein Grinsen machte ihn zudem unwiderstehlich. Auch wenn sie im Grunde eine passende Antwort zu diesem Date hatte, ließ sie ihn etwas zappeln.

»Werden wir sehen. Zuerst brauche ich dringend einen Arzt, wie Sie sehen«, entgegnete sie und lehnte sich an seine Schulter.

»Dann kommen Sie!« Vorsichtig legte Henry seine Hand um Sophies Taille.

Kapitel 10

»Ist alles okay?«, fragte Scott Goodwin und ließ die Jalousien zu seinem Zimmer herunter. Nun war er mit Angel ganz allein in seinem Büro.

Die Erinnerung an ihren strahlenden Gesichtsausdruck, wenn er mit der Spitze seiner Zunge ihren Bauchnabel kitzelte, vermischt mit dem gewohnten Geruch ihres Parfüms, das in der Luft hing, ließ seine Gedanken vom Wesentlichen abschweifen. Schon jetzt bereute er den Entschluss, dieser Frau, nach der er in letzter Zeit so verrückt war, die Wahrheit über seine Beziehung zu Estrella zu sagen.

Angel ließ sich Zeit. »Ist alles okay, Scott?«, griff sie seine Frage provozierend auf. »Wahrscheinlich nicht. Wir haben eine Leiche, und der Mörder läuft frei herum«, antwortete sie trocken. Ihre Eifersucht ärgerte sie bereits jetzt, doch sie konnte nichts gegen ihre Gefühle tun.

Scott ging glücklicherweise nicht darauf ein.

Er schwieg eine Weile.

Plötzlich entschied er sich für den direkten Weg. »Ich hatte mal eine Affäre mit Estrella. Das ist schon sehr, sehr lange her. Es war zu der Zeit, als ich in Quantico die Ausbildung gemacht hatte und noch nicht mal meine Ex-Frau Isabella kannte. Als ich sie dann irgendwann traf und mich in sie verliebte, war diese Affäre mit Estrella vorbei. Es war auch besser so. Estrella war damals verheiratet. Seit dieser Zeit gingen unsere Wege auseinander. Warum ich es dir erzählen wollte? Weil ich keine Geheimnisse vor dir haben möchte. Michelle hat sich oben dafür eingesetzt, dass Estrella uns unterstützt, weil sie in ihrem Job wirklich gut ist ....«

Stille. Angel schwieg. Es gab so viele Gedanken, die ihr durch den Kopf gingen, dass sie nicht sicher war, was genau sie sagen sollte.

»Ich will, dass du weißt, dass ich dich ...« Scott war sichtlich verwirrt. Unter anderen Umständen wäre Angel zu ihm gegangen und hätte ihn umarmt. Nicht jetzt. Sie schwieg.

Das Klingeln des Telefons unterbrach die bohrende Stille. Scott warf einen flüchtigen Blick auf sein Display.

»Es ist die Staatsanwaltschaft! Ich muss leider rangehen ...«, warf er Verständnis erwartend ein. Er sah mit Sorge, wie sich Angel vom Stuhl erhob und ohne ein Wort sein Büro verließ.

*****

Als Scott seinen schwarzen Chevy schon nach so kurzer Zeit wieder vor dem fünfstöckigen Haus in der Neunzehnten Straße, Ecke 347 West parkte, kam es ihm wie ein Déjà-Vu vor. Sogar dieselbe Parklücke wartete auf ihn.

»Special Agent Scott Goodwin«, sagte er zu einem NYPD-Polizisten, als er den Flur betrat. Dass ihre Beweise nicht ausreichten, diesen Mann als gefährlich einzustufen, war ihm bereits am Telefon mitgeteilt worden. Es würde einen Einsatz der S.W.A.T.-Einheit nicht rechtfertigen.

Dass er die Unterstützung der Polizei bekam, grenzte an ein Wunder seitens der Staatsanwaltschaft, die im Falle der ermordeten jungen Frau bereit war, so etwas wie 'Gefahr im Verzug' zu sehen. Und das, nachdem er sich eine halbe Stunde den Mund fusselig geredet hatte.

Scott wollte unbedingt dabei sein, wenn man den Verdächtigen abführte. Er verzichtete darauf, sein Team zu der späten Stunde noch zu benachrichtigen. Ein Anruf bei Angel war nicht besonders erfolgreich gewesen. Nur der Anrufbeantworter hatte die kurze Information aufgenommen, dass er noch zu tun hätte. Er hoffte, dass es sie interessierte. *Vielleicht ist es besser, wenn wir uns heute Abend nicht sehen. Du sollst ruhig darüber schlafen, Angel. Morgen werden wir es klären*, sprach er in Gedanken mit ihr. Er wusste, wie sinnlos das war, doch es machte ihm etwas Mut.

Scott richtete seine Schritte in das dritte Stockwerk, wo ihn ein weiterer Polizist des NYPD bereits erwartete. Die Spuren der

Polizeiabsperrbänder mit der Aufschrift »Crime scene - do not cross« waren noch überall zu sehen. Es war ein Zeichen, dass der mutmaßliche Tatort noch nicht freigegeben war.

Er klingelte im dritten Stock an der bereits bekannten Tür.

»Ich komme ja schon. Ich komme ja schon!«, hörten sie Jeffrey Collins durch die Tür rufen. Die Eingangstür ging auf. »Na sowas!«, sagte Jeffrey. »Der Chef persönlich? Wo ist denn Ihre hübsche Kollegin?«

»Mr. Collins«, sagte der zuständige Detective, dessen genuschelten Namen er nicht verstanden hatte. Er betete die Miranda-Warnung runter: »Sie haben das Recht zu schweigen. Alles, was Sie sagen, kann und wird vor Gericht gegen Sie verwendet werden. Sie haben das Recht ...« Scott blendete die gewohnte Situation aus und konzentrierte sich auf eine Sache, die ihn zum Stutzen brachte. Jeffrey Collins reagierte in keiner Weise so, wie Scott es erwartet hätte.

Während Jeff Collins seine Rechte genannt bekam und die Handschellen hinter seinem Rücken angelegt wurden, nahm er seinen provokanten Blick keinen Moment von Scott. Stillschweigend beobachtete er den FBI-Chef und grinste, ohne Fragen zu seiner Verhaftung zu stellen.

Scott spürte diesen durchbohrenden Blick genau, doch er erwiderte ihn nicht. Vielmehr ignorierte er den Verhafteten, weil er wusste, dass seine Nichtbeachtung die höchste Strafe für diesen Mann war. Erst als Jeffrey Collins die Tür seiner Wohnung passierte, löste sich Scotts innere Anspannung. Wenn etwas feststand, dann die Tatsache, dass dieser Mann sie bereits erwartet hatte. Hatte er mit dem Mord an Abigail Moore ernsthaft etwas zu tun, dann war die Wahrscheinlichkeit sehr gering, dass sie irgendwelche Spuren in seiner Wohnung finden würden.

»Danke, dass Sie sich die Zeit nehmen«, hörte Scott den NYPD-Detective spöttisch sagen. Er war bereits wieder oben, nachdem er den Gefangenen bei der Festnahme begleitet hatte. »Der Verdächtige ließ sich ohne Widerstand verhaften. Warum Sie aber um diese Zeit noch gerufen wurden, kann ich nicht verstehen. Und dennoch ...«

Der Polizist nahm etwas von dem schmuddeligen Schlafsofa in seine Hand - ein in Leder eingeschlagenes Notizbuch mit chinesischen Zeichen. Die darauf mit einem dicken Edding geschriebenen Buchstaben ähnelten denen auf den Affenskulpturen.

»Jeffrey Collins hat mich gebeten, Ihnen das zu geben«, sagte er, ohne den Inhalt zu kontrollieren. Scott schluckte, bevor er das Buch öffnete. Ihm war nicht klar, worauf er sich gefasst machen musste.

Wider Erwarten fand er keine Bilder von Leichen darin vor. Dennoch gefror ihm das Blut in den Adern, als er die Fotografien ansah. Sie waren vermutlich auf handelsüblichem Papier mit einem gewöhnlichen Drucker gedruckt worden. Die Qualität war mittelmäßig und dennoch gut genug, die bekannten Gesichter zu erkennen. Vor allem sein eigenes. Ganz viele Aufnahmen mit Angel. Auffällig war jedoch, dass auf jeder von ihnen Bryan zu sehen war.

Ein Gedankenblitz schoss ihm durch den Kopf. Schnell blätterte er zum Ende des Buches. Ein paar Seiten in der Mitte waren erstaunlicherweise frei von jeglichen Bildern. Dafür standen darauf alle Daten, die Bryan betrafen.

Die erste Aufnahme, die Scott zu sehen bekam, war das Bild vom Tatort, wo sie mit Steve Miller, dem zuständigen Medical Examiner, standen. Und weitere Bilder folgten.

»Krank. Das ist verdammt krank!«, sagte er angewidert. »Ich möchte kurz mit diesem Mann reden, bevor Sie ihn wegfahren.«

Der Detective nickte und bat über die Funkverbindung, den Abtransport des Verdächtigen zu unterbrechen. Mit einem Satz lief Scott zu dem weißen Ford Explorer mit der blauen NYPD-Aufschrift hinunter, in dem er den Verdächtigen vermutete. Er öffnete die Beifahrertür, um ihm in die Augen zu schauen, während dessen Mund sich zu einem siegessicheren Grinsen verzog.

Jeffrey Collins sah sichtlich amüsiert, wie Scott um Beherrschung rang, nicht im ersten Moment die Faust im Gesicht seines Widersachers zu versenken.

Diesen Moment auskostend, in die Augen des Ermittlers zu schauen, in denen unbändige Wut loderte, war Jeffreys höchster Lohn.

»Wir haben die Bilder gesehen«, sagte er und wartete ab.

Voller Überzeugung, die schwache Stelle des FBI-Ermittlers getroffen zu haben, entgegnete Jeffrey mit einer großen Portion Spott: »'Auch der Zufall ist nicht unergründlich. Er hat seine Regelmäßigkeit', sagte einst Novalis. Manche von uns erkennen es nur noch nicht. Sagen Sie Ihren gelackten Affen, dass ich nur mit dem geschätzten Dr. Bryan Goseburn zu sprechen bereit bin. Mit ihm und niemand anderem!«

Mit diesen Worten drehte er seinen Kopf von Scott weg. Der Ermittler schloss die Autotür und schaute dem sich entfernenden Streifenwagen lange hinterher.

Kapitel 11

Das der BAU zugehörige Verhörzimmer war sehr funktional eingerichtet. Ein schwarzer, massiver Tisch, an dem der Gefangene notfalls fixiert werden konnte, dazu passend zwei Stühle in massiver Ausführung, vier renovierungsbedürftige, noch weiße Wände und ein großer venezianischer Spiegel, auf dessen anderer Seite Dr. Bryan Goseburn im Halbdunkeln saß. Ähnlich wie Estrella Fernández, die neben ihm Platz nahm, starrte er auf den Verhafteten in dem sehr grell beleuchteten Nebenraum. Sie schwiegen beide. Estrella trommelte mit dem Zeigefinger auf den Rand ihrer Kaffeetasse, um die unangenehme Stille mit Geräuschen zu füllen. Bryan ließ sich von seiner Kollegin nicht beirren und starrte weiterhin regungslos auf die Spiegelwand.

Weder die Verhör- noch die Beobachtungsräume des FBI verfügten über ein Fenster mit Blick nach draußen. Zum einen war es zuweilen notwendig, die Lichtverhältnisse optimal anzupassen. Der Verhörende sollte erahnen, doch nicht genau wissen, wer ihn auf der anderen Seite des Spiegels beobachtete. Das gelang am besten mit künstlicher Beleuchtung. Zum anderen aus taktischen Erwägungen heraus. Das Fehlen jeglicher Umwelteinflüsse ließ die Verhafteten von vornherein in ständiger Unsicherheit und beschleunigte damit oft das Verhör.

Jeffrey Collins saß trotz des frühen Morgens bereits seit mehr als einer halben Stunde im Verhörraum und wartete geduldig. Zwischendurch änderte er geringfügig seine Sitzposition, ansonsten blieb er unbeweglich, als hätte er sein Verhalten den wartenden Ermittlern hinter dem Spiegel angeglichen. Seine Augen schienen sich der künstlichen Helligkeit des Verhörraumes angepasst zu haben. Sie wirkten sehr schmal, was zusammen mit seiner kleinen Hakennase an einen Adler auf Beutezug erinnerte.

Hätte er nicht im Gewahrsam des NYPD zugegeben, Details über die Morde an einer gewissen Annie Jones und weiteren Frauen

- Opfern in der vermeintlichen Mordserie - zu kennen, wäre er vermutlich nicht so schnell in den Genuss gekommen, die Verhörzellen des

Federal Plaza von innen zu sehen. Dass Annie Jones als der Ursprung der Mordserie in New Jersey galt, war nicht einmal bis zum NYPD kommuniziert worden, da die Verbindung dieses Mordes anhand der Indizien erschien. Beim FBI wollte man verhindern, dass sensible Informationen nach außen drangen und damit Nachahmungstäter anlockten. Jeffrey Collins war bisher die einzige Verbindung innerhalb dieser Mordserie.

Die gelieferten, spärlichen Informationen reichten bereits aus, Scott nach fünf Stunden wohlverdienten Schlafes aus dem Bett zu reißen. Als hätte er es bereits geahnt, verzichtete er nach der gestrigen Verhaftung darauf, Angel zu besuchen; er hatte schlicht und ergreifend keine Lust auf eine Grundsatzdiskussion mit ihr über Estrella gehabt.

Nun befand er sich - statt auf der ausziehbaren Ledercouch seines Single-Appartements in Manhattan - in einer grellerleuchteten Zelle mit einem Verhafteten, der ihm bereits jetzt zutiefst zuwider war. Und der ganz offensichtlich seit der Verhaftung kein Wort mehr mit ihm wechseln wollte. Die Zeit lief ihm davon.

»Was wissen Sie über den Mord an Annie Jones? Oder was können Sie mir zum Tod Ihrer Nachbarin Abigail Moore sagen? Nun reden Sie endlich mal!«, wiederholte er genervt zum gefühlt zwanzigsten Mal. Er wusste bereits, dass er auf verlorenem Posten stand. Emotionen beherrschten; damit konnte er nicht gewinnen.

Jeffrey Collins leckte das geronnene Blut von seiner Lippe ab und schwieg beharrlich weiter. Seine Bewegungen beschränkten sich neben einem gelegentlichen Positionswechsel auf das Massieren seiner Schläfen, was Bryan Goseburn wegen fehlender Alternativverhaltensweisen als eine Beruhigungsgeste deutete. Scott war bewusst, dass sein Kollege und langjähriger Freund das Gespräch von der anderen Seite des Spiegels aufmerksam verfolgte.

Ohne noch ein Wort zu verlieren, stand Scott auf und verließ den Verhörraum. Er wusste, dass das Warten mit unbestimmtem Ziel sich auf die Inhaftierten im Normalfall zermürbend auswirkte. Normalerweise ...

Zur gleichen Zeit richtete sich Jeff Collins auf, als hätte er plötzlich Energie getankt. Siegessicher schaute er in die Richtung des Spiegels, hinter dem er Publikum vermutete. Als wollte er seinen Zynismus noch unterstreichen, blinzelte er und ließ ein diabolisches Grinsen auf seinem Gesicht erscheinen. Genau in die Richtung, wo Estrella saß. Die Ermittlerin schaute sogleich zu Bryan. Ihr Gesicht nahm einen entsetzten Ausdruck an.

Im Gegensatz zu ihrer Fassungslosigkeit weckte Jeffs Selbstsicherheit eine animalische Wut in Bryan. Er musste gegen den Impuls ankämpfen, den Verhörraum zu stürmen und diesem Mann einen Schlag ins Gesicht zu verpassen. Noch bevor Scott den Beobachtungsraum erreichen konnte, wechselte Jeffrey erneut seine Sitzposition. Er legte mit einem leisen Seufzer seine Ellenbogen auf dem Tisch ab. Dabei stützten seine Hände seinen Kopf, als würde er über etwas nachdenken. Oder ein kleines Nickerchen machen. Als wäre er in einen Stand-by-Modus gegangen.

Die Tür des Überwachungsraums ging auf. Auf der Schwelle stand Scott, dessen gesamte Mimik verriet, dass er wütend war. Sein Dreitagebart unterstrich die tiefe Ausweglosigkeit deutlich. Aber Scotts ungepflegte Erscheinung, gepaart mit seiner Übellaunigkeit, bedeutete noch etwas anderes; abgesehen von dem Verhör ... Es war für Bryan ein Zeichen dafür, dass Scotts gesamtes Privatleben mal wieder aus den Fugen geraten war.

»Gottverdammter Scheißkerl! Ich würde ihm am liebsten so richtig eine durchgeben, bis er in allen Farben leuchtet!«, sagte er aufgebracht und ohne auf die daneben sitzende Estrella zu achten. Ganz offensichtlich hatte er mehr als nur ein frustrierendes Verhör zu bewältigen.

»Haben die Jungs vom NYPD offenbar auch schon erledigt. Nicht umsonst ist seine Lippe so blutig und angeschwollen. Aber beschwert hat er sich darüber bisher bei niemandem. Es wäre nur meine Vermutung, so frisch wie die Wunde aussieht. Sie blutet an manchen Stellen sogar noch leicht«, entgegnete Bryan.

»Eine verdammte Ratte ist das!« Der mangelnde Schlaf machte sich bei Scott langsam in unkontrollierten Emotionen bemerkbar. »Er weiß was!« Unbewusst formte er seine Hände zu Fäusten.

»Oder er will mit uns ... spielen«, warf Estrella ein und wandte ihren Blick Jeffrey zu, der wieder regungslos die Spiegelscheibe anstarrte.

»Fuck! Was machen wir jetzt?«, entfuhr es Scott.

»Folgendes«, antwortete Bryan, der seine Wut offensichtlich besser unter Kontrolle hatte, »... etwas Bedenkzeit hat noch keinem geschadet. Also geben wir sie ihm, okay? Und wir«, er wandte sich an Scott, »... machen einen kleinen Spaziergang zum Coffeeshop an der Ecke und holen uns und unserer reizenden Kollegin einen Kaffee und eine Kleinigkeit dazu.«

»Oh, ein Bagel mit Frischkäse und ein Caramel Macchiato würden jetzt sehr gut passen. Und frische Luft tut gut, sagt man.« Estrella schien die Botschaft verstanden zu haben. »Während ihr weg seid, beobachte ich Mr. Superentspannt.« Es war an der Zeit, die hochgekochten Gefühle der Ermittler zu drosseln. Dass Bryan auch noch ein Männergespräch zu führen beabsichtigte, ahnte die Ermittlerin vage. Scott sagte sofort zu. *Ein kurzer Spaziergang ist vielleicht gar keine schlechte Idee, um den Kopf freizukriegen,* überlegte er.

*****

»Warum will Jeffrey Collins ausgerechnet dich beim Verhör sehen? Kennst du ihn?« Scott entschied sich, direkt zu fragen. Sie verließen soeben das Gebäude über den Ausgang zum Broadway.

»Darüber habe ich mir auch schon den Kopf zermartert. Und zwar seit du mich heute früh aus dem Bett geklingelt hast. Das Gesicht kommt mir bekannt vor. Aber woher? Kann ich dir beim besten Willen nicht sagen.« Bryan kratzte sich gedankenverloren am Kinn. »Kein Wunder bei den Visagen, die wir täglich zu sehen bekommen ... Vermutlich ähnelt er einem Gefangenen.«

»So vehement, wie er darauf bestanden hat, von dir verhört zu werden ...« Scott überlegte. »Es klang eher persönlich, würde ich sagen. Und er kennt dich ganz offensichtlich.«

»Da gebe ich dir recht«, entgegnete Bryan irritiert. »Es ist in der Tat etwas seltsam. Vielleicht jemand, der mich bei der Pressekonferenz sah, bei der ich für Angel eintreten bin? Das hat ganz schön für Wirbel gesorgt.«

»Oder ein verärgerter Handwerker ... oder ... oder ... Ich befürchte, wir erfahren es erst, wenn du im Verhörraum bist.« Scott ging für einen Augenblick in sich. »Aber frühstens gegen Mittag. Er soll ruhig noch ein wenig zappeln. Es soll nicht so aussehen, als wären wir in einer gottverdammten Wünsch-dir-was-Show.« Schweigen, dann: »Wie geht es Grace?«

»Ich habe es dir noch gar nicht erzählt, doch sie bemüht sich um die Kandidatur am Obersten Gerichtshof. Deshalb wird es bei meinem Geburtstag am Sonntag von Wichtigtuern aus der Politik nur noch so wimmeln. Sie wird einiges an Catering und Freizeitgestaltung auffahren, fürchte ich. Du kommst doch mit Angel, oder?« Bryan blinzelte zu seinem Freund.

Scott fragte sich, wer eigentlich in der Abteilung nicht wenigstens ansatzweise seine heimliche Beziehung mit Angel erahnte. Warum machte er bei dieser Geheimniskrämerei überhaupt mit?

Vermutlich diente seine Verschwiegenheit am meisten Angel, die große Schwierigkeiten in der Trennung zwischen Privat- und Berufsleben sah. Als Single konnte sie wenigstens den Schein der Normalität wahren, die vor ihrem Einsatz bei Robert Latton, dem psychotischen Angstheiler, geherrscht hatte. *Oder will ich insgeheim auch nicht, dass sie es wissen? Vielleicht sind wir mittlerweile einfach zu faul geworden, unser Leben für die anderen neu zu definieren?*, mutmaßte Scott in Gedanken.

»Ja. Irgendwann hat sie mir erzählt, sie würde gern mitkommen, wenn ich mich jetzt nicht täusche«, wich er seinem Freund aus. »Möglicherweise möchte Will diesmal auch mit. Zumindest wäre ich mit dem Papa-Sohn-Wochenende dran. Doch mit Isabella ist es im Moment relativ schwierig. Auf einen so rebellischen, pubertierenden Sohn war meine Ex-Frau vermutlich nicht vorbereitet ...«

»Will würde mitkommen? Das wäre super. Dann hätte meine Nichte jemanden zum Reden, der nicht jenseits der vierzig ist. Und sie haben sich schon lange nicht mehr gesehen. Wer weiß ...«, witzelte Bryan.

»Gute Idee. Er scheint nach wie vor sehr von ihr angetan zu sein, wenn du verstehst, was ich meine«, Scott lachte auf, während er die gläserne Eingangstür des Coffeeshops öffnete. Der Duft von frisch aufgebrühtem Kaffee, der ihnen entgegenschlug, überdeckte den der frisch zubereiteten Bagels und Brötchen um ein Vielfaches. Wer durch diese Tür trat, fiel der magischen Anziehungskraft der gerösteten Bohnen mit Haut und Haaren zum Opfer.

Sofort spürte Scott auf eine unangenehme Weise, wie sein Speichelfluss angeregt wurde. Ähnlich wie bei den Pawlow'schen Hunden beim Klang der Glocke. Lediglich das Sabbern fehlte. Und es fiel ihm auf, dass er Hunger hatte.

Unerwarteter Weise hatte er die letzte Nacht in seinem Appartement geschlafen, das er die Tage davor nicht zu Gesicht bekommen hatte. Noch bis gestern war er erstaunlich oft bei Angel gewesen. Daher zählte die Ausstattung seines Kühlschranks lediglich: jeweils ein Glas Senf und Ketchup, eine vor Wochen angebrochene Milchflasche und eine Flasche Weißwein, wenn man mal von den längst abgelaufenen Lebensmitteln absah.

Keine Zutaten, aus denen sich ein opulentes Frühstück machen ließ ...

»Guten Morgen. Wie möchten Sie frühstücken?«, begrüßte sie ein junger Mann hinter dem Tresen. Er sah beneidenswert ausgeschlafen und adrett aus. *Wie unterschiedlich die Welten sein können – kaum ein paar Schritte entfernt. Eine Welt aus frisch gebrühtem Kaffee und duftendem Gebäck, und dagegen die unserer geisteskranken Mörder, die den Namen 'Welt' kaum verdient hat,* dachte Scott. Er lächelte.

»Guten Morgen. Ich hätte gern einen Bagel mit Frischkäse ... ach was! Geben sie mir bitte lieber gleich zwei. Die sehen so gut aus.

Dann noch eins, nein, zwei von den Panini mit der Mozzarellafüllung.« Er registrierte aus dem Augenwinkel, wie Bryan grinste, und wandte sich ebenfalls belustigt seinem Freund zu. »Was ist? Ich habe viel Hunger!«

»Ist klar«, Bryan lachte. »Dein Kühlschrank weint mal wieder vor Leere, nicht wahr?«

»Tsss!« Scott spielte den Beleidigten und drehte sich erneut zum Verkäufer um, der bereits auf weitere Wünsche wartete. Dass er seine Kunden wortlos flachsen ließ, hatten sie dem Umstand zu verdanken, dass der Laden für diese Uhrzeit sehr leer war. Und zwei albernden Männern in Anzügen zuzuhören, war sichtlich interessanter, als die morgendlichen Routineschritte der Frühschicht durchzuführen.

»Dann noch einen Caramel Macchiato und einen Americano. Alles groß und zum Mitnehmen, bitte!«

Kapitel 12

Pünktlich um 13 Uhr betrat Dr. Bryan Goseburn den FBI-internen Verhörraum. Jeffrey Collins lehnte sich dort bereits zwanzig Minuten regungslos am Tisch.

Sein gesenkter Kopf – in den gekreuzten Armen versteckt - ließ die Ermittler hinter dem venezianischen Spiegel ein kleines Nickerchen vermuten. Sie ahnten bereits, dass sie das Geduldsspiel verloren hatten. Der Verdächtige würde nur unter den von ihm aufgestellten Regeln sprechen. Die Zeit der Festnahme ohne dringenden Tatverdacht lief bald ab, ohne dass sie etwas Konkretes in der Hand hatten.

Entschlossenen Schrittes ging Bryan auf Jeffrey zu, dann setzte er sich an den Tisch, im Wissen, dass seine Kollegen jede kleinste Bewegung im Raum registrierten.

Er sagte nichts. Umso interessierter schaute er zu, wie sich das Gesicht des Verhafteten erhellte, nachdem er sich im Zeitlupentempo aufgerichtet hatte. Jeffrey Collins lächelte ihn an, als wären sie beste Freunde, die jahrelang auf ein Treffen gewartet hatten. In Wahrheit begriff Jeffrey, dass die Zeit gekommen war, Forderungen zu stellen.

In Jeffreys stahlblauen Augen zeichnete sich eine Andeutung von Müdigkeit ab, von der die sympathisch wirkenden Lachfältchen ablenkten, die sich um die Augenpartie bildeten. Gewiss war Jeffrey keine Inkarnation männlicher Attraktivität. Und dennoch konnte Bryan diesem Blick nicht ausweichen.

Das wäre auch ein falscher Impuls gewesen. Jeffrey Collins wollte den Ermittler zu einer Handlung bewegen, die er annehmen musste. Schließlich brauchte das FBI die Informationen. Nicht umgekehrt.

Beide Parteien fixierten eindringlich den Blick des anderen. Es war eine Art ungeschriebene Regel, die selbstverständlich und klar erschien, ohne einer Einigung zwischen dem Täter und seinem

Ermittler zu bedürfen. Kräftemessen und den Gegner einschätzen waren jetzt die Bewegungsabläufe, die keine Fehler duldeten ...

Zeitgleich starrten Estrella und Scott gebannt auf die Glasscheibe im Beobachtungsraum. Alle Geräusche - bis auf die im Verhörraum - wirkten im 'Hier und Jetzt' wie ausgeblendet. Sie lauschten begierig, um die ersten, wichtigen Worte der bisherigen Pantomimevorstellung registrieren zu können. Die essenzielle Fragen, die sie bewegten, waren: *Wer von ihnen wird den Ton angeben? Der Jäger oder sein auserkorenes Opfer? Und wer davon ist wer?*

»Möchten Sie etwas trinken?«, unterbrach Bryan die Stille. Da sie bisher mit der Rolle des 'bösen Cops' nicht weitergekommen waren, war er vorbereitet, es freundlich anzugehen. Der Verhaftete hatte bisher jegliche Zusammenarbeit unter Stress unterbunden. Warum? Das musste Bryan herausfinden. Es war nicht erstaunlich, dass die inhaftierten Personen ohne konkrete Beweise die Kooperation verweigerten, um sofort nach einem Anwalt zu schreien. Dass Jeffrey Collins jedoch geduldig die Zeit abwartete und ausgerechnet nach ihm verlangte, hatte Bryan in seiner Karriere als Ermittler noch nie erlebt.

Das Gesicht von Jeffrey wirkte ungewohnt sympathisch und zugleich unberechenbar - je nachdem, wie es sein Besitzer einzusetzen vermochte. »Gern«, antwortete er. »Einen Kaffee, schwarz wie die Nacht, die uns beiden bevorsteht, Dr. Goseburn. Aber so, wie heute das erste Viertel des Mondes die Dunkelheit zu vertreiben versucht, stehen auch Ihre Chancen höher, jemanden zu retten. Ungeduld ist die schlimmste Folter.«

»Das soll heißen, Sie wollen einen Kaffee ohne Milch und Zucker?«, unterbrach Bryan den verwirrenden Monolog seines Gesprächspartners. Im Wissen, dass entsprechende Vorkehrungen im Beobachtungsraum stattfanden, fuhr er fort: »Warum wollen Sie ausgerechnet mit mir sprechen?«

»Weil ich Sie für fähig erachte, das, was wir hier tun werden, logisch zu verknüpfen. Nicht umsonst haben Sie mich mal besiegt - obwohl ich Ihnen in der hierarchischen Rangfolge überlegen bin.

Betrachten Sie es als eine Art Revanche. Sie sind ein wunderbarer Go-Spieler, und ich freue mich schon auf die nächste Partie.«

Erst in diesem Moment fiel Bryan die Erkenntnis wie Schuppen von den Augen. In seinem Kopf reihten sich Bilder eines Turniers aneinander, bei dem er genau in dieses Gesicht geblickt hatte. Er erinnerte sich zugleich an einen kurzen Ausdruck der Enttäuschung in Jeffreys Blick, eine recht sichere Partie verloren zu haben. Bisher war es auch die einzig ehrlich wirkende Regung, die ihm dieser Mann geschenkt hatte. Ein Gesichtsausdruck aus der Vergangenheit. Ein Relikt, das sein Gehirn nicht vollständig ausgelöscht hatte. Aus welchem Grund auch immer.

»Was hat eine Ermittlungsarbeit mit einem Spiel zu tun? Warum stehlen Sie uns die Zeit?«, fragte Bryan sichtlich verwirrt.

»Noch nichts!«, entgegnete sein Gegner. »Aber bald. Ich werde Ihrem Team etwas Zeit geben, uns ein Brett zu besorgen. Ich bitte um ein großes Turnierbrett 19 mal 19. Ein schönes befindet sich in meinem Haus. Wir wollen ja bei diesem Verhör besonders viel Spaß haben. Meine Regel heißt: Falls Sie gewinnen, erfahren Sie etwas von meinen Verbrechen. Verlieren Sie, dann erfahre ich etwas von Ihnen. Regeln des Verhörs, klar? Sie sind nicht besonders schwierig zu verstehen.«

»Soso. Sie haben Regeln. Wer sagt, dass ausgerechnet ich Lust habe, mit Ihnen zu spielen?«, fragte Bryan beinahe amüsiert über die ungewöhnliche Forderung.

Im gleichen Augenblick kam ein junger Mann in den Raum und brachte zwei Tassen Kaffee. Es war Estrellas Idee gewesen, das Verhör genau in diesem Augenblick zu unterbrechen, um für etwas Zerstreuung zu sorgen. *Cleverer Zug, einen Praktikanten statt eines Polizisten hereinzuschicken, um Jeffrey die Illusion seiner eigenen Bedeutsamkeit zu nehmen*, dachte Bryan Goseburn, während er die Milch in seinen Kaffee mischte.

»Nun, Sie haben recht. Sie müssen gar nichts. Schließlich bin ich - wie Sie übrigens auch - nur ein alternder Mann. Aber alte Männer haben ihre Geheimnisse, die sie nicht mit ins Grab nehmen wollen.

Und Tattoos wie dieses hier.« Jeffrey zog den Kragen seines Pullovers etwas tiefer. Zum Vorschein kamen vier chinesische Zeichen, die ihnen seit einiger Zeit bestens bekannt waren.

»514. Ich kenne diese Zahl.« Bryan versuchte unbeteiligt zu wirken.

»Wenn Sie über die chinesische Zahl 514, die Affen, die Kieselsteine und die Art, wie Abigail Moore oder die anderen fünf umgekommen sind, Bescheid wissen wollen, sollten Sie mir mein Brett besorgen, bevor ich mein Geheimnis mit ins Grab nehme. Wenn es Sie aber nicht interessiert, stochern Sie doch weiter im Heu nach Ihrer Nadel, während das nächste Opfer um sein Leben bettelt.« Jeffreys Stimme nahm einen ungeduldigen Klang an. Bryan fiel auf, dass er über sechs Opfer gesprochen hatte, als ob es Verbindungen zwischen den fünf Taten gäbe. Dabei war das bis jetzt nirgendwo so kommuniziert worden. *Weiß er mehr als wir? Besitzt er Täterwissen oder ist er ein sensationsgieriger Trittbrettfahrer?*

»Meine Regel heißt - und ich hoffe, es stört dich nicht, wenn wir uns duzen - ein Geständnis gegen eine Partie Go. Zur Information vielleicht ... Falls du dir meine Haut genauer anschaust, bekommst du Narben zu sehen. Diese entstanden dabei als ein Teil meines Gehirns, der für mein Schmerzempfinden zuständig ist, nach einem Motorradunfall beschädigt wurde. Ich kann somit absolut keine Schmerzen wahrnehmen. Darum war der eifrige NYPD-Kollege, der mich so schön vermöbeln wollte, damit ich rede, keinesfalls erfolgreich. Ganz im Gegenteil. Bedauerlicherweise hat er unser Aufeinandertreffen zeitlich verschoben. Wenn deine Kollegen aber etwas schlauer sind, werden wir diese Zeit wieder einholen, das verspreche ich dir.« Jeffrey überlegte kurz. »Wo war ich nun? Ach, ja! Beim Schmerz. Ich fühle keinen, aber ich sehe mir gern an, wie er bei anderen entsteht. Betrachte es als Schuldbekenntnis im Falle von Annie Jones, meiner ersten Liebe, die mein Verlangen, was Frauen betrifft, in eine besondere Richtung gelenkt hat. Wie schade für Abigail Moore.«

Bryan war sprachlos angesichts des unerwarteten Monologs. *Ist das ein Schuldbekenntnis? Oder lediglich ein schlechter Scherz? Was beabsichtigt dieser Mann, der fast aus freien Stücken bei uns sitzt?* Um mehr Zeit zum Nachdenken zu gewinnen, wollte er sich der Rechtmäßigkeit des Geständnisses nochmal versichern. »Wurden Sie ...«

»Aber selbstverständlich«, schnitt ihm Jeffrey Collins sofort das Wort ab. »Über meine Rechte wurde ich aufgeklärt. Ich will keinen Anwalt, sondern ein Spielbrett und ein Gegenüber, das es wert ist, dass ich ihm meine Zeit schenke. Wie sieht's aus?«

Jeffrey erhob sich leicht und wandte hämisch grinsend seinen Kopf zum Spiegel im Verhörraum, hinter dem er andere Ermittler erwartete. Als er überzeugt war, die Aufmerksamkeit auf sich gelenkt zu haben, fuhr er fort: »Da ich mich soeben zu den Morden von Annie Jones und Abigail Moore bekannt habe, kann doch endlich meine Wohnung durchsucht werden, oder? Bei der Gelegenheit besorgen Sie uns bitte mein Spielbrett. Ich hätte langsam Lust, mit meinem Geständnis fortzufahren.«

»Soso!? Sie haben die Mädchen also ermordet, sagen Sie?« Bryan Goseburn erlangte die Sprache wieder. Er hatte immer noch Mühe, das soeben Gesagte richtig zu begreifen. In der Realität kam es derart selten vor, dass sich Täter so selbstverständlich belasteten, dass er dachte, Jeffrey Collins wolle nur Aufmerksamkeit erhaschen.

»Nun tu nicht so! Beim Turnier haben wir uns geduzt - hier werden wir es auch! Am Ende des heutigen Tages wirst du vielleicht verstehen, warum ich den Frauen einen Go-Stein in den Mund gestopft habe. Du wirst einen Teil meiner Welt begreifen. Sei dankbar dafür!«

Bryan nickte möglichst unauffällig in die Linse der Kamera, die direkt hinter dem Verhafteten platziert war. Scott deutete den Blick seines Freundes als ein Zeichen zum Aufbruch. Mit Terroristen wird nicht verhandelt - die Taktik schien zumindest für diesen Fall keine erfolgversprechende Idee zu sein. Er schaute zu, wie Bryan im nächsten Moment wortlos den Verhörraum verließ.

Egal, was Jeffrey Collins zu wissen behauptete - er kannte Details über die Verbrechen, die nicht nach außen kommuniziert worden waren. Was ihn entweder zum Täter, zum engen Verbündeten des Mörders oder zu einem Zeugen machte. Was davon wirklich seine Rolle war, mussten sie erst noch herausfinden.

Kapitel 13

Das Spielbrett, das Bryan auf dem Tisch vor dem Verdächtigen ausgebreitet hatte, war sehr alt.

Und dennoch fiel die gute Verarbeitung auf. Die Rillen der jeweils neunzehn vertikal und horizontal angelegten Linien fühlten sich unter den Fingerkuppen beinahe gleichmäßig an, aber nicht so perfekt, wie man das von industriell bearbeiteten Produkten erwartet hätte. Ein schwacher Holzgeruch verteilte sich in der Luft. Er vermischte sich mit einer leichten Note von Räucherstäbchen, die einige Partien sicherlich begleitet hatten. Es war unklar ob sie im Spielbrett oder in den massiv wirkenden, geschlossenen Schälchen mit den Spielsteinen sich festgesetzt hatte, um beim Spiel befreit zu werden. Beim Anblick seines Spielbretts erhellte sich Jeffrey Collins's Gesicht.

»Wer sagt's denn«, murmelte er, während Bryan ihm gegenüber erneut Platz nahm. In der vorangegangenen, internen Besprechung hatten sie sich dafür entschieden, Jeffrey Collins in gewisser Weise das Gefühl zu geben, dass er die Oberhand hatte. Scott hoffte, seine Großzügigkeit würde dessen Redefluss in Gang setzen.

»Wie spät ist es?« Jeffrey fragte wie nebenbei, doch er wirkte nervös.

»Viertel vor drei«, antwortete Bryan trocken. Ihm gefiel die Rolle nicht, die man ihm zugedacht hatte. Viel lieber wäre er hinter seinem Schreibtisch geblieben und hätte die Verhörarbeit Scott überlassen. *War es überhaupt richtig, ihm die genaue Uhrzeit anzusagen?*, ging es ihm durch den Kopf. In manchen Fällen ließen sie die zu Verhörenden mit Absicht im Ungewissen. *Es ist so einfach, den Orientierungssinn des Menschen zu manipulieren, wenn man ihn des Tageslichts beraubte. Und zwar eines jeden Menschen — auch den der Opfer*, dachte Bryan betrübt. *»Für unsere Verhöre ist diese Technik von Vorteil. Salopp gesagt sitzen wir ganz oft am längeren Hebel. Fehlendes Tageslicht und Mangel an Reizen lassen die Gefangenen die Zeit tendenziell später einschätzen, als sie tatsächlich ist. Und je länger ein Verhör dauert, desto* *zermürbender wirkt es sich auf die Gemütslage des Gefangenen und somit auch positiv auf seinen Kooperationswillen aus* ...« Die Worte von Bryans Ausbilder an der FBI-Akademie in Quantico klangen in seinen Ohren, als hätte er sie eben erst zu hören bekommen.

Für eine kurze Weile war im Verhörraum Stille eingekehrt. Jeffrey Collins schien das Interesse am Gespräch verloren zu haben. Er öffnete die Schälchen mit den Spielsteinen. Bryan Goseburn baute gegen den notwendigen und von Scott auferlegten Zwang zum Nachgeben allmählich einen inneren Widerstand auf. Er fühlte sich wie eine Dirne, die im Austausch gegen Bares ihren Körper anbot. Nur dass es in diesem Fall um den Austausch von Informationen ging.

»WARUM?«, fragte der Ermittler plötzlich erneut - jeden einzelnen Buchstaben betonend.

»Warum was, Doktorchen?« Jeffrey grinste, was Bryan noch wütender machte. Dennoch versuchte er sich zu beherrschen. Jeffrey dagegen wirkte sehr ruhig und selbstsicher.

Zu selbstsicher, fand er. *Irgendetwas stimmt mit ihm nicht!*

»Warum haben Sie ... hast du ... ausgerechnet mich zur Beichte ausgewählt?«, fragte er leise. Alle bisherigen Versuche, einen anderen Ermittler in den Raum zu setzen, um Bryan zu entlasten, hatten sich als Fiasko erwiesen. Jeffreys Gesprächigkeit war ganz offensichtlich eng mit Bryans Person verknüpft.

»Weil - und betrachte es als ein Kompliment - du für meine Bedürfnisse clever genug bist. Du sollst spüren, für wie bemerkenswert ich dich halte. Darum hatte ich den Wunsch, ausschließlich mit dir zu sprechen.« Jeffrey überlegte kurz. »Drei Uhr, sagst du? Dann legen wir langsam mal los! Ganz sicher ist dein Magen voll, während man mir nur ein lächerliches Sandwich vorbeibrachte. Doch ich will mich nicht beschweren. Für Mörder haben die wenigsten ein großes Herz. Fangen wir an. Eure Opfer hatten einen weißen Go-Stein im Mund, nicht wahr? Wäre es dann in deinem Sinne, in diesem Fall die weißen Steine zu nehmen? Ich fände es besonders witzig und der Gedanke gefällt mir sehr gut. Weiß wie die Farbe des Todes in China.«

»Na gut, dann nehme ich weiß.«, antwortete Bryan knapp. »Und wenn ich gewinne, bekomme ich irgendein Geständnis. Was für eins?«

»Ein Geständnis zu meinem ersten und zu meinem letzten Mord. Wenn du verlierst, musst du eine weitere Partie abwarten. Mehr nicht. Ich verspreche, dass das Spiel eine eigene Dynamik entwickeln wird. Spätestens morgen wirst du mich um eine weitere Partie anbetteln. Und ich bekomme die Chance, endlich mal wieder mit einem würdigen Gegner zu spielen. Du darfst nicht vergessen, dass ich älter werde. Langsam schleicht sich auch bei mir die Einsamkeit ein.« Bei diesen Worten fuhr sich Jeffrey Collins mit der rechten Hand durch das Haar. *Diese Aussage scheint zu stimmen, wenn man von einem halbwegs normalen Menschen ausgeht.* Ob er einer war, da konnte Bryan nicht sicher sein. Der Gefangene schaute seinem Gesprächspartner herausfordernd in die Augen. Er sah dabei so aus wie eine Kobra, die ihr Opfer fixiert. Die nächsten Worte kamen langsam und deutlich aus Jeffreys Mund. »Ich nenne das eine klassische Win-win-Situation, bei der du auch noch beginnst, weil du einen rangniedrigeren Dan hast. Zumindest heute.«

Widerwillig zog der Ermittler das offene Schälchen mit den weißen Steinen auf seine Seite. Auch wenn er das Spiel sonst wirklich mochte, es jetzt zu spielen, kostete ihn echte Überwindung. Aber das Spiel war ein unverhofft hilfreicher Teil des Verhörs. An der Notwendigkeit seiner eigenen Teilnahme konnte er nichts ändern. Sein Gegenüber mochte wahnsinnig wirken oder sogar sein. Dieses Spiel schien seinen Kooperationswillen zu wecken. *Die einzige Frage, die sich stellt, ist, weshalb er spielen will. Warum verknüpft jemand seine Freiheit mit einem Spiel? Habe ich ihn damals so fürchterlich verletzt?*

Die gleiche Frage beschäftigte auch Scott und Estrella, die die Geschehnisse im Verhörraum hinter der Glasscheibe interessiert verfolgten.

»Was meinst du? Was bezweckt er damit?«, wisperte Scott, als könnten seine Worte bis ins Rauminnere vordringen.

»Lass mich überlegen«, antwortete Estrella zögernd. » Ein wenig einfacher ist es, ihn zu verstehen, wenn man seine Körpersprache einbezieht. Oder besser gesagt, den für uns sichtbaren Teil. Noch einfacher hätten wir es, wenn wir seinen Rumpf oder seine Beine etwas besser sehen könnten. Nun müssen wir damit vorliebnehmen, was uns mit Hilfe der Technik zugänglich ist. Dieser Mensch ist sich seiner Sache echt sicher ... Entspannter Rücken, keine Beruhigungsgesten wie das unterbewusste Streicheln an Hals, Beinen, Nacken. Lediglich als er über die Einsamkeit sprach, fuhr er sich mit der Hand durchs Haar. Hast du es auch gesehen? Ich würde diese Geste als Aufregung deuten. Es gehörte nicht zum Szenario, das er uns zeigen wollte. Ich denke, diese Unsicherheit ist eine Bestätigung dafür, dass sich zu stellen unter Umständen tatsächlich Einsamkeit zum Motiv haben könnte. Vielleicht fühlt er sich isoliert mit seinem Wissen, das er mit niemanden teilen kann, und will, dass wir es erfahren. Möglicherweise ist es nicht sein einziges Motiv, dennoch halte ich es für eines davon.«

»Ist dir aufgefallen, wie sehr er sich zeitlich orientiert?«, fiel ihr Scott geistesabwesend ins Wort. »Erst beschleunigt er die Ermittlungen, indem er sich stellt. Dann fragt er nach der Zeit. Jetzt wiederum will er sie totschlagen. Warum dieses Spiel, das sein Zeitgefüge entschleunigt? Warum braucht er - verdammt noch mal - für ein Geständnis überhaupt ein Spiel? Ich verstehe es wirklich nicht. Ist das 'nur' eine Rache, weil ihn Bryan mal besiegt hat? Oder steckt mehr dahinter?«

»Schau mal, Scott« Estrella legte unwillkürlich ihre Hand auf seine, als wollte sie die Bedeutung ihrer Worte bekräftigen. Just in diesem Moment kamen Scott - wie in einem Flashback - Erinnerungen ihrer gemeinsamen Zeit wieder hoch. *Es sind Erinnerungen, die in diesem Raum nichts zu suchen haben!*, vertrieb Scott sie abrupt und zog automatisch seine Hand zurück.

Estrella tat so, als hätte sie es nicht bemerkt und fuhr unbeirrt fort. »Er wirkt sehr selbstsicher. Kaum nonverbale Kommunikation, jetzt sieht er Bryan ganz tief in die Augen, will ihn herausfordern. So, wie er jetzt vorgebeugt sitzt, zeigt er für mich ein aggressives Territorialverhalten, fast drohend, obwohl er sich durch seine Lage als Inhaftierter, damit auch vor uns als Unterlegener fühlen müsste. Schau bitte, wie Bryan diesen Mann ansieht. Herabgesenkte Augen bedeuten in der Sprache der Psychopathen - oder in der rauen Knastsprache - Kleinmut, Ergebenheit. Es scheint so, dass sich Jeffrey Collins krankhaft überlegen fühlt, was seine gottgleiche, beherrschte Haltung noch beflügelt. In diesem Gespann nimmt er definitiv die Rolle des Bestimmenden ein, und sie gefällt ihm außerordentlich gut. Er wird uns keine Fakten darlegen. Nein, er legt Wert auf die Dramatik seiner Aussage! Er will sich in seinen Worten neu erleben. Oder neu entdecken. Vielleicht erwartet er, dass Bryan geschockt ist. Vielleicht will er unsere Angst riechen. Nun haben wir zwei Möglichkeiten: Ihm die Chance zu geben, es so zu durchleben, wie er es sich wünscht - ergo weiterhin mitzuspielen, oder ...«

»... oder es zu unterbinden. Dann macht er die Schotten dicht und wir erfahren gar nichts mehr. Richtig?«, beendete Scott.

»Vollkommen richtig!«, bestätigte Estrella. »Er ist primär an einem Austausch von Informationen gegen bestimmte Emotionen und nicht an einem Geständnis interessiert. Es ist 'nur' ein Machtspiel. Wahrscheinlich haben wir keine andere Wahl, als mitzumachen, falls Bryan dazu bereit ist. Und gerade bekommt unser Master seinen Willen. Wie ein kleines Kind. Ich bin gespannt, was wir erfahren werden.«

Ein energisches Klopfen schreckte sie auf. Angel Davis stand in der Tür, die sie soeben aufgerissen hatte. Sie wirkte angespannt, was ihre Miene noch unterstrich. Eines war klar: Angel hatte keinesfalls erwartet, Scott und Estrella in einem engen Raum nebeneinander sitzend zu begegnen. Nachdem ihr Blick mehrfach vieldeutig zwischen ihnen hin und her gewandert war, wandte sie sich an Scott.

»Ähm ... alles erledigt ... ähm ... Chef. Josh wartet bereits, sollte heute noch Arbeit auf ihn zukommen. Bei den Angehörigen der anderen Opfer habe ich bereits nachgefragt. Doch die meisten Fälle liegen so weit zurück, dass sie mir keine Auskunft über die Affen liefern konnten. Ich bleibe aber dran. Kann ich sonst noch etwas tun?«

Scott wusste ganz genau, dass nicht der Bericht über den Status Quo der Ermittlungen Angel bewegt hatte, ihn aufzusuchen. Wahrscheinlich wollte sie mit ihm über die vergangene Nacht oder Ähnliches sprechen. Estrellas Anwesenheit im Raum lenkte die Situation zwischen Ihnen in eine ungewollte Bahn, was er deutlich spüren konnte.

»Alles in Ordnung», entgegnete Scott und wandte seinen Blick wieder dem Verhörraum zu.

Kapitel 14

Etwa zur gleichen Zeit verließ Sophie Pritchard mit ihrer Mutter die Arztpraxis von Dr. Hamilton, einem ausgezeichneten Orthopäden. Mittlerweile bereitete ihr der Knöchel nur noch ganz wenig Schmerzen, was nicht zuletzt auf die Wirkung der Schmerztablette zurückzuführen war, die man ihr in der Arztpraxis verabreicht hatte.

»Kein Marathonlauf mehr in diesem Jahr. Du hast den Doktor gehört, oder? Offenbar hattest du Glück im Unglück, keinen Bänderriss bekommen zu haben. Aber das kann sich schnell ändern, zumal das Bein immer noch verletzt ist. Sophie, bitte!« Patricia Pritchard versuchte ihre sture Tochter zur Vernunft zu bringen. »Ich will, dass wir uns bei deinem Onkel Bryan am Sonntag zum Geburtstag sehen - nicht in der Notaufnahme.«

»Ist ja gut, Mama!«, sagte Sophie entnervt. *Genau DAS hat mir gefehlt! Eine Moralpredigt. Als wären die Schmerzen nicht schon jetzt schlimm genug. Vor allem aber die Gewissheit, dass mich dieser Unfall im Training weit zurückwirft.* Schweigend stieg sie in das Auto ihrer Mutter. »Könntest du mich vielleicht an der Manhattan Mall rauslassen?«

»Warum das denn? Wo willst du mit dem verletzten Bein hin, Sophie? Willst du etwa einen Stadtbummel machen?«, fragte ihre Mutter erstaunt und brachte sich mit ihrer Fürsorge noch mehr Ärger ihrer frustrierten Tochter ein.

»Muss ich mich rechtfertigen, bis ich fünfzig bin, was ich tun will und wann?«, antwortete Sophie etwas pampig. Als sie jedoch sah, wie sehr sie ihre Mutter damit verletzt hatte, tat es ihr plötzlich leid. Immerhin war es ihre Mutter, die einen Urlaubstag opferte, um ihre Tochter zum Arzt zu fahren - und das ohne Murren! »Das Bein tut kaum noch weh, Mama. Ich wollte endlich das Geschenk für Onkel Bryan besorgen. Und wenn ich den heutigen Tag bereits beim Arzt und nicht an der Uni oder in der Bibliothek verbringe, dann kann ich auch noch etwas Sinnvolles tun. Heute ist ja schon Mittwoch. Es bleibt mir nicht viel Zeit bis zum Sonntag.«

Die Miene ihrer Mutter hellte sich nicht so auf, wie es sich Sophie erhofft hatte. Daher beschloss sie, gute Tochter zu spielen und sie wieder etwas in ihr Privatleben einzubinden. Gelegentlich tat sie es mehr aus Pflichtgefühl als aus eigenem Bedürfnis heraus. Ihre Mutter schien immer noch nicht mitbekommen zu haben, dass Sophie längst erwachsen war. Sie saugte alle Informationen über ihr 'Baby' wie ein Schwamm auf und ließ es sich nicht nehmen, ihre zahlreichen Ratschläge zu erteilen.

»Danach fahre ich nach Hause. Heute Abend wollte ich mit Natalie ins Kino. Soll eine Überraschung für mich werden, daher hat sie schon die Karten gekauft. Und davor ...« Sie senkte ihre Stimme unwesentlich. *Fast hätte ich mich verplappert ...*

Doch Patricia Pritchard kannte ihre Tochter gut genug, um diese Reaktion richtig zu deuten.

»Und? Sieht er gut aus?«, fragte sie lächelnd. Das 'u' zog sie dabei künstlich in die Länge.

»MAMA!«, entgegnete Sophie feixend und verdrehte die Augen. »Na gut. Was soll's? Ja, er sieht nicht schlecht aus. Aber es ist nicht so, wie du denkst. Wir gehen nur eine Kleinigkeit essen, mehr nicht. Das ist der Typ, der mich gestern zu Hause abgesetzt hat, nachdem ich beim Joggen gestürzt war. Ein netter Kerl, mehr nicht. Aber bedanken kann man sich ja, oder? Und FALLS du mal wieder meckerst ... Wir treffen uns in einem Café in der Nähe der Bücherei, also an einem öffentlichen Ort! Und ob der überhaupt anruft, weiß ich auch nicht ... «

»Braves Kind.« Patricia strich mit der Hand über die Haare ihrer Tochter. *Wann ist aus dem kleinen Würmchen, das du einmal warst, eine erwachsene Frau geworden?*, fragte sie sich in Gedanken. »Und du sagst, dass es wirklich nichts Ernstes werden könnte?«

»Oh, MAMA!« Sophie zuckte diesmal mit den Schultern. Im Grunde war sie sich selbst einer Antwort auf diese Frage nicht sicher. Daher registrierte sie mit Erleichterung, wie das Auto ihrer Mutter in die Sixth Avenue einbog und Kurs Richtung 33te Straße nahm.

»Lass mich hier raus«, bat sie und erhoffte sich, dem unangenehmen Interview zu entkommen. Während sie ausstieg, sagte sie, was sie immer gesagt hatte, wenn sie ihre Mutter beschwichtigen wollte: »Ich habe dich lieb von der Erde bis zum Mond.«

Patricia Pritchard lächelte.

Kapitel 15

Jeffrey Collins setzte sich aufrecht hin, als er die Schale mit seinen schwarzen Go-Steinen in die Hand nahm. Sein Gegenüber, Bryan Goseburn, war überzeugt, dass er damit seine Macht ein wenig unterstreichen wollte. 'Sich groß machen' bedeutete selbst in der Welt der primitivsten Tiere eine künstlich erzeugte Zunahme an Stärke. Er ließ Jeffrey Collins amüsiert gewähren. Lust auf eine Spielpartie kam bei ihm ohnehin nicht auf.

»Ich weiß, schwarz beginnt eigentlich immer. Doch in diesem Falle der Schwächere von uns ... Also bitte - du hast Vorrang!«, sagte er. »Wenn du gewinnst, erzähle ich dir etwas über das Ende von Anni Jones. Möchtest du vorab etwas über mich wissen, während wir die Partie beginnen?«

»Warum nicht!«, nahm Bryan den Vorschlag auf und setzte den ersten weißen Stein auf das Spielbrett. »Also, wie hast du mich gefunden?«

»Ach, das war recht leicht. Schon seit geraumer Zeit laufen in den Nachrichten Beiträge über eine gewisse Dr. Grace Goseburn, die sich um die Kandidatur am Obersten Gerichtshof bemüht, wie meine nachträglichen Recherchen ergaben. Deine Frau ist wirklich schön für ihr Alter. Nun, ich fange an, mich für ältere Frauen zu interessieren. Ist das nicht verrückt?« Bryan knirschte mit den Zähnen, was Jeffrey mit Zufriedenheit quittierte.

»So, wo waren wir? Also, auf einigen Bildern erschien mir ein bekanntes Gesicht neben Dr. Grace Goseburn. Jetzt, als ich das passende Gesicht ihres Göttergatten dazu hatte, erkannte ich, woher mir der Name von Anfang an vertraut war. Wir lernten uns von einem Go-Turnier kennen, bei dem ich damals gegen dich verloren hatte. Und dann so dämlich verloren. Es ärgert mich bis heute. So, du bist dran mit deinem Stein!« Jeffrey Collins' Haltung verriet wieder die natürliche Souveränität eines Psychopathen, gefangen in seiner wahnsinnigen Welt.

Unter anderen Umständen, an einem anderen Platz, hätte es für einen Außenstehenden nach einem anregenden Spiel zwischen zwei Bekannten ausgesehen. Im Kontext der Mauern zum Verhörraum und des bizarren Einsatzes war es ein groteskes Bild. Vermutlich war es auch das erste und letzte Mal, dass dieses Zimmer in dieser Art zweckentfremdet wurde. Die Körpersprache von Jeffrey Collins verriet dabei keinerlei Aufregung, während es in Bryans Inneren brodelte vor Wut. Er war wütend auf alles - aber vor allem auf die Medien, denen das Wort 'privat' fremder war als seinem Gegenüber das Wort 'Mitgefühl'. Insgeheim gab der Ermittler den Nachrichtendiensten die Schuld für seine missliche Lage, da sie dem übelsten Gesindel die Türen zu seinem wohlbehüteten Privatleben geöffnet hatten.

»Also, dass wir hier spielen, ist eine Art Rachefeldzug gegen mich, richtig? Weil ich irgendwann ein Turnier mehr oder minder berechtigt gewonnen habe? Darum muss ich dieses alberne Spiel jetzt mitmachen?«, fragte er bemüht, gleichgültig zu klingen.

»Aber nein. Im Gegenteil. Es verletzt mich sehr, wenn du es so siehst, Doktorchen«, antwortete Jeffrey mit gespielt trauriger Miene. »Es gibt nur wenige Menschen, die es mit mir überhaupt aufnehmen dürfen. Die dazu überhaupt in der Lage wären. Und noch weniger von ihnen würden gegen mich gewinnen. Das macht dich zu meiner persönlichen Herausforderung. Übrigens: Wie spät haben wir es jetzt?« Er lächelte sardonisch und weckte damit bei Bryan Lust, diese primitiv wirkende Gesichtsregung mit einem einzigen Faustschlag zu löschen.

»Dass es kurz nach vier ist, hast du bereits an meiner Uhr ablesen können. Wozu dann also die Frage?« Dieses Hin und Her ärgerte Bryan. Irgendetwas nicht Greifbares hing über seinem Kopf wie das Schwert des Damokles. Nur konnte er noch keine Konturen erkennen. Und diese Tatsache erfüllte ihn mit innerer Nervosität. »Übrigens: Du bist jetzt mit deinem Spielzug dran.«

Langsam füllte sich das Spielbrett mit weißen und schwarzen Steinen, die von den Spielenden jeweils an den Schnittlinien abgelegt wurden. Manche dieser belegten Linien sahen mit ein wenig Fantasie von der Seite so aus, als wären es lange Würmer, die aus runden, massiven Segmenten bestanden.

»Weißt du, was mich an diesem Spiel so fasziniert?«, fragte Jeffrey mehr rhetorisch als tatsächlich wissbegierig. Ohne eine Antwort abzuwarten, fuhr er fort: »Der Sinn des Spiels besteht ausschließlich darin, einem Stein alle seine 'Freiheiten', also Möglichkeiten, sich mit anderen zu verbinden, zu nehmen. So simpel. Um mehr geht es dabei nicht. Keine komplizierten Regeln, an die man sich zu halten hätte. Und dennoch klingt es nur wesentlich einfacher, als es ist, denn die Vielschichtigkeit dieses Spiels übersteigt bei weitem Spiele wie Schach. Go vereint zwei absolute Gegensätze miteinander: die Simplizität und die Komplexität.«

»Aha!« Bryans Reaktion verriet Desinteresse an philosophischen Grundüberlegungen. Langsam durchdrang ihn die erschreckende Erkenntnis, dass seine Anwesenheit in diesem Raum überhaupt nicht zufällig war. Der Mensch, der ihm gegenüber saß, war berechnend und kalt. Und er verfolgte einen kranken Plan, in dem er Bryan eine seltsame Rolle zugedacht hatte.

Jeffrey wandte sich lächelnd zum Spiegel. »Ich scheine kein Interesse bei Ihrem Ermittler zu wecken, meine Herrschaften! Macht gar nichts! Solange er nur mitspielt, kann ich wenigstens Sie mit meiner Lebensgeschichte langweilen. Das Spannende kommt noch, wenn wir uns alle gedulden. Er wird mich schon noch anbetteln«, erklärte er, ohne Wert auf eine Reaktion auf seine Arroganz aus dem Beobachtungsraum zu legen.

»Dr. Goseburn. Du bist übrigens wieder an der Reihe«, bemerkte Jeffrey sarkastisch und schaute zu dem Ermittler auf der anderen Seite des Tisches. »Weil ich nicht weiß, wie gut Sie recherchieren, meine Damen und Herren, werde ich Sie gern aufklären, wen Sie hier vor sich sitzen haben. Ich hoffe, Sie haben etwas Zeit mitgebracht.« Bei diesen überheblichen Worten musste selbst Bryan Goseburn kurz den Atem anhalten. Er malte sich aus, wie Scott auf diese Frechheiten reagierte.

Du überhebliches Stück Scheiße!, dachte er zugleich. Solche unausgesprochenen Schimpfworte verschafften ihm stets innere

Befriedigung. Nur zu traurig fand er die Tatsache, dass selbst Schläge bei diesem Mann gar nichts auszurichten vermochten. Denn er begann Gewaltfantasien zu entwickeln, die er offen niemals zugeben würde. *Vielleicht fühlt sich Jeffrey Collins uns gerade deshalb so überlegen, weil er tatsächlich keine Schmerzen empfindet? Denn hau auf einen emotionsbefreiten Psycho, der keine Schmerzen empfindet ... sinnlos.*

»Nun, geboren wurde ich zu meinem langjährigen Bedauern im Jahre 1970 in New Jersey - als ein Diplomatenkind. Meine Mutter hat es leider nur zur Hausfrau geschafft - trotz ihres sehr hohen IQs. Sie erreichte auch im Nachhinein nicht mehr in ihrem Leben, als ein recht unschönes Kind in die Welt zu setzen. Dagegen war mein Vater, den ich in meiner Kindheit kaum zu Gesicht bekommen habe, eine vom Ehrgeiz zerfressene Karrierebestie. Noch stetiger als dieser Ehrgeiz war die Anzahl blutjunger Mädchen, die in unser Haus kamen, um es ihm zu besorgen, während meine Mutter ihren Kummer in Alkohol ertränkte. Ob ich geliebt wurde? Vermutlich nicht mehr oder minder als sonstige Fälle, die euch durch die Ermittlerhände gehen. Was uns fehlte, war die, wie man das so romantisch sagt: 'Liebe' - gar nicht das Geld, wie sich die Psychologin mal ausgedrückt hatte. Du bist mit dem Zug dran, Dr. Goseburn!«

»Ha! Sieht gar nicht gut aus, oder?« Bryan Goseburn freute sich insgeheim. Dieses Spiel wollte er definitiv gewinnen, um zumindest die Qualität der Informationen überprüfen zu können. Dazu brauchten sie aber eine Aussage! Und es lief gerade unglaubwürdig glatt ab. *Mein Gegner scheint gerade nicht zu konzentrierter Aufmerksamkeit fähig zu sein,* erklärte er sich das Phänomen. *Das ist tatsächlich meine Chance!* »Wie kam es zum ersten Opfer?«, fragte er beinahe beiläufig. Tief im Innern fühlte er, dass sie kurz vor einem Geständnis standen.

»Nicht so schnell, nicht so schnell! Noch hast du die Partie nicht gewonnen«, entgegnete Jeffrey selbstgefällig. »Und noch kennt keiner von euch meine ganze Geschichte. Um ehrlich zu sein, halte ich das gesamte FBI für zu blöd, sie selbstständig herauszufinden.« Jeffrey Collins schürzte die Lippen. »Was habe ich mir Mühe gegeben, dass sie den Weg von Abigails Leiche zu mir herleiten würden?! Go-Steine, DNA-Material, die Affen ... Doch nichts half. Mich zu finden hat gedauert, meine Herren! Wo war ich vorhin nochmal? Ach ja, meine Kindheit, genau«, nickte Jeffrey.

Auch wenn Bryan insgeheim wusste, dass viele der Verbrecher eigentlich Opfer waren, deren Tränen an einem Wendepunkt ihres Lebens ignoriert worden waren, empfand er für Jeffrey Collins kein Mitleid. Auch die Wut wurde ihm fremd. Mit einem Mal empfand er einfach nichts mehr. Und aus seinem Nichts keimte Abscheu auf.

Jeffrey fuhr fort. »Meinen Eltern ist recht früh aufgefallen, dass ihr einziges Kind eine Leidenschaft hatte, die sie mit den strengsten Erziehungsmethoden nicht disziplinieren konnten. Ich empfand eine außergewöhnlich starke Liebe zu Gewalt, deren Ursprung kein beauftragter Psychologe ausfindig machen konnte. Ich quälte alles, was mir in die Hände kam: Katzen, Ratten, kleine Hunde, irgendwann sogar kleine Kinder. Und zum Entsetzen meiner werten Eltern empfand ich dabei Freude. Dann, 1984, also nachdem Annie gestorben war, bemühte sich mein Vater um eine Stelle als Diplomat in China. Der Grund für die Flucht war klar. Zu seinem Entsetzen wurde sein Sohn des Mordes an einer gleichaltrigen Schulfreundin bezichtigt.« Kurzes Schweigen. »Doktorchen, das war gar kein so schlechter Zug! Sie verfolgen die berühmte Strategie 'Leben und Tod', oder? Meine Steine sind tatsächlich bald tot. Keine freien Felder mehr. Wie es scheint, werde ich tatsächlich diese Partie verlieren. Verdammt schlecht für mich. Gut für dich.«

Er fuhr fort. »Mit der berufsbedingten Versetzung nach China gelobte mein Vater seiner Frau Besserung, was seine Affären betraf. Meistens hielt er sich sogar daran. Bis heute wohnen sie dort zusammen, eingepfercht in ihrer Wahlheimat, ohne enge Freunde, ohne den Mut zu fassen, sich voneinander zu trennen ... Sie werden sie in Changchun finden, im Nordosten der Volksrepublik China. Ich habe ihre Heuchelei nicht ausgehalten. Mit etwa 21 bin ich nach einem Motorradunfall zurück in die USA geflogen. Es hieß in Diplomatenkreisen, weil man in den Staaten bessere Chancen zur Rekonvaleszenz sah. In der Realität war das nur eine scheinheilige Ausrede meiner Eltern. Nachdem bekannt wurde, dass auch in

China Frauen verschwanden, sobald ich auftauchte, hatten auch sie mich endgültig satt. Mit dem Unfall habe ich es ihnen ungewollt leichter gemacht, mich loszuwerden, wobei mein Tod ihnen vermutlich lieber gewesen wäre. Anfang der neunziger Jahre kam ich nach New Jersey zurück, wo 2005 ein weiteres Mädchen verschwand. Kann alles nachvollzogen werden. Etwa ein Dutzend Chinesinnen und - wenn man Abi mitzählt – fünf Amerikanerinnen habe ich auf dem Gewissen. Falls ich ein Gewissen habe.« Jeffrey lächelte beinahe aufrichtig.

»Hey, Doktorchen! Du hast tatsächlich gewonnen! Ich gratuliere. Du hast es verdient, von Annie Jones zu erfahren. Aber gönne mir doch einen kleinen Toilettengang und ein Päuschen, um mir die Beine zu vertreten, okay? Dann erfährst du viel mehr, als du dir je zu träumen gewagt hättest. Und ich stelle dir bald Henry vor, einen unangenehmen, wenn auch zuverlässigen Burschen. Nun lass mich kurz Kräfte sammeln ...« Jeffrey Collins senkte seinen Kopf und verstummte demonstrativ. Es war keine Frage, sondern so etwas wie ein Befehl, dem Bryan Folge zu leisten hatte. Was sollte er tun? Was hatte dieses Spiel auf Zeit für einen Sinn?

Unentschlossen verließ der Ermittler den Verhörraum.

Kapitel 16

Die letzten Stufen zu ihrer Wohnung im Studentenwohnheim erwiesen sich für Sophie Pritchard als äußerst qualvoll. Die Wirkung der ärztlich verordneten Schmerztablette schien nachzulassen und sie ärgerte sich bereits, dass sie während auf der Heimfahrt keine weitere eingenommen hatte. Aber womit hätte sie diese runterspülen sollen? Für gewöhnlich hatte sie ihre Wasserflasche nur dann dabei, wenn sie ihre Strecke absolvierte. *Das sollte ich zumindest im Sommer mal ändern! Man weiß ja nie*, dachte sie und versuchte zu schlucken. Doch ihre ausgetrocknete Kehle produzierte schon seit einigen Stunden nicht mal zähflüssigen Schleim. Das Trinken hatte sie einfach vergessen.

Vor der Haustür angekommen, suchte sie hektisch nach ihrem Schlüssel.

»Hi, Sophie!«, ließ sich eine ihr bekannte Stimme vernehmen. »Bist du am Sonntag dabei? Wir wollten mal die Wii-U ausprobieren.« Die Stimme senkte sich zu einem Flüstern. »Tony hat was dabei; das wird echt gut!«

Sophie grinste. »Hi, Eddy, kannst du mir mit dem Schlüssel helfen?« Sie stützte sich an die Wand, während ihr Nachbar ihre Tasche durchwühlte.

»Fuck. Warum habt ihr Weiber immer so viele Sachen in den Taschen? Reicht euch 'ne Hosentasche nicht aus?«, wunderte er sich mit ernsthafter Miene. Kurz danach fand er endlich den Schlüssel.

»Vielen Dank. So sind die Frauen«, antwortete Sophie. Eigentlich mochte sie den ausgeflippten, doch recht gesellschaftstauglichen Studenten der Informatik. Auch seine Freunde ließen sich gelegentlich ertragen, wenn sie Sehnsucht nach menschlicher Gesellschaft hatte. Wer konnte den verspielten Jungs verübeln, dass sie auch mal weibliche Wesen in ihre Freizeit einbinden wollten? Zumal, wenn sie so hübsch wie ihre Nachbarin Sophie waren ... Das Fach Informatik an der Columbia gehörte nicht zu den von attraktivsten Frauen gut frequentierten Fächern - Eddy hatte lediglich Glück mit seiner Zimmerwahl. Gelegentlich zwang sich Sophie dazu, an solchen gesellschaftlichen Anlässen teilzunehmen, Tonys Anwesenheit beunruhigte sie immer. Nicht, dass ihr die Beschaffung von Joints fremd gewesen wären. Auch die Kommilitonen, mit denen sie verhältnismäßig engen Kontakt hatte, scheuten das Zeug nicht. Sie wusste aber, dass, wenn man sie mit Drogen erwischen würde, es einen ziemlich schlechten Einfluss auf ihre Karriere im Rechtssystem genommen hätte. Schon allein wegen der Nähe ihrer Tante zur Politik. Das wollte sie nicht riskieren.

»Eddy, du weißt, was ich von Tony und solchen Partys halte, oder?«, fragte sie lächelnd. »Machen wir es ein anderes Mal? Und ohne Tonys Mitbringsel. Außerdem könnt ihr von mir aus die Musik etwas aufdrehen, denn am Sonntag bin ich eh nicht da. Mein Onkel feiert Geburtstag.«

»Ach, der berühmte Dr. Goseburn, der letztens im Fernsehen kam?«, fragte Eddy feixend.

Wie kann er bei seinem Kaffee- und Drogenkonsum so schöne, weiße Zähne haben?, überlegte Sophie und kam zu keiner sinnvollen Erkenntnis. »Ja, genau der. Boah, du kannst dir gar nicht vorstellen, wie schwer es ist, einem Mann, der schon wirklich alles hat, ein Geburtstagsgeschenk zu machen!«

»Da hast du recht!«, sagte er beeindruckt. Dabei fiel Sophie auf, dass sie eigentlich nicht besonders viel über die 'normalen' Familien der Bewohner ihres Studentenwohnheims wusste. Wenn dagegen ein Familienmitglied in den Nachrichten auftauchte, machte das immer die große Runde. »Soll ich dir beim Reintragen helfen?«

»Nicht nötig. Der Fuß ist soweit okay, aber ich nehme gleich eine Schmerztablette. Danke für deine Hilfe.«

»Kein Thema ... Wenn du etwas brauchst, weißt du, wo ich bin, okay?«, fragte er lässig und ging zur Tür seiner Wohnung.

»Danke«, warf sie ihm nach. Er verschwand, ohne sich umzudrehen. Sophie vermutete schon lange, dass er heimlich in sie verliebt war und ihn diese Absage geringfügig aus der Bahn geworfen hatte. Doch sie konnte es nicht ändern. *Wollte er nicht gerade raus?*, fragte sie sich und zuckte mit den Schultern. Das seltsame Geschenk kam Sophie plötzlich in den Sinn. *Na egal! Was es mit den Affen auf sich hat, kann ich ja bei der nächsten Gelegenheit nochmal fragen ...* Noch ehe sie diese Idee zu Ende verfolgen konnte, klingelte bereits ihr Handy. Hastig schloss sie ihre Tür und ging ran.

»Sophie?« Eine männliche Stimme meldete sich. Die Nummer, die im Display erschien, war ihr unbekannt.

»Ja?«, entgegnete sie unsicher.

»Ich bin es, Henry. Wie wäre es mit dem versprochenen Dinner?«

Sophies Gesicht erhellte sich. Auf keinen Fall wollte sie vor sich selbst zugeben, dass sie ihren gestrigen Retter in der Not auch gerne sehen wollte. Oder dass sie bereits auf seinen Anruf gewartet hatte ... »Dinner? Ich weiß nicht ...«

»Keine faulen Ausreden!« Er lachte herzlich. »Ich habe bereits reserviert! Hole ich dich ab? Der Fuß muss noch sehr wehtun.«

»Ach was! Ich muss eh noch etwas erledigen. Dann komme ich mit den Öffentlichen. Wohin gehen wir?«, fragte Sophie.

»Na gut, wie du meinst. Es wäre mir ein Vergnügen. In, sagen wir, einer Stunde bei Patsy's Italian Restaurant? Das ist in der Nähe der Columbus Circle Station. Wäre das okay?«

»Ausgezeichnet. Ich freue mich sehr.« Sophie war klar, dass Henry ihr Lächeln nur erahnen konnte. Irgendwie empfand sie ihre Aufregung zugleich als peinlich und wünschenswert.

»Bis dann.« Er legte auf.

In einer Stunde. Dann muss ich mich jetzt beeilen, ging es Sophie durch den Kopf. Der Gedanke an die drei geschenkten Affen, über die sie mit Eddy irgendwann sprechen wollte, rückte weit weg und machte der Überlegung Platz, was sie wohl auf die Schnelle anziehen sollte. Sie wollte weder aufgebrezelt noch zu schlicht wirken.

Als Sophie etwa eine halbe Stunde später den Weg zur Metro nahm, fühlte sie sich deutlich besser, was ihre Schmerzen im Bein betraf. Die eingenommene Tablette entfaltete bereits ihre volle Wirkung, wie sie zufrieden feststellen konnte. *Ich darf aber nichts Alkoholisches trinken! Die Tabletten sind doch ganz schön stark*, ermahnte sie sich.

Die Wahl der Ausgehgarderobe war doch eher schlicht ausgefallen: eine blaue Jeans, T-Shirt und ihre neuen, zum Outfit passenden Turnschuhe.

So braucht er nicht zu glauben, dass ich mich genau für ihn zurechtgemacht habe. Vielleicht läuft zwischen uns auch nichts ... Andererseits habe ich eine Ausrede, mit meinem noch geschwollenen Knöchel keine Schuhe mit Absätzen anzuziehen. Und zu Turnschuhen passt eh nur eine Jeans, waren ihre Gedanken, kurz bevor sie hinausging.

Trotz der Wirkung der Tablette spürte sie gelegentlich die Unebenheiten des Gehweges. Nicht sehr schmerzhaft, aber gerade stark genug, sie zu registrieren. *Die hohen Absätze hätten den Fuß noch zusätzlich strapaziert. Wer weiß, ob ich dann fähig gewesen wäre, wieder nach Hause zu kommen, ohne mir ein Taxi bestellen zu müssen? Das war definitiv eine gute Idee!*, baute sie sich auf.

Es war einer der heißen Sommertage, an denen der aufgeheizte Asphalt die Wärme nur ganz langsam an die Umgebung zurückgab. Trotz der Abkühldusche zu Hause schwitzte Sophie wieder. Sie fragte sich, ob es tatsächlich sinnvoll gewesen war, das leichte Strickjäckchen mitzunehmen. Vermutlich nicht.

Verärgert über das Kleidungsstück, das sie jetzt für überflüssig hielt und das sich vom lockeren Knoten um die Hüfte löste, fluchte sie leise. Doch ihr Schimpfen ging in der Menge der Menschen unter, die auf dem schnellsten Weg von der Arbeit nach Hause eilten. Die Anonymität der Großstadt war einer der Gründe, warum Sophie ihre Heimatstadt New York liebte. Nun durfte sie auch in der Menge fluchen, ohne wie zu Hause sofort nach dem Grund ihrer Unzufriedenheit gefragt zu werden. Diese Freiheit war der richtige Weg zu ihrer Selbständigkeit. Das fühlte sie und wuchs daran.

Ob die Leute reagieren würden, wenn ich etwas Unerwartetes täte? Wenn ich laut schreien oder auf der Straße tanzen würde?, fragte sie sich diesmal amüsiert über ihre eigene Vorstellung und in der Gewissheit, dass sie vielleicht niemals eine Antwort auf diese Frage bekommen würde. Bei dem Gedanken, wie sie plötzlich mitten auf der Straße tanzte, grinste sie. Der Menschenansturm wurde kurz vorm Eingang zur Metro geringer. Sie löste den Knoten der Strickjacke und war gerade im Begriff, sie in die Hand zu nehmen, als das Kleidungsstück plötzlich zu Boden fiel.

»Au, shit!«, fluchte Sophie und bückte sich, um es aufzuheben. Sich in diesem Strom aus Menschen so klein zu machen bedeutete, dass man leicht angerempelt werden konnte. Und ehe sie sich aufrichten konnte, geschah es wie auf Bestellung: Der Ellbogen von der Seite tat nicht weh, doch für einen winzigen Augenblick spürte sie einen Druck, konnte ihr Gleichgewicht nicht halten und fiel wenig grazil um.

»Oh, das tut mir wirklich leid!«, hörte sie eine männliche Stimme erschrocken sagen. Es klang so aufrichtig, dass ihre Wut sofort verflog. Aufrichtig und ... bekannt. Sie schaute hoch.

»Sophie? Du hier?«, sagte Henry so verwundert, als hätte er einen Geist gesehen.

»Henry?« Sophies Stimme verriet noch mehr Überraschung. »Ich wollte gerade ...«

»Und ich wollte, bevor wir uns treffen, zu dem Studentenwohnheim an der Ecke.« Diese Lüge schien Henry leicht gefallen zu sein. Denn nichts an diesem Zusammenstoß war zufällig. Und er ließ sie es nicht erkennen. »Ein Freund wollte mir ein Buch ausleihen, doch offenbar war ich viel zu spontan, eigenmächtig aufzutauchen, ohne mit ihm gesprochen zu haben. Doch ich wollte es erledigt haben, bevor wir essen gehen. Naja, egal!« Er winkte ab. »Umso besser. Dann fahre ich eben mit meiner reizenden Begleitung zusammen. Wer denkt da an ein blödes Buch, wenn die Alternative so verheißungsvoll ist?«

»Aber ...«, fing Sophie an.

»Keine Ausrede, Mädchen! Jetzt habe ich dich sogar angerempelt. So lasse ich dich ganz bestimmt nicht mit den Öffentlichen fahren. Kommt gar nicht infrage! Du kannst dich gern auf mich stützen; das Auto parkt um die Ecke.«

Henry ließ Sophie weder die Chance, nach seinem Studienfreund zu fragen noch ließ er es zu, die gemeinsame Fahrt zu verweigern. Aber es war auch nicht unbedingt notwendig. Sein Duft, sein Auftreten und die bestimmende Haltung gefielen ihr vielleicht sogar noch besser als am Vortag. Insgesamt erschien ihr Henry vertrauter, daher ließ sie sich, in der Taille gestützt, zum Auto führen. Henry brachte sie zu einem weißen Lieferwagen mit der Werbeaufschrift eines Blumenladens in Brooklyn.

Er stand abseits der Hauptstraße - in einem verlassen wirkenden Hinterhof. Sophie wunderte sich, diesen Ort vorher nie wahrgenommen zu haben, obwohl sie diese Strecke beinahe jeden Tag passierte. *Angesichts der schlechten Parksituation und überteuerter Plätze in Manhattan eine gute Idee, hier zu parken,* dachte Sophie. *Nirgendwo ein Verbotsschild und es sieht nach Niemandsland aus. Muss ich mir unbedingt merken!*

»Naja, mein Studium ist leider nicht gratis. Ich verdiene mir etwas Geld nebenbei. Aber der Wagen ist auch gar nicht so schlecht«, sagte Henry entschuldigend. »Hier stelle ich ihn auch gern ab, wenn ich in der Nähe bei Kunden bin. Das ist ein Geheimtipp von mir«, sagte er entschuldigend und blinzelte. Wenn Sophie auch nur für einen Augenblick ein mulmiges Bauchgefühl überfiel, so ließ sie es nicht erkennen. Henry öffnete wie ein Gentleman die Beifahrertür und registrierte mit Zufriedenheit, dass lediglich eine fette, schwarze Katze Zeuge dieser Geschehnisse wurde.

Alles läuft nach Plan, murmelte er zufrieden und schaute auf die Uhr. *Erst vier - noch früher, als ich ursprünglich berechnet hatte. Ich bin ein Genie!*

Kapitel 17

Die Uhr im Beobachtungsraum schlug halb sechs, als sich Bryan Goseburn an den Tisch im Verhörraum setzte.

Obwohl er keine Geräusche oder sonstigen optischen Reize außerhalb des Verhörraums wahrnehmen konnte, so sagte ihm sein Biorhythmus, dass der Feierabend begonnen hatte. Es war eine halbe Stunde vergangen, so lange wartete er schon auf Jeffrey Collins. Der Verhaftete schien eine ungewöhnlich lange Pause für einen Toilettengang gebraucht zu haben, weshalb Bryan in seine Gedankenwelt verfiel, um sich die Zeit zu vertreiben. Irgendwie fühlte er sich nach der Go-Partie ausgelaugt und hatte keine Lust auf einen abschließenden Plausch mit Scott. Und schon gar nicht in Anwesenheit von Estrella oder Angel. Zwischen den beiden Frauen lag eine Spannung, die ihm sehr unangenehm erschien.

Grace ist vermutlich mit Patricia unterwegs, um letzte Besorgungen für meinen Geburtstag zu treffen, überlegte er. Bisher hatte er seine Ehefrau leider nicht erreichen können. *Zumindest hat sie das noch heute früh behauptet, als meine Schwester sie anrief und von Sophies Laufunfall erzählte. Vielleicht hat sie sie zum Arzt begleitet?*

Er war dankbar, dass sich die beiden für ihn auf der Welt wichtigsten Frauen so großartig verstanden. Es war, wie er von Kollegen wusste, nicht selbstverständlich, dass angeheiratete Familienmitglieder derart innig mit der leiblichen Familie verbunden waren, dass sie sich auch freiwillig außerhalb der Familienfeiern trafen. Bryan war ein Glückspilz.

Mit Grace ist es ohnehin unmöglich, etwas zu planen, seit sie sich um die Kandidatur bemüht: Mal hat sie einen Pressetermin, mal eine karitative Veranstaltung, mal einen Haufen Arbeit zu Hause ... Wo sind die Zeiten geblieben, als wir gemeinsam ausgingen, ohne dass uns Paparazzi verfolgten? Oder wann hatten wir zusammen statt eines Imbisses nebenbei eine richtige Mahlzeit am gemeinsamen Esstisch? Selbst ein freies Wochenende wurde ist zur Seltenheit geworden ...

Ein Klopfen an der Tür zum Verhörraum unterbrach seine Gedanken. Kurz danach ging die Tür unaufgefordert auf und Jeffrey Collins wurde herein begleitet.

»Nein, lassen Sie«, sagte Bryan Goseburn, als der Polizist die Hände von Jeffrey Collins am Tisch fixieren wollte, nachdem dieser sich plump auf den recht unbequemen Sitz hatte fallen lassen. Nicht, dass Bryan den Mann als ungefährlich einstufte. Nein, er wollte lediglich eine Vertrauensbasis schaffen, in der Hoffnung, dass die Einheit auf der anderen Seite des Spiegels rechtzeitig reagieren würde, sollte es brenzlig werden.

»Wow, trauen Sie mir etwa, Doktorchen? Ganz anders als die vom Gefangenentransport.« Jeffrey registrierte die freizügige Geste sofort. Wären nicht seine stahlblauen Augen gewesen, die Gefühlskälte und das Fehlen jeglicher Regung verrieten, hätte man dieses Lächeln beinahe als herzlich definieren können. Und es würde Jeffrey Collins künftig garantiert viele Verehrerinnen im Gefängnis bescheren, die genau auf ein solches Lächeln eines Psychopathen immer wieder hereinfielen - abgesehen davon, dass sie die Objekte ihrer Liebe hinter Gittern anlächelten.

Ob Psychopathen überhaupt Glücksgefühle empfinden?, fragte sich Bryan. Selbst die Anordnung der Falten und Fältchen verriet eher das Gegenteil. Dieser Mensch besaß davon unnatürlich wenig. Dadurch wirkte diese Gesichtsregung eher künstlich.

Die provokante und immer wiederkehrende Anspielung auf seinen Titel ließ Bryan im Raum stehen und beobachtete, wie Jeffrey sich soweit aufrichtete, um dem Ermittler so nahe zu kommen, dass es gerade noch erträglich erschien.

»Bereit?«, fragte Bryan.

»Wenn ich noch einen kleinen Kaffee bekommen könnte, dann ja«, antwortete Jeffrey.

Bryan überhörte die Bitte in der Gewissheit, dass man ihr hinter dem venezianischen Spiegel bereits nachging. »Dann legen wir mit Annie Jones, Ihrem ersten Opfer, los.« Bryans Stimme wurde ernster. »Herr Collins, Sie behaupten, Ihre ehemalige Freundin,

Annie Jones, deren Leiche am 19.06.1984 in Montague Township in New Jersey gefunden wurde, umgebracht zu haben. Sie haben nun die Möglichkeiten, sich zu diesem Vorwurf zu äußern oder auf eine Äußerung zu verzichten. Des Weiteren dürfen Sie sich bereits vor dieser ersten Vernehmung mit einem von Ihnen frei zu wählenden Verteidiger beraten und Sie dürfen eigene Beweisanträge stellen. So können Sie zum Beispiel Entlastungszeugen, also Zeugen, die zu Ihren Gunsten aussagen, benennen, Gutachten anfordern und so weiter. Haben Sie verstanden, was ich Ihnen soeben erläutert habe?«

Jeffrey offenbarte seine weißen Zähne in einem breiten Grinsen. Das ließ sein Gesicht in Bryans Augen durch die betonte Adlernase noch unattraktiver erscheinen. »Selbstverständlich habe ich es verstanden. Mein IQ liegt weit über 130, daher beleidigt diese Frage meine hohe Intelligenz. Und ja, ich verzichte gern auf einen Verteidiger, da du so nett warst, meine Herausforderung zum Spiel anzunehmen. Wir haben einen Deal.«

Der Ausdruck in Jeffreys Gesicht änderte sich abrupt. Noch vor kurzem amüsiert, schaute er nun den Ermittler so durchdringend an, dass es ihm bis ins Mark ging. »Weißt du, wie es ist, in die Augen von jemandem zu gucken - in der Gewissheit, dass du derjenige bist, der ihnen ihren Glanz nehmen wird? Die Weiber wehren sich, sie jammern ... na und? Insgeheim wissen sie, dass es nichts nützen wird. Und du weißt, dass am Ende du derjenige sein wirst, der dieses Spiel gewinnt. Aber du bist ein fairer Spieler. Ich habe ihnen immer diese drei Affen geschenkt. Doch sie haben die Botschaft nicht verstanden. Irgendwann haben sie die Augen vor dem Bösen verschlossen und dann kam das Böse zu ihnen.«

»Wie ist Anni gestorben?«, fragte Bryan Goseburn leise, um Jeffrey vom Hineinsteigern in seine irre Fantasiewelt abzubringen. »Du hast versprochen, es mir zu erzählen, wenn ich gewinne. Nun will ich es erfahren.«

»Weißt du, wie es ist, keinen zu haben, dem man erzählen kann, wie schön der Tod ist? Wie fantastisch es ist, Leben auszulöschen? Es ist wie eine Wiedergeburt, von der man nicht berichten darf. Ich dachte, ich würde nie einen Menschen finden, dem ich es erzählen kann. Bis Henry kam und mir zeigte, dass es eigentlich noch schöner ist, wenn sie vorher unter Schmerzen um ihr Leben betteln. Schmerzen, die mir nicht mehr vergönnt sind. Ich bin so schrecklich stolz auf meinen neuen Sohn - auf ihn ist immer Verlass.« Diesmal glätteten sich seine Gesichtszüge, als hätte er von einer geliebten Person gesprochen.

Bryan verdrehte sich dagegen der Magen und er war froh, dass er beinahe völlig nüchtern war.

»Aber gut, du wolltest doch lieber etwas über Annie wissen. Ich will mein Versprechen halten. Anni Jones war das hübscheste Mädchen in unserer Schule. Sie war vierzehn, hatte dunkle, lange Haare und duftete immer nach Pfirsich. Viele Jungs drehten sich um, wenn sie an ihnen vorbeiging. Nun, natürlich auch ich. Etwa zur gleichen Zeit gab es einen Jungen aus der höheren Klasse, der mich besonders gern hatte, wenn du verstehst, was ich meine ...« Jeffrey zwinkerte Bryan zu.

»An einem sonnigen Nachmittag ging ich nach der Schule heim. Es war so ein toller Tag. Die Vögel zwitscherten, es war Sommer, daher auch recht warm. Sid, so hieß der ältere Junge, wartete bereits auf mich mit vier anderen Jungs hinter einer Scheune, an der ich immer vorbeigehen musste. Sie hielten mich fest. Und noch bevor der letzte der Jungs seinen dreckigen Schwanz aus mir herauszog, hörte ich Schritte. Die Jungs waren lachend geflüchtet, während jemand schrie: 'Was soll das? Was macht ihr da?' Es war die Stimme von Annie Jones, die ich vernehmen konnte. Ich wollte in den Erdboden versinken. Sie half mir auf die Beine. Was sie noch gemurmelt hat, weiß ich heute nicht mehr, doch ich bat flehend: 'Bitte, kein Wort zu niemanden, okay?' Annie versprach mir, den Mund zu halten und wir trennten uns alsbald. Nun hatten wir ein Geheimnis, das mir furchtbar peinlich war. Einzig und allein sie hatte gesehen, dass mein Penis nach dem Aufstehen vom Boden noch immer erregt war. Und obwohl sie es mir versprochen hatte, ging bereits am Abend diese Neuigkeit wie ein Lauffeuer überall herum. Wobei die Versionen immer noch ausgebaut wurden. Annie ließ beim Tratschen mit Freundinnen kein einziges Detail aus. Und schon gar nicht den erregten Penis.« Jeffrey schnalzte aus reinem Reflex mit der Zunge.

»Mein Schulalltag wurde dadurch nicht besonders einfach«, fuhr er fort. »Wobei 'schwule Sau' einer der nettesten Ausdrücke war, mit dem ich sogar hätte leben können. Ich wurde zum Gespött der ganzen Schule. Zwei Tage später verschwand Annie, und die gesamte Aufmerksamkeit galt dem nach Pfirsich duftenden Mädchen, das man nun suchte. Mit Annie gab ich mir Mühe, ihren leblosen Körper zu verstecken. Sie war schließlich meine Erste! Und ich hatte etwas Glück, denn man suchte nach einem erwachsenen Perversen. Der Fall blieb ungeklärt und mein Vater ließ sich kaum ein halbes Jahr später nach China versetzen, um die Suche nach weiteren Zusammenhängen zwischen dem Mord an Annie Jones und seinem hochintelligenten Diplomatenkind zu verhindern. Zu Annie weiß ich sogar die meisten Details, die man in der Presse versäumt hatte zu erwähnen.«

»Tatsache? Welche wären das denn?«, fragte Bryan provokativ.

»Nun, bei Annie hatte ich noch keine vollwertigen weißen Kiesel als Spielsteine. Die Idee kam mir erst später. Ich wollte nur, dass sie einen im bewussten Zustand schluckt. Damals erzählte ich ihr, dass ihr der Stein die Gedärme aufreißen würde - für das, was sie mir angetan hat. Doch sie schluckte ihn nicht. Sie hatte ohnehin schon ein schlechtes Gewissen, mich verraten zu haben, als ich sie damit konfrontierte. Das glaubte ich ihr sogar. Denn nicht umsonst konnte ich sie auf dem Nachhauseweg problemlos in den Wald locken, unter dem Vorwand, mit ihr reden zu wollen. Mitten im Wald schubste ich sie so gegen einen Baum, dass sie fiel und ihr Bewusstsein verlor. Als sie aufwachte, war sie gefesselt mit einem Stein im Mund, den ich ihr zuhielt, damit sie nicht schrie, sondern diesen schluckte. Aber sie wehrte sich. Also ließ ich sie los, und bevor sie registrierte, dass sie um Hilfe schreien könnte, drückte ich mit meinen Händen ihre Kehle zusammen. Danach nahm ich mein Taschenmesser, stach hinein, um sicher zu gehen, dass sie tot war, höhlte ihre Augen aus, damit sich mein Gesicht nicht in ihnen einbrennen konnte. Das hat man sich damals erzählt, und ich bin bis heute überzeugt, dass etwas dran ist. Zum Schluss schnitt ich die Fesseln ab und nahm sie mit nach Hause, um so viele Spuren zu beseitigen, wie es nur möglich war. An diesem Tag trug sie ...«

Bryan hörte, wie Jeffrey die Bekleidung des ersten Opfers wie aus der Bibel zitierte. Die Beschreibung glich den Einzelheiten aus den Polizeiberichten von New Jersey bis ins kleinste Detail. Er musste zwar noch einiges recherchieren, doch die letzten Zweifel an Jeffreys Schuld in diesem Mordfall waren wie weggeweht.

»Henry besitzt eine Kiste, in der meine Schätze gesammelt sind. Da werdet ihr Annies roten Bleistift finden, falls alles andere nicht genug ist ... Aber wo es genau ist, kann ich euch beim besten Willen nicht sagen. Ich weiß es nicht«, prahlte er, als hätte er gerade eine neue Weltentdeckung offenbart.

Bryan Goseburn fühlte sich angesichts dieses Geständnisses um Jahre gealtert. Nun hatten sie einen Mörder geschnappt, doch irgendetwas ging zu schnell ... Es passte nicht ...

Nachdem er auf seine Uhr geschaut hatte, wünschte er sich, nochmal ein Kind zu sein. Denn genau um diese Zeit, Punkt sieben Uhr, hatten sie sich für gewöhnlich mit der gesamten Familie am Esstisch eingefunden. Es hatte 'french Fries', Burger oder manchmal etwas Mexikanisches gegeben. Schon allein die Gedanken an eine warme Mahlzeit regten seinen Speichelfluss an. Zudem grummelte wie auf Kommando sein Magen.

»Für heute ...«, fing er an, als die Tür zum Verhörraum aufflog und Angels erschrockenes Gesicht erschien.

»Es ist für dich. Wer auch immer das ist, er will, dass du hier abnimmst«, sagte sie knapp und reichte Bryan sein Handy. Zwei uniformierte Polizisten stürmten herein, um den Mörder, der sich mit seiner Aussage selbst belastet hatte, jederzeit abtransportieren zu können. Im gleichen Augenblick brach Jeffrey in schallendes Gelächter aus. »Nun? Geh ran! Habe ich es nicht gesagt? Bei der nächsten Go-Partie gibt es immerhin endlich einen würdigen Einsatz«, stotterte er zwischen den Lachsalven, als wäre er wahnsinnig geworden.

Der Ermittler legte den Hörer ans Ohr und hörte zu, während jegliches Blut aus dem Gesicht wich. Seine Beine zitterten mit jedem gesprochenen Wort noch mehr.

»Ich ... ich ... ich ... soll sagen ... 'Einen schönen Gruß vom Teufel persönlich'. Hilfe, Onkel Bry ...« Ein lautes Klatschen folgte - ähnlich dem Geräusch einer ausgestreckten Hand, die mit Kraft auf eine nackte Hautfläche trifft. Sophies Stimme verstummte.

Nun konnte man nur noch eine männliche Stimme am Telefon vernehmen:»Ja, Onkel Bryan«, äffte sie Bryans Nichte nach. »Hätte ich bloß die drei Affen nicht genommen, müsste ich nicht sterben. Aber ich war leider zu doof ...« Nun ernster:»Viel Spaß bei der nächsten Partie mit Jeff und liebe Grüße von Henry, dem Henker.« Ein grollendes Geräusch war zu hören, das er zunächst nicht zuordnen konnte.

Bryan ließ das Telefon zu Boden fallen. Er war sicher, dass Scott keine Zeit verloren hatte, um den Anrufer zu orten. Falls etwas zu orten war. Nun begriff er auch, dass er nicht mehr als ein einzelner Go-Stein in einem bereits abgekarteten Spiel war. Einfach so. Und ebenfalls im gleichen Augenblick wurde ihm klar, warum Jeffrey Collins so viel Interesse an der Uhrzeit bekundet hatte. *Er hat alles in die Länge gezogen, um meinen Schmerz zu sehen, wenn ich erfahre, dass Sophie von seinem Partner entführt worden war. Er will, dass ich leide. Und er will sich an meinem Leid ergötzen*, wiederholte er diese simple Feststellung in Gedanken.

Sein Handy begann trotz zersprungenen Displays zu klingeln. Fassungslos erkannte Bryan die Nummer seiner Schwester, was seine Befürchtung zusätzlich bestätigte. Sonst rief sie um diese Zeit nie auf dem Handy an. Wenn er nicht zu Hause erreichbar war, hatte er in der Arbeit zu tun. Das respektierte Patricia, darum rief sie nur in dringenden Fällen an. Es war vermutlich kein böser Scherz.

Er versuchte immer noch um Fassung zu ringen, während die Polizisten den immer noch schallend lachenden Jeffrey zum Aufstehen aufforderten.

Sophie, das kleine Mädchen, das Bryan vor 25 Jahren in den Händen gewogen hatte und wie ein eigenes Kind betrachtet hatte, war in den Händen eines Jeffrey Collins ebenbürtigen Psychopathen. Da er von diesem Henry bei Gelegenheit als 'Sohn' sprach, handelte es sich um einen jüngeren, wahrscheinlich kräftigeren Mann. Diese Tatsache erhöhte nicht gerade Sophies Chancen zu entkommen. Wollte er seine Nichte befreien, dann würde er mit dem Teufel persönlich um ihr Leben spielen müssen. Denn die Gewalt, die Bryan bereit war auszuüben, würde im Falle von Jeffrey Collins keine Probleme lösen.

Und dennoch ...

In diesem Augenblick, als Bryan die Ausweglosigkeit seiner Situation endgültig verstand, sprang er wie ein Panther zu Jeffrey, der bereits aufgestanden war. Seine rechte Hand landete mit voller Wucht mitten im Gesicht des Psychopathen. Von einem unmenschlichen Schrei des Angreifers begleitet, lachte Jeffrey Collins wie ein Narr.

Kapitel 18

Kurz zuvor.

Als der Nachhall der geschlossenen Tür allmählich verstumme, traute sich Sophie, mit zitternden Händen die Sturmhaube von ihrem Kopf abzustreifen. Deren Augenschlitze waren so zugenäht worden, dass sie nicht sehen konnte, wohin man sie gebracht hatte. Ihr Fuß tat zwar weh, doch vor steigender Angst registrierte sie es kaum.

Ist das nicht die Situation, die ich in etlichen Thrillern zu lesen bekommen habe? So ein beknackter Klassiker? Haben wir nicht solche Geschichten beim *Studieren der Berufungsgerichturteile als 'interessante Fälle' zu sehen bekommen?* Die Angst in Sophies Kopf ging wieder in Wut über. Wut über ihr eigenes Verhalten. *Was bin ich für eine Idiotin? In das Auto eines Fremden einsteigen? Was hat mich bloß geritten?*

Während sie sich über ihre eigene Dummheit ärgerte, gewöhnten sich ihre Augen soweit an die Dunkelheit, dass sie leichte Umrisse zu erkennen begann. Sie stand auf, um den Raum, in dem sie festgehalten wurde, zu erkunden. Er besaß offenbar keine Fenster - lediglich eine Tür aus Metall, die vermutlich für das quietschende Geräusch beim Hinausgehen verantwortlich war. Es war sehr dunkel.

Sowohl ihr Geruchssinn als auch die Augen verrieten ihr, dass der Mann, der sich als Henry ausgegeben hatte, sie in einen Keller hineingebracht hatte. Der typisch modrige Gestank vermischte sich mit dem Geruch von feuchten Ziegeln. Die Wände des neuen Verlieses waren leicht porös. Dennoch konnte Sophie keine Möglichkeit ertasten, sich auf diesem Wege Hilfe zu holen. Die Ziegel steckten so fest, wie man es bei Gemäuern im Fundament eines Hauses erwartete.

»Hallo?«, rief sie und horchte. Ihre Stimme hallte nach - wie vorhin das quietschende Geräusch der metallenen Tür. Ohne dass sie eine Antwort bekam. »Hallo? Ist jemand da?«, versuchte sie es erneut.

Stille.

Sie tastete den Boden ab, auf den sie sich auf Henrys Befehl vorhin hatte setzen müssen. Normalerweise hätte sie sich gewehrt oder geschrien, doch der Lauf der Waffe, der ihren Kopf durch die Haube berührte, und die Worte: »Setz dich hin und sei still! Ich werde nicht zögern, dich auf der Stelle zu erschießen!« hatten sie überzeugt, brav zu folgen.

»Was willst ...«, hatte sie dann zaghaft herauszubekommen versucht, was ihr Angreifer mit ihr vorhatte. *Meine Eltern erpressen? Mich vergewaltigen?*

»Schnauze!«, hatte er sie barsch unterbrochen. »Bald wirst du es erfahren!«, war der letzte Satz gewesen, den er mit ihr gewechselt hatte, bevor er ging. Nun saß sie allein hier.

Vielleicht möchte er tatsächlich nur Lösegeld einfordern? Das würde mir etwas Zeit verschaffen, mir zu überlegen, wie ich aus dem Loch hier fliehen kann. Vermutlich weiß er nicht, dass mein Onkel beim FBI ist und alles dafür tun würde, mich von hier herauszubekommen. Wenn er mich vergewaltigen wollte, hätte er nicht so viel Aufwand treiben müssen, mich irgendwohin zu bringen. Nicht unter Zeugen, überlegte Sophie und erschauderte bei diesem Gedanken. *Welche Zeugen eigentlich? Meiner Mutter habe ich nichts über Henry erzählt. Weder Eddy noch Natalie wussten, wohin ich wollte. Und selbst wenn sie es wüssten, der Typ hat mich schon vor dem eigentlichen Treffen abgefangen. Außerdem bin ich freiwillig in sein Auto gestiegen, ich Blödmann!*

Mit Entsetzen stellte sie fest, dass bis auf die Menschenmassen, die zur Metro gestürmt waren, die einzige Zeugin der Entführung eine Katze gewesen war. Das fiel ihr im Nachhinein ein, als sie an die Entführung dachte. Die Wahrscheinlichkeit, dass sich jemand in der Menschenmasse an ihr Verschwinden erinnern würde, war gleich null, da sie ihrem Entführer freiwillig in eine kleine, vergessene Gasse gefolgt war. Für Außenstehende mussten sie eher wie ein Pärchen gewirkt haben - ein gewohntes Bild, das keine Aufregung wert war. Wie sie es drehte oder wendete - keiner ahnte etwas von Henrys Existenz in Sophies Leben.

Und je mehr sie darüber nachdachte, desto mehr Bilder produzierte ihr Gehirn, in denen sie sicher war, sein Gesicht erkannt zu haben. Alltägliche Situationen: an der Uni, beim Joggen, beim Einkaufen ...

Also entweder bin ich jetzt verrückt, überfordert oder ... Ihr wurde mit einem Mal schlecht - *... oder ich habe mich gar nicht getäuscht, als ich mich in letzter Zeit verfolgt gefühlt habe. Das würde erklären, warum mir das Gesicht so vertraut vorkam. Vielleicht war unser Treffen im Park gar nicht so zufällig, wie ich dachte. Vielleicht konnte er mir helfen, weil er in Wahrheit ständig dicht an mir dran war? Und mein Unfall bedeutete für ihn die Gelegenheit, sich mein Vertrauen zu erschleichen!,* beendete sie ihre Gedanken, als sie das Bellen eines Hundes vernahm, das näher kam.

Grelles Licht an der Decke, das aus einer provisorischen Glühbirne kam, erhellte plötzlich die hohen Wände des Kellers. *Meine Einschätzung war gar nicht so schlecht,* dachte sie. Sophie schützte ihre Augen mit den Handflächen ab, bis sich ihre Pupillen an die plötzliche Helligkeit gewöhnten. Es war tatsächlich ein recht alt wirkender Keller. Oberhalb der für sie ertastbaren Höhe hatte jemand ein Dutzend schwerer Ringe aus Metall angebracht. *Stabil genug, jemanden daran aufzuhängen,* dachte Sophie entsetzt. Der Raum verfügte weder über ein Fenster noch über eine weitere Sitzgelegenheit - nur die alte Matratze, auf die Henry sie mit der Sturmhaube auf dem Kopf geschubst hatte.

»AUS!«, hörte sie jemanden sagen. Das Bellen verstummte langsam. Sophie wollte laut protestieren, gefangen gehalten zu werden, als Henry mit einem Hund in das Verlies kam. Die Körperhaltung des Tieres ließ sie vor Angst erstarren. Er erschien ihr wie eine schwarze Bestie mit fixierendem Blick - immer streng auf sein vermeintliches Opfer gerichtet. Sein Schwanz zuckte und verriet damit, dass das Tier unter innerer Anspannung stand.

Bei einem erneuten »AUS!« sah Sophie, wie sich die Lefzen wieder etwas senkten. Der Hund wechselte geringfügig die Stellung, jederzeit bereit, zum Angriff überzugehen.

»Sitz!«, befahl Henry dem Hund, was das Tier nur widerwillig tat, weiterhin ohne den Blick von Sophie zu wenden.

»Darf ich vorstellen? Argus, mein Wach- und Jagdhund. Wunderschönes Tier. Auch wenn er eher mittelgroß erscheint, gehört er finnischer Rasse der Karelischen Bärenhunde an, die für die Jagd von großem Wild gezüchtet worden sind. Dieses Prachtexemplar der sonst freundlich gesinnten Rasse wurde von mir zusätzlich auf Menschen scharf gemacht, daher reagiert er so angriffslustig.« Henry entblößte die Zähne zu einem breiten Lächeln.

Sein Hund bewertete dieses Lächeln anscheinend als ein Anzeichen der Kontrolle des Alphatieres über die Situation, daher entspannte sich seine Sitzhaltung ein wenig. Es war wirklich ein wunderschönes Wesen. Die weißen Pfoten bildeten einen starken Kontrast zu seinem sonst pechschwarzen Fell. Lediglich um die Nasenpartie fand sich die weiße Farbe in Form einer Umrandung wieder. Es schien unmöglich, dass der etwa einen halben Meter große Hund jemals einen Bären reißen könnte. Dennoch wollte Sophie keine Begegnung mit dieser Bestie riskieren.

»Warum werde ich festgehalten? Geht es um Lösegeld?«, fasste sie ihren Mut zusammen, damit ihre Stimme nicht mehr gebrochen klang. Sie wusste von zahlreichen Gesprächen bei den Goseburns, die ihrer Mutter stets ein Dorn im Auge gewesen waren, dass einige der Täter 'schwache' Opfer bevorzugten. Patricia war der Meinung, dass ihr Bruder die boshafte Welt zu nah in das Leben ihres kleinen Mädchens hineinließ. *Vielleicht wird sich das jetzt doch auszahlen?*, dachte Sophie. *Wenn ich mich stärker zeige, als ich in Wirklichkeit bin, könnte es für mich von Vorteil sein.*

Doch Henry zeigte sich von ihrer angeblichen Souveränität vollständig unbeeindruckt. Er lachte erneut auf. »Lösegeld? Nein. Sei nicht albern. Ich gab meinem Lehrmeister das Versprechen, ein kleines Spielchen mit einem Mädchen zu treiben, das er mir vorher benennen würde. Und zwar erst, wenn er sagt, dass die Zeit gekommen ist. Nun ist es so weit! Die Wahl fiel aus irgendwelchen Gründen, die er mir nicht nannte, auf dich. Und auf heute. Du musst wissen, der Typ liebt Spiele. Ich versprach ihm daher, mich um dich zu kümmern, während er einsitzt. Und genau das werde ich tun. Versteh mich nicht falsch. Ich könnte dich natürlich zwingen, dich vor mir auszuziehen und dich vergewaltigen. Du hättest Spaß mit mir. Wenn du schaust, siehst du Ringe aus Eisen, die ich angebracht habe, um mit solchen Mädchen wie dir viel Vergnügen zu haben. Da du aber meine Erste bist, die ich töten werde, möchte ich es schon so machen, wie ich es mir seit meiner Kindheit erträumt habe. Wie auch immer ... Kannst du dich erinnern? Wir sind vorhin recht lange gefahren ... Nun sind wir mitten im Wald, abseits von New York. Um ein anderes Haus in dieser Einöde zu finden, müsstest du mit deinem verletzten Bein geschätzt zwei Tage laufen; das habe ich schon selbst geprüft. Ich gebe dir einen einzigen Tag Vorsprung, bevor ich Argus losschicke, um dich zu stellen. Schaffst du es, vor uns herauszukommen, dann bist du frei. Wenn nicht, werde ich Spaß mit dir haben, bevor ich dich töte. Sind die Regeln klar?«

Ist das ein schrecklicher Albtraum?, dachte Sophie entsetzt und schwieg. *Ich werde doch bestimmt gleich aufwachen? Bitte, bitte ... Das darf nicht wahr sein!*

»Steh auf!«, befahl er.

Sie folgte und ehe sie sich umsehen konnte, holte Henry aus und verpasste ihr eine ordentliche Backpfeife. Diese unvorhergesehene Handlung ließ Sophie das Gleichgewicht verlieren. Wäre die Wand nicht so nah gewesen, wäre sie zu Boden gefallen. Mit einer Hand an der Ziegelsteinwand abgestützt, verdeckte mit der anderen ihren Kopf.

Durch die unerwartete Bewegung konnte sie ihren Fuß nicht schonend abstellen. Die Drehung belastete ihre Fußbänder seitlich, was ihr zusätzlich höllische Qualen bereitete. Tränen schossen ihr in die Augen. Und sie konnte sich nicht mehr beherrschen. Sophie wusste nicht, ob es die unerwarteten Schmerzen, ihre Wut auf den Mann oder die Angst waren, die ihren Albtraum so unerträglich machten.

Angesichts der plötzlichen Bewegung richtete sich der Hund auf. Ein Knurren war zu hören, das langsam in ein Grollen überging.

»Nun rufen wir den werten Dr. Goseburn mal an. Du sagst ihm folgenden Text ...« Henry reichte ihr einen Zettel mit handgeschriebenen Zeilen, wie er es mit Jeffrey Collins abgesprochen hatte. Somit war ein Teil seiner Abmachung erledigt. Der andere Teil war für ihn reinstes Vergnügen. Und genau an dieser Stelle, wie abgesprochen, trennten sich die Wege von dem Meister und seinem äußerst scharfsinnigen Lehrling, wie Jeffrey immer zu betonen pflegte.

Henry wählte die Nummer und übergab das Telefon. Sophie schluckte. Jetzt durfte sie keine Fehler machen.

»Ich ... ich ... ich ... soll sagen ... 'Einen schönen Gruß vom Teufel persönlich' Hilfe, Onkel Bry ...« Eine weitere Ohrfeige folgte, die Sophie so stark traf, dass sie dem, was Henry zu ihrem Onkel am Telefon sagte, nicht mehr folgen konnte. Dann legte er auf.

Es war Sophie aber auch egal. Vermutlich würden sie sie eh nicht orten können. Und dass das Handy nicht registriert war, ahnte sie bereits, als sie Henry dabei zusah, wie er den Akku vom Mobilteil trennte und die SIM-Karte herausnahm. Beides trat er mit dem Schuh, dass das Plastik zerbrach.

»Sitz! Aus!«, schrie Henry die Kommandos hintereinander an den bereits lauter grollenden Hund, bevor er sich Sophie zuwandte. »WENN ICH EINE FRAGE STELLE, HAST DU ZU ANTWORTEN. WENN ICH DIR EINEN ZETTEL GEBE, MACHST DU DAMIT, WAS ICH VON DIR VERLANGE. HABEN WIR UNS VERSTANDEN?«

»Ja. Haben wir!«, rief Sophie verängstigt. Von ihrem ursprünglichen Mut war nichts mehr übrig. Dieser Mann, dem sie offensichtlich in einem Wald ausgesetzt war, war sadistisch und unberechenbar. Sie durfte es sich nicht leisten, erneut geschlagen zu werden. Das bedeutete für sie absoluten Gehorsam. Wenn er es tatsächlich ernst meinte, brauchte sie jede Energie, um ihm zu entkommen.

Er wird keine Minute zögern, mich bestialisch umzubringen und vielleicht vorher zu vergewaltigen. Wenn er es nicht tut, dann zerfetzt mich eben sein Hund. »Die Regeln habe ich auch verstanden.«

»Braves Mädchen«, antwortete er lächelnd. »Die Sturmhaube kannst du gleich wieder aufsetzen. Wir wollen doch nicht riskieren, dass du mein Versteck verrätst, falls du es schaffen solltest. Was ich allerdings stark bezweifle. Aber vorher ...«, seine Stimme vibrierte erregt, »ziehst du dich aus. Die Unterwäsche darfst du anbehalten«, beendete er. Sophie spürte, dass ihr Widerstand weitere Schläge bedeuten würde.

Ohne einen Satz zu sagen, folgte sie der Anweisung. Tränen liefen ihr übers Gesicht, doch sie zwang sich, keine Fragen oder gar Forderungen zu stellen.

»Du bist lernfähig! Draußen ist es sowieso traumhaft warm«, setzte er sarkastisch hinzu. »Schließlich möchte ich mein Wild in voller Pracht betrachten. Deine Kleider brauche ich für Argus, damit er die Witterung aufnehmen kann. Und als Schlampen mag ich euch eh am liebsten.« Hitzig schaute er zu, wie Sophie ihre Jeans neben ihr T-Shirt legte. »Wunderbarer Körper! Ganz lecker, muss ich sagen. Und ich bin gnädig. Du darfst wegen deiner Verletzung die Turnschuhe anbehalten, damit es spannender wird.« Sophie tat wortlos, wie ihr befohlen wurde. »Und jetzt nur noch die Sturmhaube aufsetzen!«

Sie verließen den Keller. Weder registrierte sie, dass ihr Fuß zunehmend schmerzte, noch dass die Tränen das Innenfutter der übel riechenden Kopfbedeckung aufweichten. Und schon gar nicht, wie lange sie im Wald herumgeführt wurde.

Plötzlich wurde sie fest am Arm gepackt. Sie blieb stehen und wartete. Im gleichen Augenblick wurde ihr die Sturmhaube vom Kopf gerissen. Sophie sah sich verwirrt um. Soweit sie blicken konnte, waren nur Unmengen von Bäumen zu sehen. Sie war verängstigt und bekam trotz der Temperaturen Gänsehaut. Bald würde sie um ihr Leben laufen müssen. So einsam hatte sie sich noch nie gefühlt.

Die Sonne wird bald untergehen, dachte sie. *Im Dunkeln kann man nicht so gut rennen. Was ist, wenn hier wilde Tiere herumirren? Oder ich nicht vorwärts komme?*

Diesmal achtete sie nicht mehr darauf, tapfer zu wirken. Sie ließ die Tränen zu, ohne einen Ton von sich zu geben. Es war wie ein stiller Abschied von ihrem jungen Leben ... von der wärmenden Sonne ...

Wenn sie ehrlich war, glaubte sie nicht daran, diesen Kampf jemals zu gewinnen. Wie zur Bestätigung ihrer Ängste jaulte Argus kurz auf. Henry trat seinen Hund in die Seite, was deutlich wirksamer als sein 'Aus' war. Der Hund jammerte kurz, dann wurde er still, als wollte er einen weiteren Tritt verhindern.

»Acht Uhr. Morgen um diese Zeit mache ich mich mit Argus auf, um nach dir zu suchen. Bis dahin habe ich noch etwas zu erledigen. Das wird toll, Sophie! Ich kann es kaum erwarten! Und nun ...« Er lehnte sich zu ihr hinüber. Wider Erwarten roch er nach frisch gewaschenen Sachen, was Sophie Bilder von ihrem Zuhause ins Gedächtnis rief.

Sie zitterte vor Angst, als er ihr diabolisch in die Ohren flüsterte:

»Lauf, Sophie! Lauf ...«

Kapitel 19

Zwei Stunden später
FBI-Zentrale.

»Du verdammtes Stück Scheiße! Was ist das für ein verkacktes Spiel?« Scott Goodwin konnte diesmal seine Wortwahl nicht beherrschen. Mittlerweile waren alle Kameras abgeschaltet. »Wenn du nicht bald redest, kommst du zu den schweren Jungs in den Knast! Dann kannst du hoffen, dass sie dich noch am Leben lassen!«

Aus ihm sprach mehr die Verzweiflung als eine tatsächliche Drohung. Jeffrey Collins hatte in einem Punkt nicht gelogen: Körperliche Gewalt konnte ihn tatsächlich nicht bezwingen.

Er sammelte die gesamte mit Blut vermischte Spucke im Mund zusammen und schleuderte sie in einem Bogen zum Spiegel, wo er die anderen Ermittler vermutete. Er ahnte nicht, dass dahinter lediglich Angel wartete, die ihren Chef noch nie in einem solchen Ausnahmezustand gesehen hatte. Der Rest des Teams war damit beschäftigt, Informationen über Jeffrey Collins zu überprüfen, die Hinweise über den Verbleib von Sophie geben konnten.

Doch sie fanden nichts, was im Entferntesten helfen würde, Jeffreys Komplizen aufzuspüren. Unter normalen Umständen wäre Scott dafür dankbar gewesen, dass seine Mannschaft die Ruhe des Feierabends gegen Arbeitsstunden im Büro eintauschte. Zumal die Anzahl der provisorischen Schlafplätze der BAU sehr begrenzt war und Organisationstalent erforderte.

Da er aber Bryan unter Zwang nach Hause hatte schicken müssen, war er auf jede Hilfe angewiesen, die er kriegen konnte.

Jeffrey lachte auf, zog erneut den gesamten Schleim aus Nase und Atemwegen hoch und rotzte wieder, diesmal auf Scotts blank polierte Schuhe. »Du wirst dafür sorgen, dass sie mich am Leben lassen, sonst ist eure kleine Sophie im Arsch, mein Freund! Und deine Drohung erschreckt mich nicht mehr als die Nachricht, dass in China ein Sack Reis umgefallen ist. Siehst du mein Gesicht?

Vermutlich würde mich die Schlampe, die ihr meine Mutter nennt, nicht mal erkennen. Der grausame Witz ist, dass ich gern den Schmerz mal wieder spüren würde. Oh, ja. Ich stehe sogar darauf! Aber ich werde es nie. Also, komm mir nicht so, Arschloch. Wenn meine Augen morgen geschwollen sind, kann ich nicht spielen. Dann kann sich Onkel Bryan bereits heute von seiner Nichte verabschieden, denn wenn ich nicht mit ihm spielen kann, werdet ihr keinen Hinweis darauf bekommen, wo Henry sein könnte. Denn das, wozu mein kleiner, neuer Freund fähig ist, übersteigt eure Vorstellung um Längen. Und nun lass mir Zeit, mich hinzulegen. Schließlich wollen wir morgen ein faires Spiel haben, nicht wahr? Und aus mir bekommt ihr heute eh nichts mehr raus. Ich brauche meinen Schönheitsschlaf!« Mit diesen Worten vergrub Jeffrey Collins seinen Kopf in den Händen.

Scott hatte keine Zweifel, dass sein Widersacher es ernst meinte. Er stand auf, rief einen Polizisten zum Abtransport des Verhafteten und wechselte vom Verhörraum zum Nebenzimmer, in dem Angel auf ihn wartete.

»Was sagst du?«, fragte er erschlagen. Er setzte sich resigniert neben sie.

»Was soll ich sagen?« Ihre Stimme klang keinen Deut besser. Sie konnte sich nicht einmal darüber freuen, dass sie nach langer Zeit mal wieder allein mit ihm in einem Raum saß. »Ich glaube, er will Bryans Leid auskosten. Er wird nicht mit uns sprechen. So blöd es klingt, ich fände es gut, wenn wir nach Hause fahren und wenigstens fünf Stunden am Stück schlafen würden. Hier können wir nicht mehr viel tun. Morgen brauchen wir Energie. Schon allein, um Bryan beizustehen. Wir werden Sophie sonst nicht helfen können. Ich werde den Eindruck nicht los, dass uns Jeffrey Collins etwas verraten wird, wenn er seinen Willen bekommt. Das geht aber nur, wenn Bryan mitmacht.«

»Ich fürchte, du hast recht«, erwiderte Scott mutlos. Im gleichen Augenblick vernahmen sie ein Klopfen an der Tür.

»Darf ich stören?« Estrella spähte in den Raum und übersah gekonnt, dass Angel bei ihrem Anblick die Augen verdrehte. »Wir kommen nicht mehr weiter. Und das liegt nicht nur an den fehlenden Informationen. Ich fürchte, wir sind alle übermüdet.«

»Das ist richtig. Ihr solltet nach Hause gehen. Ich halte die Stellung. Morgen treffen wir uns gleich hier.« Nach einer Pause sagte er mehr zu sich selbst: »Ich fürchte, Bryan muss nochmal mit diesem Psychopathen reden. Vielleicht kann er ihm ein paar nützliche Informationen entlocken.«

»Kommt nicht infrage!«, entgegnete Estrella nicht weniger vehement. »Ich fahre dich nach Hause. Du siehst nicht gut aus. Und wirklich helfen kannst du Bryan nur, wenn du etwas Schlaf bekommen hast! Und zwar nicht in der Zentrale, sondern in deinem Appartement.« Da er nicht reagierte, setzte sie nach. »In wenigen Stunden sind wir doch wieder dabei. Komm schon! Wir haben eh noch einiges zu besprechen.«

Noch ehe Scott entsprechend reagieren konnte, lief Angel mit einem sarkastischen »Bis morgen« aus dem Beobachtungsraum.

Bei einer anderen Gelegenheit hätte sich Scott darüber geärgert, Angel verscheucht zu haben. Er sehnte sich nach ihrem wohlriechenden Körper, nach ihrer Umarmung ... Doch im Moment schien diese Vorstellung so weit von der Realität entfernt zu sein, dass er fürchtete, sie würden nie mehr zueinander finden. Das wiederum frustrierte ihn noch mehr.

»Danke für deine Fürsorge, doch ich bleibe über Nacht im Büro. Sag bitte den anderen, dass sie nach Hause fahren sollen. Wer ausgeschlafen ist, kommt morgen früh, damit wir weiterarbeiten können. Ich habe angeordnet, die Autopsie von Abigail Moore zu beschleunigen und möchte hier warten, bis die Ergebnisse angekommen sind. Bis morgen dann.« Kraftlos winkte Scott Estrella ab. Auch wenn sie sich bemühte, es nicht als persönlichen Affront zu betrachten, verriet ihr Gesichtsausdruck, dass es sie kränkte. Estrella Fernández wurde nicht abgelehnt - sie lehnte ab.

»Alte Liebe vergeht nie«, hörte er die Stimme seines Vaters in den Ohren. *Was ist, wenn er irrte? Was, wenn etwas Magisches zwischen ihnen war, das sie noch nicht bereit war loszulassen?*

Kapitel 20

Wie lange Sophie Pritchard bereits gelaufen war, konnte sie beim besten Willen nicht sagen. Trotz fehlender Kleidung war ihr entsetzlich heiß, was nicht nur auf die sommerlich warmen Temperaturen zurückzuführen war. Sie fühlte sich fiebrig.

Die Sonne war bereits untergegangen, als wollte sie dem Mond Platz am Himmel machen, sie beim Weiterlauf zu begleiten.

Ihre Muskeln arbeiteten auf Hochtouren und pumpten das Blut durch den gesamten Körper, während sie sich lediglich auf das gleichmäßige Atmen konzentrierte. Es war ihre Motivation, durchzuhalten.

Ein, aus, ein, aus, ermahnte sie sich immer wieder. *Nur nicht nachdenken. Weiterlaufen. Nicht nachdenken.*

Mittlerweile spürte sie nicht mehr, wie die Zweige der Bäume ihr Gesicht peitschten, das von den Schlägen brannte. Ihr Fuß schmerzte nicht mehr. Oder vielmehr hatte ihr Gehirn das Schmerzzentrum vollständig ausgeschaltet. Was sie wusste, war, dass sie um ihr Leben lief. Und dass ihre Chancen zu überleben sehr schlecht standen.

Für sie gab es keinen Grund, nur ein einziges Wort von Henry anzuzweifeln.

Es ist sicherlich auch so, wie er es sagte. Einsame Hütte, mitten im Wald, von der Menschheit abgeschnitten. Ein optimaler Spielplatz für einen Mörder mit einem Jagdhund. Wenn er mich hier erwischt, wird man nicht mal meine Leiche finden, ehe sie von Waldtieren zerfressen ist. Ich habe also nur eine einzige Chance zu überleben – zu laufen. Und wenn ich ganz viel Glück habe, dann gibt es hier einen Fluss, damit der Hund die Fährte verliert. Vielleicht ist es aber auch nur die feuchte Luft, die in meine Lungen einströmt und mich glauben lässt, dass ich gleich am Wasser bin? Oder ich bilde mir all das ein, weil ich Durst habe? Bloß jetzt nicht aufhören zu laufen!, zwang sie sich, doch sie wusste es besser. Ihr Körper begann aufzugeben und forderte Nachschub an Blutzuckerreserven. Ihr wurde schwindlig.

Mit Entsetzen registrierte sie, wie ihr Überlebenswille immer schwächer wurde. Die Angst begann ihre Motivation zu zerfressen. Nur kurze Zeit später ging sie vom Rennen zum Laufschritt über. Ihre Schmerzen kehrten mit voller Kraft zurück und bremsten sie zusätzlich aus. Sophie spürte, wie sie sich von dem routinierten Lauf auch gedanklich verabschiedete und ihren Kopf mit beängstigenden Gedanken langsam wieder einschaltete. Und das bedeutete, dass sie stückchenweise aufgab.

»Uaaaaaaah«, schrie sie so laut, wie sie konnte, ihren Schmerz hinaus.

»Uaaaaahaa, ... Uaaaaahaa«, antwortete ihr das Echo. Etwas weiter entfernt konnte sie das Geräusch eines Flügelschlages wahrnehmen.

Vermutlich Eulen oder irgendwelche Nachtjäger, dachte sie und schrie erneut voller Wut: »Hiiiilfe!«

»Iiilfe, ... iiiilfe«, gab das Echo wieder. Diesmal blieben andere Geräusche aus. *Ich werde mir etwas zum Ausruhen suchen müssen! Das Laufen kann ich dann nach Tagesanbruch fortsetzen, wenn ich wieder etwas sehen kann,* überlegte sie, während ihr der Geruch von verbranntem Holz in die Nase stieg.

Zunächst hielt Sophie es für eine olfaktorische Täuschung, die sie auf ihre extreme Situation zurückführte. *Feuer ist der Menschheit seit Urzeiten vertraut. Vielleicht produziert mein Kopf nur bekannte Bilder?* Es war nicht unmöglich, dass ihr ihr eigener Körper einen Hoffnungsschimmer schenken wollte. Doch als sich der Geruch verstärkte, beschloss Sophie, die Pause aufzuschieben und sich zu überwinden, dem Geruch zu folgen.

Wenn ich schon kein Wasser finde, dann könnte vielleicht das Feuer meine Fährte zerstören. Oder vielleicht gibt es hier Leben?, überlegte sie. Dieser Gedanke gab ihr so viel Energie, dass sie wieder leicht beschleunigte. Mit jedem Schritt, den sie machte, bildete sie sich ein, es intensiver wahrzunehmen, bis ...

... sie es sah.

Eine verlassene Hütte, mitten im Wald. Im Inneren brannte das Licht eines Kamins. *Wie ein Hexenhäuschen*, dachte sie und begann glücklich wieder zu laufen. *Wo ein Häuschen ist, ist auch ein Handy! Nur noch vorsichtig sein! Immerhin weiß ich nicht, wer darin wohnt.*

»Hallo!?«, sagte sie zaghaft. Keine Antwort. Vorsichtig spähte sie durch das Fenster. Es war tatsächlich eine recht gemütlich wirkende Hütte, offenbar die eines Jägers. Das Feuer knisterte in einem Ofen, davor saß jemand in einem Sessel.

Vorsichtig klopfte sie an. Nichts rührte sich, also öffnete sie nach einer Weile die Tür.

»Hallo?«, fragte sie nochmal sehr zaghaft. Die Person antwortete immer noch nicht. Also trat sie hinein.

Im inneren der Hütte sah sie sich um. *Das ist es!*, schrie sie beinahe auf und lief zu einer alten Couch, die hinter dem Kamin war - so ausgerichtet, dass man sich gemütlich wärmen konnte. *Der Kerl soll mich nicht so sehen*, dachte sie peinlich berührt. *Wer auch immer er ist und was auch immer er dort macht!* Mit einem schnellen Ruck nahm sie sich eine alte Tagesdecke Sie wickelte sich darin ein. Um nichts in der Welt sollte er Sophie in ihrer Unterwäsche sehen. Die Decke roch mindestens so streng nach Urin wie auch der Rest des Zimmers. Aber sie hatte keine andere Wahl.

Ganz vorsichtig näherte sie sich der Person, die am Kamin saß. »Hallo? Mein Name ist Sophie. Sophie Pritchard. Ich wurde entführt. Darf ich telefonieren? Ich brauche Hilfe.« Nun stand sie mit dem Rücken zum Kamin und schaute zu dem Sessel hinunter.

Darauf saß ein junger, recht attraktiver Mann. *Wahrscheinlich in meinem Alter*, dachte sie. Seine Beine waren in eine Decke gewickelt. Regungslos saß er da und starrte ins Feuer, als hätte er nichts anderes vor. Die einzige Regung seinerseits war ein Lächeln, das ihm übers Gesicht huschte, als er Sophie sprechen hörte. Der Mann kam ihr nicht bekannt vor.

Kurz danach verschwand das Lächeln und der Mann starrte wie am Anfang ins Feuer. *Wie eine menschliche Puppe*, dachte Sophie entsetzt und sah sich in der Hütte um. Sie begriff, dass der Mann ganz offensichtlich querschnittsgelähmt sein musste. »Ich suche nur nach einem Telefon und dann verschwinde ich, einverstanden?«, sagte sie mehr zu sich selbst als zu dem fremden Mann, der ganz offensichtlich nicht antworten konnte.

Die Hütte ist ordentlich für eine Bleibe mitten im Wald, fand Sophie. Am Fenster stand die Couch, die dem Ofen zugewandt war. Zwischen der Couch und dem Sessel am Kamin stand - auf einem Teppich aus tierischem Fell - ein kleiner selbstgebauter Holztisch mit zwei dreckigen Gläsern darauf. Daneben eine Karaffe mit frischem Wasser. Erst jetzt entdeckte Sophie, dass noch eine Feuerstelle hinten zu sehen war - offensichtlich sowas wie ein Herd. Ein Topf stand darauf.

Da sich allmählich auch ihr Magen meldete, trank sie ausreichend Wasser aus der Karaffe und beschloss, auch etwas zu essen.

Aber zuerst das Telefon finden! Mit diesen Gedanken begab sie sich auf die Suche. Der Mann blieb weiterhin ohne jegliche Regung. Instinktiv musste Sophie plötzlich an ihr Zuhause denken. Als ihre Mutter sie früher versorgte, wenn sie mal krank war. *Wurde er von seiner Mutter auch versorgt? Oder von seiner Ehefrau? Sicher doch einer Frau ... die die Abgeschiedenheit dieses Ortes sicher sehr männlich geformt hatte. Und wenn sie ein Feuer für ihren Sohn oder Ehemann angemacht hat, wird sie bestimmt gleich kommen. Das bedeutet, dass sie vielleicht ein Auto hat.* Sophies Herz begann zu hüpfen, während sie den Inhalt der letzten Schublade durchsuchte. Sie nahm automatisch an, dass der fremde Mann eine weibliche Betreuung haben musste.

Schubladen gab es in der Hütte nicht viele. Die dritte war offensichtlich auch die letzte. Nichts außer einer kleinen Kiste mit unterschiedlichen Utensilien, die sie Frauen zuordnete, was ihre Meinung über die weibliche Bewohnerin zusätzlich bestätigte. Haarspange, Ring, Kette, kleiner Glücksengel ... Besonders der rote Bleistift, auf dem der Name 'Annie Jones' vermutlich mit einem spitzen Gegenstand eingeritzt war, gefiel ihr sehr gut. *Vermutlich gehört die Hütte dieser Annie.*

Sophie fand auch in dem einzigen, selbst gezimmerten Schrank kein Handy, in dem sich etwas Geschirr befand. Lediglich ein paar

Schmerztabletten ... Sie waren zwar abgelaufen, dennoch ein wahrer Segen gegen die Schmerzen, die zunehmend unerträglich wurden. Mit etwas Wasser schluckte sie zwei davon. Den Rest stopfte sie für alle Fälle in ihren Laufschuh, um die Hände frei zu halten, falls ihr die Überdecke mal vor dem unbewegten Mann herunterrutschen sollte. *Man kann ja nicht wissen.* Hätte sie tiefer gesucht, so hätte sie hinter den Tellern ein Versteck gefunden, in dem fein säuberlich ein Karton voller in Holz geschnitzter Affen-Figuren mit eingeritzten Zahlen versteckt war. Diese kannte sie bereits. Aber so weit war Sophie nicht vorgedrungen.

Verbittert stellte sie fest, dass nirgendwo ein Handy versteckt war. Oder zumindest nicht an den Stellen, die sie mit einem schnellen Blick erfassen konnte. *Wahrscheinlich gibt es hier keinen Empfang. Oder die Frau hat es mitgenommen. Denn der Mann braucht es ja nicht.*

»Ich hoffe, Sie sind nicht sauer, wenn ich etwas von Ihrer Suppe nehme?«, fragte sie höflich, obwohl sie wusste, dass sie keine Antwort bekommen würde.

Aber seine Zustimmung war ihr egal. Hastig nahm sie einen Löffel, den sie zuvor als sauber definiert hatte, und aß direkt aus dem Topf. *Keine Zeit, umzufüllen. Der Mann wird mich eh nicht vor seiner Pflegerin verraten. Bevor sie nach Hause kommt, muss ich sowieso verschwinden,* beschloss sie. Sie würde aus der Entfernung entscheiden, ob und wann sie sich zeigte. Wenn die Bewohnerin komisch wäre, würde sie lediglich das Auto klauen. Vorausgesetzt, es gab eins. Doch wie sollten die Bewohner sonst einkaufen, wenn nicht mit einem Auto? *Ich muss vorsichtig sein. Wer weiß, was das für ein Pärchen ist.*

Mit einem gefüllten Magen und voller Hoffnung schlich sie sich aus der Hütte und war dankbar dafür, dass sich Henry geirrt hatte. Es gab hier in dieser Einöde doch menschliche Wesen! Es gab Rettung für sie! Alles würde wieder gut werden!

Da die Schmerztabletten zu wirken begannen, beschleunigte Sophie ihren Schritt, als sie plötzlich ein Motorengeräusch vernahm. *Man kann mich trotz der Dunkelheit noch sehen,* überlegte sie und sie setzte zum schnelleren Lauf an. *Immerhin nimmt der Mond wieder zu, und die Beleuchtung der Hütte strahlt tief in den Wald hinein.*

Erst als sie wirklich sicher war, dass man ihre Anwesenheit nicht mal erahnen konnte, hockte sie sich auf den Boden hinter einen großen Baum. *Zu blöd, dass das Auto genau hinter der Hütte parkt,* dachte sie verärgert. So konnte sie diese Menschen nicht beobachten. Und sie wusste auch nicht, was es für ein Auto war.

Sophie entschied sich, so lange in ihrem Versteck zu bleiben, bis sie alles genau beurteilen konnte. Doch plötzlich vernahm sie das Bellen eines Hundes. *Verständlich, dass sie einen Hund haben*, versuchte sie sich zu beruhigen. Doch die Angst schlich sich in ihr Herz hinein. *In dieser Einöde braucht man einen Hund ...* Abrupt wurde es still. Sie nahm sich vor, etwas abzuwarten, bis die Bewohner eingeschlafen waren, um dann den Schlüssel für das Auto zu holen.

Guter Plan!, dachte sie, dankbar dafür, dass offenbar jemand im Himmel gnädig mit ihr war. *Sicher ist sicher!*

Ihr Körper begann sich gerade zu entspannen, als sie eine bekannte Stimme hörte.

»Ticktack, ticktack, Sophie!« Henrys Stimme durchbohrte sie bis ins Mark.

Im Hintergrund bellte Argus, als wollte er sein Herrchen bestätigen. »Wenn du im Kreis läufst, wird das doch nie was! Lauf weiter, Sophie ...«

Sophies Entsetzen vermischte sich mit dem boshaften Lachen ihres Jägers.

Kapitel 21

Donnerstag, 25.06.2015
7:00 Uhr, FBI-Zentrale

»Scott, wenn es nicht Sophie, sondern dein Will wäre, würdest du auch hineingehen, oder? Und du würdest alles tun ...« Bryan Goseburn sprach leise, aber bestimmt. Er war nach der entsetzlichsten und vielleicht kürzesten Nacht seines Lebens wieder erstaunlich gefasst. »Siehst du? Sophie ist wie mein eigenes Kind.« Er schaute Scott flehend an. »Verdammt! Sie trägt auch meine Gene. Ich verspreche dir, drinnen meine Wut zu beherrschen. Wir brauchen seine Informationen.«

»Okay. Ich weiß, dass du recht hast. Wenn ich dich hineinlasse, dann ist das nur ein Freundschaftsdienst. Also vollkommen inoffiziell. Da deine Angehörigen involviert sind, müsste ich dich auf der Stelle von den Ermittlungen ausschließen«, entgegnete Scott und goss Kaffee in zwei bereits vorbereitete Becher. »Aber deine Abwesenheit würde die Suche nur erschweren, da dieser Mensch sonst nicht kooperieren wird.«

Scotts Büro wirkte tadellos - wie sonst auch, obwohl er darin die letzte Nacht verbracht hatte. Durch das angekippte Fenster strömte so intensiv morgendliche Luft herein, als würde sie mit der Hightech-Klimaanlage in Wettbewerb stehen. In wenigen Stunden würde ohnehin die Sonneneinstrahlung auf das Gebäude so stark werden, dass sich die gesamte 20. Etage des Gebäudes am Federal Plaza durch Jalousien verdunkeln würde, um optimale Arbeitsbedingungen zu gewährleisten. Spätestens dann würde man das letzte Anzeichen der Natur - freie, unbelastete Luft über dem erwachenden Manhattan - hinter dem zugezogenen Fenster lassen und der Klimaanlage den Vorzug geben.

»Du siehst beschissen aus«, sagte Scott knapp, als versuchte er unbeholfen, seinen Freund aufzumuntern. Es war eine Art Spielchen unter ihnen, bei dem Bryan sonst Freches entgegnete und lachte. Nur, dass Scott diesmal die Wahrheit gesagt hatte.

»Du auch.« Zu mehr war Bryan heute nicht fähig. Aber auch das entsprach der Realität. »Ich habe gestern kaum ein Auge zugetan. Soweit es geht, halte ich alle meine Informationen von Patricia fern. Meine Schwester würde durchdrehen, wenn sie die ganze Sachlage kennen würde.«

»Welche genau?«, fragte Scott, die Antwort auf diese Frage erahnend.

»Dass Sophie nur meinetwegen entführt wurde, verdammt! Welche sonst? Wäre ich nicht in diesen beschissenen Nachrichten aufgetaucht, hätte ich nicht zufällig mal gegen diesen Irren gewonnen, wäre sie jetzt in ihrer Wohnung und hätte sich Kaffee gemacht, bevor sie zur Vorlesung an die Columbia geht. Das ist die gottverdammte Wahrheit!«

Scott registrierte, wie sich Sorgenfalten auf der Stirn seines Freundes legten. *Wann hat sich die Zeit davongeschlichen, alter Freund? Waren wir nicht gestern noch so jung und voller Energie?*

»Schwachsinn!«, antwortete er stattdessen. »Du darfst dir keinen Vorwurf machen! Du tust nur deinen Job.« Scott überlegte kurz. »Wir sollten keine Zeit verlieren, wenn du mit Jeffrey Collins sprechen willst. Wenn wir uns schon zu diesem Schritt entschlossen haben ... Gleich wird Angel mit den Ergebnissen der Autopsie auftauchen. Bis dahin machen wir uns Gedanken um unseren Jeffrey Collins und wie wir ihn zum Reden bringen, okay?«

Bryan Goseburn schwieg, was Scott als eine Art Zustimmung auslegte.

»Pass auf! Ich war nicht umsonst die ganze Zeit im Büro. Heute Nacht ging ich das Verhör immer und immer wieder durch, um den Mann zu analysieren oder zu verstehen. Wir wissen, dass er auf eine krankhafte Weise von dem Spiel mit dir besessen ist. Und offenbar ist er sehr auf dich fixiert. Er erwartet von dir, dass du leidest - eine Gefühlsregung, von der er selbst befreit ist. Wenn ich es nicht besser wüsste, würde ich sagen, dass er unter dem Verlust von Schmerzgefühl und seiner emotionalen Armut auf seine Art und Weise leidet. Er will all das in dir gespiegelt sehen. So, als wärst du im übertragenen Sinne seine Prothese, die ihm eine andere Welt öffnet. Und er sieht Menschen wie eine Art Versuchskaninchen, unter denen du eine zentrale Rolle zu spielen scheinst. Aus welchem Grund auch immer. Ich finde, wir sollten das nutzen.«

»Inwiefern?«, fragte Bryan, obwohl sich auch bei ihm langsam dieses Denkpuzzle zusammenfügte.

»Sobald er von dir das bekommt, was er will, erhalten wir weitere Informationen. Also gib ihm das, was er will. Zeig ihm deine Schwäche. Dein Leiden. Er soll deinen Verlustschmerz sehen und sich darin baden, während du sein Wissen wie ein Schwamm aufsaugst. Bist du dazu imstande?«

»Ich denke schon«, antwortete Bryan nach einer kurzen Pause. »Zumindest möchte ich es so schnell wie möglich versuchen«, verbesserte er sich.

*****

»Ich nehme den Kaffee wieder weiß«, sagte Bryan Goseburn leise, als er sich Jeffrey Collins erneut gegenüber setzte. Es wurde dennoch im Nebenraum dank der zahlreichen Mikrophone vernommen. Dann öffnete er die Döschen mit den Spielsteinen.

Es waren seine ersten Worte an diesem Tag in diesem Verhörzimmer. Beim Hineingehen wollte er seinem Gegenüber keinen guten Tag oder dergleichen wünschen. Er wollte ihn nur in der Hölle schmorend wissen.

»Tatsache? Also eine neue Partie, um die diesmal nicht ich gebeten habe? Ich habe gesagt, Motivation wächst mit dem Einsatz. Aber wir sind ja nicht so!« Jeffrey lachte bösartig. »Was ist dein Einsatz, Doktorchen?«

»Ich will wissen, wo meine Nichte ist!«, sagte Bryan wie aus der Pistole geschossen. Er wollte sich keine Gedanken darüber machen, was dieser Mensch für diese Informationen verlangen würde.

»Hey, hey. Du möchtest doch nicht, dass ich meine neue Familie verrate, oder? Könnte ich eh nicht. Damit es mir nicht gelingt, habe ich mich von Henry getrennt. Im Klartext: Ich weiß nicht, wo deine Nichte ist. Ich weiß nicht, wo mein Partner agiert, aber in den Nachrichten erfahren wir es doch beide, oder? Mein Werk ist hiermit vollbracht - Henry setzt es für mich lediglich fort. Und hey, dein Schatz ist immerhin seine Erste!« Nicht mal für einen winzigen Augenblick wandte Jeffrey Collins seine Augen von Bryan ab. Er war bereit, aufzusaugen, was ihm an menschlichem Leid geboten wurde.

»Gut«, sagte Bryan matt. »Dann will ich eben alles, wirklich ALLES von dir wissen, was du über deinen kranken Partner weißt. Ich werde zwar diese Partie nicht in den Sand setzen, doch was würdest du von mir verlangen, sollte ich doch verlieren?«, fragte er vollständigkeitshalber.

Genau das war diejenige Frage, auf die Jeffrey in seinen Träumen gehofft hatte. Er verharrte in der Bewegung und richtete seine stahlblauen, unerbittlichen Augen auf seinen Gegner.

»Wenn du verlierst, möchte ich in allen Einzelheiten erfahren, wie Henry die arme Sophie zugerichtet hat. VON DIR«, sagte er so langsam, als wollte er, dass sich Bryan jedes einzelne Wort merkte. »Und wenn du mich jetzt wie der Kollege gestern anfassen solltest, spielen wir erst in einer Stunde wieder. Dann muss ich mich nämlich erholen. Und das allerdings, wenn du mich darum auf Knien anbettelst. Die Zeit läuft ab für die arme Sophie ab. Haben wir verstanden, Doc?«

Bis in den Kontrollraum konnte man das Knirschen von Bryans Zähnen hören. Es war seine Art, die aufsteigende Spannung abzuladen, ohne den Gefangenen anzufassen. Voller Wut schrie er auf, während sich seine Hände zu Fäusten ballten und ihm Tränen in die Augen stiegen. Jeffrey genoss das Spektakel mit stoischer Ruhe.

»Einverstanden«, zischte Bryan nach einer Weile durch die Zähne hindurch. Es amüsierte Jeffrey. Nun hatte er diese Art von Emotionen hervorgerufen, die er erwartet hatte.

Der Meister war mit seinem Werk mehr als zufrieden! *Es ist anders als bei den Frauen, die ich bei mir hatte. Selbst wenn sie am Anfang auf mich sauer waren, so wich das Gefühl später der Verzweiflung. Dann erhofften sie sich nur noch, mein Mitleid zu erregen. Gefesselt und jammernd bettelten sie darum, dass ich ihr armseliges Leben auslösche. Sie boten mir zuweilen, mir einen zu blasen, obwohl sie sich vor mir ekelten. Beim Doc ist es anders. Er ist gefesselt – ohne Fesseln; er ist wütend und will mein Mitleid nicht. Ich muss ihn nicht töten und kann den Anblick genießen ...*

»Wird's bald?«, fragte Bryan schroff. Freundlichkeit war in dem Paket der soeben an seinen Gegner verkauften Seele nicht enthalten. »Falls Sophie etwas passiert ...«

»Dann was, Doc?«, fragte Jeffrey amüsiert. »Dann lässt du mich vermöbeln? Nur zu! Mir tut nichts weh, schon vergessen? Ah, du nimmst mir etwas weg? Aber was? Ich habe nichts! Warte, nein! Du lässt mich töten? Ich bitte dich ... Der Tod begleitet mich schon so lange. Ich habe keine Angst davor! Vielleicht geilt es mich sogar auf. Also? Was wirst du nun tun, Doktorchen?«

Mit einem Mal fühlte sich Bryan so, als hätte man ihm die gesamte Lebensenergie auf einmal entzogen. *Was habe ich ihm tatsächlich entgegenzusetzen?*, überlegte er. Nichts fiel ihm ein. Gar nichts.

»Wer fängt nun an?«, fragte er gebrochen.

»Du, mein Freund. Und halte dich dran: Heute muss ich gewinnen!«, entgegnete Jeffrey belustigt und schaute zu, wie Bryan seinen ersten Stein schweren Herzens auf das Spielbrett setzte.

»Ups! Doktorchen setzt vermutlich auf die 'Taktik der Augen'! Er will mich damit erledigen. Nur zu!« Jeffrey setzte diesmal etwas später seinen Dialog fort, nachdem sie beide abwechselnd ihre Steine auf dem Spielbrett postiert hatten. »Schau mal. Gerade hast du eine K.O.-Stellung aufgebaut. Dir ist schon klar, dass bei mehreren K.O.-Stellungen das Spiel ohne Ergebnis endet? Dann müssen wir eine neue Partie anfangen. Und diese Zeit läuft deiner Sophie davon ...«

»ES IST MIR KLAR«, zischte Bryan. Er hoffte inständig, dass Jeffrey ausreichend müde war, um einen von seinen Zügen zu übersehen, von dem er sich einen Sieg versprach. Und er hatte Glück. Sein Gegner gehörte zu den Menschen, die bei simultanen Handlungen eine davon weniger genau ausführten. Und zwar genau diese, die ihm unwichtiger als die Eigendarstellung war.

Bryan huschte plötzlich eine Idee durch den Kopf. *Wie wäre es, wenn ich dich in ein Gespräch über eines der Opfer verwickle? Dann wird deine Konzentration deutlich mehr nachlassen. Diese Partie werde ICH gegen dich gewinnen, du krankes Schwein! Dazu ist mir jedes Mittel recht.*

»Warum ausgerechnet Abigail Moore?«, fragte Bryan plötzlich und überraschte Jeffrey so damit, dass er einige Sekunden brauchte, auf die Frage zu reagieren. »Womit machte sie sich zum Opfer?«

»Nanu? Ist uns Sophie schon scheißegal geworden?«, zog Jeffrey den Ermittler spöttisch auf.

Bryan wiederholte unbeirrt: »Warum sie?«

Der Ermittler wusste, dass Jeffrey darauf brannte, mit seinen Taten zu prahlen. Sophie zu entführen war nicht 'sein Werk', auf das er 'stolz' sein konnte. Nein, sein letztes Opfer war das schon eher. Zumal er damit sein Handwerk an seinen Komplizen übergeben hatte. *Vielleicht erzählt er bei dieser Gelegenheit etwas, das uns Hinweise auf Sophie liefert,* dachte Bryan.

»Oh, Abigail, die hübsche Abigail?«, fragte Jeffrey, den Namen voller Sinnenfreude betonend. »Übrigens ... Du bist wieder mit Setzen dran!«

Bryan setzte seinen Spielstein. Vor seinem inneren Auge lief die Vorstellung, was zugleich im Beobachtungszimmer passierte. Er ahnte, wie parallel zu der laufenden Kamera Scott und Angel den Stift ansetzten, um jedes noch so scheinbar unwichtige Detail dieses Gesprächs zu notieren. Bevor er im Verhörraum erschienen war, hatte er seine Kollegen gesehen, wie sie an ihren Computern gesessen und die Arbeit nach nur wenigen Stunden Erholung fortgesetzt hatten. Und genau diese Tatsache, dass sich im Moment alles einzig und allein darauf konzentrierte, Sophie zu finden, weckte eine tief verborgene Hoffnung in ihm. Entgegen der

Statistiken, die besagten, dass Sophies Überlebenschancen immer geringer wurden.

»Eigentlich mochte ich Abigail.« Jeffreys Stimme rief ihn in die Realität des Verhörzimmers zurück. Seine Aufmerksamkeit war wieder geweckt. *Ich darf mir nicht mehr leisten, so abzuschweifen*, nahm er sich vor und setzte seinen Zug fort.

»Ich weiß noch, als sie damals in unserem Haus eingezogen war ...« Jeffrey schwelgte in der Vergangenheit. »*Mit so einem jungen Küken wird es bestimmt laut*, dachte ich damals. Das war es nicht. Aber hübsch war sie obendrein. Immer, wenn ich sie sah, lächelte sie mich so freundlich an. Zu freundlich. Manchmal strich sie sich so unbewusst am Hals. Wenn sie damals gewusst hätte, dass ich bei dieser Geste immerzu überlegte, wie ich die Hände anlegen werde, wenn ich sie erwürge ... Und nein, das ahnte sie natürlich nicht. Ihre Zeit verbrachte sie entweder an der Uni oder in einer Klinik, wo sie arbeitete. Nicht, dass es so aussieht, als hätte ich sie von Anfang an ausspioniert ... Erst zum Schluss, als wir mit Henry über sie sprachen. Oder vielmehr, wie wir uns bei ihr standesgemäß dafür bedankten, dass sie uns zusammenbrachte. Das war wirklich sehr nett von ihr, sonst hätten wir uns vermutlich niemals kennengelernt. Ich brachte sie sogar öfter zur Arbeit, wenn ihr Auto mal wieder kaputt war. Sie saß also neben ihrem Henker! Verstehst du das? Doch in letzter Zeit kam Abby nur noch zum Schlafen in die Wohnung. Naja, jeder verdient etwas Ruhe ... Auch du, Doc!«

»Oh, mit dir zu spielen, während meine Nichte von einem Geisteskranken wie dir entführt wurde, ist doch das reinste Vergnügen.« Bryan konnte diese sarkastische Bemerkung nicht unterdrücken. *Du Arschloch weißt nicht, wie gern ich meine Faust mitten in deinem Gesicht versenken würde. Bis das Blut an die weißen, unbefleckten Wände spritzt!*

»Nun, Henry fand Abigail schon immer eingebildet. Und das vom ersten Augenblick an, als er sie sah. Jedes Mal schwärmte er mir vor, was er mit ihr machen würde, wenn er sie in die Finger bekäme. Ich fand es amüsant. Doch eines Tages wollte ich sehen, ob er genug Eier in der Hose hat. Nun wurde es Zeit, in meine

Fußstapfen zu treten und nicht nur gemeinsam davon zu träumen. Unter einem Vorwand lockte ich Abigail aus dem Haus und wir fuhren in den Wald. Nicht mal zwei Tage haben wir gebraucht, damit Henry mein Handwerk von der Pike auf erlernen konnte.« Jeffrey grinste zufrieden. »Er ist ein wahres Talent, sage ich dir! Es hat ganz schön Spaß gemacht. Abigail war ein dankbares Objekt.«

Leise pfiff Jeffrey durch die Zähne, als Bryan den nächsten Stein auf das vollbesetzte Spielbrett legte. Die Abscheu war dem Ermittler ins Gesicht geschrieben.

»Wie es aussieht, Kumpel, wird es für dich nichts mit der jetzigen Partie«, fasste Jeffrey Collins das Ergebnis des Spiels zusammen. »Wir haben zu viele K.O.-Stellungen. Sieht nach einem 'Unentschieden' aus. Und ich brauche erstmal eine kleine Pause. Tut mir leid für deine Sophie.«

Ein Gedanke schoss Bryan plötzlich in den Kopf. In diesem Augenblick begriff er, wo sie nach Henry zu suchen hatten. »Moment mal! Abigail Moore kannte diesen Henry nicht von dir? Also ... Sie kannten sich schon vorher? Du hast vorhin gesagt, dass sie euch zusammenbrachte ... «, rief er aufgeregt und hoffte, die nötige Reaktion auf diese Erkenntnis im Beobachtungsraum ausgelöst zu haben.

»Könnte schon sein ...« Zu spät bemerkte Jeffrey, dass er einen fatalen Fehler begangen hatte. Im gleichen Moment erstarrte seine gesamte Körperbewegung, was Bryan Goseburn endgültig davon überzeugte, endlich einen Durchbruch in Sophies Fall erreicht zu haben. Nun war der Ermittler hellwach. *Na, du widerliches Schwein? Hat dein limbisches System eine Schockstarre ausgelöst, weil dir klar wurde, dass du soeben deinen Komplizen verraten hast? Ha ha! Ich werde auf deinem Grab Limbo tanzen, du Drecksschwein!*

Bryan sah sein Gegenüber jetzt mit einem triumphierenden Blick an. Zum ersten Mal fühlte er sich richtig überlegen - und das, obwohl er Sophie noch gar nicht sicher wusste.

Bevor er sich zum Gehen erhob, zischte er: »Ich werde DIR nichts tun. Doch ich werde dafür sorgen, dass du mit deinem kranken Komplizen in eine Zelle kommst. Und zwar nachdem ich ihm ausreichend klargemacht habe, dass ihn sein Serienkiller-Ziehvater direkt an uns ausgeliefert hat! Das wird ihm sicherlich missfallen.« Die Wirkung seiner Worte erschien ihm noch nicht stark genug. Bryan setzte bissig nach. »Dabei wollte dein armer, kleiner Junge mal zeigen, was in ihm steckt. Nun wurde er von seinem Meister persönlich verraten! Blöd, nicht?« Mit diesen Worten erhob er sich zum Gehen.

Die Tür öffnete sich und zwei uniformierte Polizisten kamen herein, um den immer noch konsternierten Wiedersacher abzuführen.

»Ey, was soll das? Wir sind noch nicht fertig!«, entfuhr es Jeffrey Collins, als man ihm aus dem Stuhl half.

»Nicht notwendig, Arschloch. Ich weiß bereits genug.« Bryan hoffte, dass dies tatsächlich stimmte. Denn ein weiteres Spiel würde es nicht mehr geben. Seine Zufriedenheit, die er im Verhörzimmer empfunden hatte, wich der grenzenlosen Angst um Sophie, als er die Tür zum Nebenraum öffnete.

Dort erwartete er, Scott und Angel oder Estrella zu finden, doch der Raum war leer.

Kapitel 22

Einatmen, ausatmen, einatmen, ausatmen ..., wiederholte Sophie in Gedanken, um nicht wieder in Panik zu verfallen. Denn sie wusste, dass ihre Angst sie ausbremsen würde. Sie hatte bereits genug Tränen über ihre ausweglose Situation vergossen. Nun musste sie bis zum letzten Atemzug kämpfen! Egal, wie schlecht es um sie stand. Sie musste diesen Lauf gegen die Zeit für sich gewinnen.

Dass ihr Fuß nicht mehr so schmerzte, verdankte sie nicht nur ihrem hohen Adrenalinspiegel, sondern auch in gewissem Sinne ihrem Peiniger. Die Tabletten, die sie sich in den Laufschuh stopfen konnte, waren eine wahre Rettung. Und natürlich der kurze Regenschauer in der Nacht, der sie zwar durchnässt, ihr aber auch etwas Trinkwasser gespendet hatte.

Für Sophie war es das erste Mal, dass sie Regenwassertropfen von den Blättern der umherstehenden Bäume aufsaugte, als wären sie das kostbarste Lebenselixier. Immerhin hatte es auch gereicht, mehrere von den Tabletten hinunterzuschlucken, ohne dass sie im Hals kleben blieben. Sophie hoffte sich, dass sie ihre Schmerzen für längere Zeit zumindest mildern würden. Und sie spürte tatsächlich weniger. Ob es von den Medikamenten oder von ihrem Überlebenswillen herrührte, war ihr egal.

Ein, aus, ein, aus ...

Die noch feuchte, morgendliche Luft breitete sich in den Lungen aus, als wollte sie Sophie zusätzlich zum Laufen anfeuern.

Ein, aus, ein, aus ...

Sophie war längst über die Schwelle hinaus, bei der ihr Körper meldete, dass sie sich ausruhen sollte. Oder dass er an der Grenze der menschlichen Belastbarkeit angekommen war. Weder Hungergefühl noch Durst konnten sie zum Stehenbleiben verführen. Sie blockte jedes Verlangen ab, noch bevor es sich in ihrem Kopf festsetzen konnte.

Die Sonne stieg immer höher empor und bedeutete vielleicht ihre Rettung, zumal sie die Decke im Wald liegen gelassen hatte. Am Tag behinderte sie sie nur. Und eine weitere Nacht würde sie nicht überleben, wenn die Jagd begann. Die Bewegung erzeugte aber jetzt genug Energie, ihren fast nackten Körper ausreichend mit Wärme zu versorgen.

Später am Tag würde vermutlich das sommerliche Wetter in ihr den Wunsch nach Abkühlung wecken. Die wenigen nächtlichen Stunden hatte sie in die stinkende Decke eingewickelt verbracht und war dankbar für die Wärme. Auch wenn sie kaum schlafen konnte, so hoffte sie, genug Kraft für den folgenden Tag geschöpft zu haben.

Um nichts in der Welt wollte Sophie diesmal wieder feststellen, dass sie im Kreis um die Hütte gelaufen war. Ihr simpler Plan war, sich nach der Sonne zu orientieren. *Wenn ich zunächst der Sonne entgegenkomme und sie später im Rücken spüre, dann müsste die Richtung stimmen,* überlegte sie. Sie würde den Fehler vom Vortag nicht mehr wiederholen.

Gestern, noch bevor ihr die Augen während einer Laufpause für kurze Zeit zufielen, erinnerte sie sich daran, wie sie zu einem Kindergeburtstag eingeladen war. An den Namen des Kindes konnte sie sich nicht mehr erinnern. Dafür daran, dass die Eltern naturverbundene Biologen gewesen waren, die fast jeden Urlaub auf einem Campingplatz verbracht hatten. *Was waren wir damals glücklich, als sie uns anboten, einen Pfadfinder-Geburtstag im Wald zu feiern?! Mit einem Kompass und einem Klappmesser bewaffnet, erschien uns damals die Wildnis so großartig.*

Beim Aufwachen aus dem kurzen Schlaf fiel ihr die Erkenntnis wie Schuppen von den Augen. Verflogen war längst das wohlige Gefühl des Lagerfeuers, bei dem sie Marshmallows auf einem langen Zweig in die Flamme hielten und im Hintergrund die Stimmen der Erwachsenen hörten.

Moosbewuchs! Das war es! Moos!

Im Wald konnten wir uns ohne Uhr und Kompass nach dem Moosbewuchs richten! Das haben uns damals die Eltern beigebracht. Freude stieg in ihr auf. Das war die Lösung!

Wie es genau zusammenhing, fiel ihr leider nicht mehr ein. Dennoch es war egal. Sie sah sich an den Bäumen um, bevor sie zum Lauf ansetzte.

Die Himmelsrichtungen, auf der sie die Sonne sehen konnte, zeigte einen auffallend schwächeren Moosbewuchs als die andere Seite. *Egal, wie all das zusammenhängt ... Wenn ich mich danach richte, laufe ich erstmal in eine Richtung und nicht wieder im Kreis!*, war ihre Überlegung.

Ein, aus, ein, aus ...

Das wiederholte sie in unendlicher Schleife, als würden diese Worte ihren Schmerzen und die Verzweiflung mildern. Es war für sie wie ein Slogan, der ihr Zuspruch bot, noch durchzuhalten. Der sie wie ein Schutzpanzer umhüllte. Von dem Zweige und aufgewirbelte Steine abprallten, als wäre er aus Stahl ...

Als wollte sie das kleine, verzweifelte Mädchen in ihrem Herzen beruhigen, dass sich alles zum Guten wenden würde.

Als wollte sie den gestrigen Tag auslöschen, als sie leichtfertig in Henrys Auto gestiegen war.

Sophie rannte ihrem Henker davon.

Kapitel 23

Als Bryan Goseburn gleich nach dem Verhör die Tür seines Großraumbüros öffnete, herrschte dahinter Totenstille. Auf einigen PCs waren Bildschirmschoner aktiviert, woraus er schloss, dass die Kollegen vor mindestens fünf Minuten aufgehört hatten, daran zu arbeiten.

Wenn das Team nicht wie gewohnt am Kaffeetisch versammelt war, konnte es nur eines bedeuten. Bryan beschleunigte seinen Schritt.

»... das legt nahe, dass der Täter, den unser Verdächtiger Jeffrey Collins als Henry bezeichnet hat, das fünfte Opfer unserer Mordserie, Abigail Moore, in der Klinik kennen gelernt hat ...«, hörte Bryan Scott sagen, bevor er die Klinke des Team-Besprechungsraums drückte.

» ... in der das Opfer arbeitete«, beendete Bryan und trat ein. Dann nahm er den nächsten freien Platz.

»Genau«, bestätigte Scott Goodwin, der in der Nähe des Bildschirms saß, was seine leitende Funktion unterstrich. »Tut mir leid, doch wir haben die Besprechung ohne dich angefangen. Ich denke, wir haben ein paar neue Anhaltspunkte gewonnen. Gut gemacht, Bryan!«

»Ich denke ... nein ... ich begreife auch, warum er einen Komplizen ausgesucht hat ... Er merkt, dass er an seine körperliche Grenze gekommen ist. Der Mörder, den wir suchen, will nicht mehr töten und hat sein Handwerk an den nächsten übergeben. Wie krank ist das denn? Überspitzt gesagt ist es wie bei einem Senior-Manager, der in Rente geht und sein erworbenes Wissen an den Nachfolger weitergibt ... Wie ein Vater an seinen Sohn ... «, sagte Bryan mehr zu sich selbst als in die Runde.

»Viele derartig veranlagte Serienkiller legen es darauf an, geschnappt zu werden«, übernahm Scott. »Manche wollen gar aufhören, nur wissen sie nicht wie. Wie kleine Kinder, die ihre

Grenze erfahren wollen, lehnen sie sich immer weiter aus dem Fenster. Womöglich wollen sie wissen, wie weit es ohne abzustürzen geht? Oder sie sind gelangweilt? Denn Psychopathen langweilen sich relativ schnell.«

Voller Sorge sah Scott zu seinem Freund hin, dem die Zeit in der kleinen Verhörzelle viel abverlangt hatte. Diese Anstrengung ließ sich nicht leugnen und äußerte sich in Form von eingefallenen Lidern und neu entstandenen Falten, die ihn um Jahre gealtert erscheinen ließen. *Vielleicht ist das aber auch nur das Ergebnis seiner Angst um Sophie?*, überlegte er. Auch Scott war zumindest rein äußerlich nicht in bester Verfassung. Die Sorge um die Nichte seines Freundes und der Stress mit Angel ließen ihn das bisschen Nachtruhe, das er zur Verfügung hatte, nicht für Schlaf, sondern zum Grübeln verwenden.

»Das bedeutet für uns, dass wir endlich einen wichtigen Ansatzpunkt gefunden haben«, setzte Scott fort. »Josh, kümmerst du dich um alle Informationen, die das letzte Opfer, Abigail Moore, betreffen? Mich interessiert, wo sie gearbeitet hat, wo sie aufgewachsen ist, und, wenn es möglich ist, auch, was sie für gewöhnlich zum Frühstück aß. Wir werden alle Informationen zusammen auswerten, damit wir nichts übersehen. Der Name Henry ist natürlich von großer Bedeutung, wobei ich mir vorstellen könnte, dass es nicht sein richtiger Name ist.«

»Klar, mache ich», erwiderte Josh McMelma.

»Bryan«, Scott wandte sich an seinen Freund, »wir können im Moment nicht auf die Ermittler verzichten. Fühlst du dich in der Lage, dich in Sophies Umgebung umzuhören? Vielleicht weiß deine Schwester bedeutende Details, die ihr bisher unwichtig erschienen? Oder einer von Sophies Mitbewohnern? Ich schlage vor, dass du mit Angel zu Sophies Wohnung fährst. Die Polizei war bereits dort, doch wir sehen Orte doch immer mit anderen Augen. Wäre es okay, wenn du das übernimmst?«

»Ja, wir machen es so«, antwortete Bryan bedrückt. Vielleicht konnte oder wollte er nicht wahrhaben, dass er aus den direkten

Ermittlungen im Fall Abigail Moore abgezogen und ihm die einfühlsamste Ermittlerin aus dem Team zur Seite gestellt wurde.

Doch Scott Goodwin wollte nicht nur seinen Freund auf diese Weise unterstützen. Er hatte ein starkes Bedürfnis, Angel von dem Fall so weit fernzuhalten, wie er nur konnte. Der Drang, sie zu beschützen, war stärker, je weniger sie sich in letzter Zeit sahen. Mit Beunruhigung registrierte er, wie sein Verlangen, ihre Anwesenheit wieder zu spüren, langsam in Kontrolle umschlug, die in diesen gefährlichen Beruf hinein reichte.

Das war einer der Gründe, warum Isabella mich damals verlassen hat. Weil ich nicht mitgekriegt habe, wie sich die Sorge um meine Ex-Frau so verstärkt hatte, dass es ihr plötzlich die Luft zum Leben abschnürte. Doch ihre Augen sahen nicht einen Bruchteil von den Fällen, die täglich über meinen Schreibtisch wanderten. Angel ist anders. Sie nimmt die Gefahr hin, als wäre es eine Herausforderung, der sie sich stellen muss. Seit der Geschichte mit Robert Latton, dem irren 'Angstheiler', war ihr Mitgefühl für die Opfer der Verbrechen trotz der berufsbegleitenden Therapie noch deutlich ausgeprägter als je zuvor. Und diese Tatsache machte es Scott noch schwieriger, sie in die Arbeit einzubinden.

»Ja, Chef. Werden wir tun«, antwortete Angel sichtlich genervt, als hätte sie Scotts versteckte Intention richtig gedeutet.

»Estrella, du kümmerst dich um die endgültigen Ergebnisse der Autopsie. Lass dich bitte von Angel einweisen, welche Informationen wir bereits haben. Nachher begleitest du mich in die Wohnung von Jeffrey Collins. Auch wenn ich nicht glaube, dass etwas übersehen wurde, schadet es nicht, sich dort umzusehen.«

Im gleichen Augenblick, als Estrella es mit einem einfachen »Ja, Chef« bestätigte, bemerkte er den katastrophalen Fehler, den er begangen hatte. Mit diesen Worten entzog er Angel die Aufgabe der Abstimmung mit der Gerichtsmedizin. Und noch mehr: Er übergab sie an die Frau, die Angel als Konkurrentin wahrnahm. Auch wenn sie Scott nicht mehr direkt in die Augen sah, so konnte er aus dem Augenwinkel ihre zusammengezogenen Augenbrauen erkennen.

Das Ausweichen des Augenkontakts diente einzig und allein dem Zweck, die aufsteigende Wut in ihrem Inneren zu unterdrücken. In einem solchen Fall, in einem so intimen Moment, hätte er sie jetzt in die Arme genommen und solange geküsst, bis er sie zum Lachen brachte. Diese Methode wirkte bei Angel immer. Nur leider waren sie weder allein noch hatten sie die Zeit, Konflikte ihrer Liebe zu lösen. Sophies Leben stand auf dem Spiel, daher ignorierte Scott auch diesmal Angels Wut.

»Ich hoffe, alle haben ausreichend viel zu tun. Ich möchte Sophie so schnell finden, wie es geht. Heute könnte es für uns spät werden, und ich freue mich über jeden, der bereit ist, Überstunden zu schieben. Ihr seid ein großartiges Team, Leute!« Auch wenn es etwas gekünstelt klang, weil Scott keine Kraft hatte, passende Worte zu suchen, war seine Aussage von Grund auf ehrlich.

»Kann ich dich kurz im Büro sprechen?«, fragte Angel so ruhig sie es nur konnte, ohne vor den anderen ihre Gefühle zu verraten.

»Klar, gleich«, entgegnete Scott mit dem drückenden Wissen, dass das kein einfaches Gespräch werden würde. »Ist sonst alles klar?«, wandte er sich an sein Team.

Als er in ihren Gesichtern keine Anzeichen etwaiger Unsicherheit erkennen konnte, beendete er die Sitzung. »Dann an die Arbeit, Leute! Schnappen wir uns diesen Psycho!«

*****

»Was hast du dir nur dabei gedacht, Scott?« Angels Stimme klang gedämpft und spiegelte Wut wider. Auch wenn sie allein in Scotts Büro waren und die Tür geschlossen war, konnte Angel es sich nicht leisten, lauter zu werden. So viel Kontrolle über ihre Gefühle behielt sie dann noch.

»Wobei?«, fragte er konsterniert.

»Als du mich zu Bryans Kindermädchen degradiert hast, Scott.« Angel klang gereizt. »Du denkst, dass ich es nicht bemerkt habe, nicht wahr? Wenn ich nicht in der Zentrale bin, kann ich nicht hinfahren, wenn wir den Komplizen von Jeffrey Collins verhaften sollen. Ich bin zu der Zeit in der Nähe von einem unberechenbaren

Kollegen, auf den ich ein Auge werfen soll - das hast du dir fein ausgedacht! Denn falls wir diesen Henry ermitteln sollten, könnte es gefährlich werden, nicht wahr? Dann ist es schon besser, wenn Estrella dein Händchen hält, hä? Die gleiche Estrella, die für dich schon gestern so freundlich gesorgt hat, dass du sicher nach Hause kommst! Und die gleiche Estrella, mit der du früher mal eine Beziehung hattest ... Was bin ich dumm gewesen, zu glauben, dass es mit uns funktionieren könnte?!«

Bei aller Ernsthaftigkeit der derzeitigen Situation kämpfte Scott damit, nicht laut loszulachen. Vielleicht, weil die Situation so skurril war? Irgendwo dort draußen ging es für ein Mädchen, das er schon seit dem Windelalter kannte, um Leben und Tod, während er in einer privaten Beziehung mit Eifersucht konfrontiert wurde. Es war bitter, auch wenn es bedeutete, dass ihn Angel mindestens genauso vermisste, wie er sie, und er ihr keinesfalls egal war.

»Angel«, er formulierte es so beruhigend, wie er nur konnte, »ich kenne niemanden hier, der besser geeignet wäre, auf Bryan aufzupassen, als du es bist. Er steht kurz vor einem Nervenzusammenbruch, darum musste ich ihn von diesem Fall abziehen, bevor er richtig durchdreht. Du bist außer Michelle der einzige Mensch, dem ich diese Aufgabe zutrauen würde. Für Bryan wird es schwer genug sein, mit der eigenen Familie über Sophie zu sprechen. Oder sich in ihrem Leben umzusehen. Außerdem muss ich absolut sicher sein, dass er genügend beschäftigt ist, damit er nicht auf blöde Ideen kommt. Josh ist für die Aufgabe zu unsensibel und Estrella genießt nicht sein Vertrauen. Michelle liegt immer noch im Krankenhaus und meine Aufgabe besteht jetzt darin, die notwendigen Schritte zu autorisieren. Ich würde gern, doch ich kann Bryan nicht begleiten«, sagte er und sah zufrieden, wie sich Angels Gesicht langsam erhellte. »Was Estrella betrifft, bekommt sie die Aufgabe, dich zu ersetzen. Das stimmt. Aber nicht in meinem Herzen oder in deiner Funktion im Team, sondern nur bei dieser einzigen Aufgabe! Auch wenn ich es irgendwie mag, wie süß du bist, wenn du eifersüchtig bist ... Estrella kann und wird nicht mehr in meinem Herzen sein, weil der Platz dort von einer

wunderschönen Ermittlerin besetzt ist. Haben wir uns verstanden?«
Scott lächelte.

»Wer ist hier eifersüchtig? Ich doch nicht!« Angel entgegnete das
Lächeln. Die letzten Anzeichen ihrer Wut verflogen angesichts der
Vorstellung, mit ihrem Liebsten wieder Frieden zu schließen.

Scott entspannte sich. Diesmal war es ihm gelungen, seine Sorge
um Angel so geschickt zu kaschieren, dass sie sie nicht als solche
wahrnahm. *Was aber, wenn sie eines Tages etwas aufmerksamer ist?*
Darüber wollte er nicht nachdenken. *Wir werden unsere Beziehung im
Beruflichen nochmal neu überdenken müssen. Ein weiteres Mal will ich einen
wichtigen Menschen in meinem Leben nicht missen müssen ...*

»Wenn alles klar ist, dann lass uns bitte an die Arbeit gehen, okay?
Übrigens, die letzte Nacht verbrachte ich genau hier, in meinem
Büro. Und der Grund war nicht einzig und allein die Suche nach
Sophie. Ich wollte einfach nicht nach Hause fahren, wenn kein
Mensch dort auf mich wartete, verstehst du?«

Angel fühlte sich elend angesichts ihres albernen Verhaltens in
Bezug auf Estrella.

Sie schluckte, bevor sie hinausging. Mit den Worten »Wenn wir
heute Nacht nach Hause fahren, dann nehme ICH dich mit. Zu
mir« verließ sie das Büro.

Kapitel 24

Eiligen Schrittes näherte sich Angel Davis kurze Zeit später dem Schreibtisch ihres Kollegen Bryan. Sie vermutete, dass er sich nach der Teambesprechung hinter seinen großen Monitoren versteckt hatte, um den Fragen der Kollegen nach seiner Gemütsverfassung zu entgehen. Das verstand Angel nur zu gut.

Obwohl sie erleichtert war, dass sie ihren Streit mit Scott so einfach beigelegt hatte, konnte sie es kaum vermeiden, dass sich wieder ein winziger Schatten des Misstrauens einschlich. *Ist es wirklich so, wie er gesagt hat? Ist Estrella zur Vergangenheit geworden? Oder möchte er sich selbst davon überzeugen?* Diese Gedanken ließen sie nicht los. Sie würde abwarten müssen, wie es sich künftig zwischen ihnen entwickelte. *Da führt leider kein Weg dran vorbei.*

Auf Angels Agenda stand noch die recht schnelle Übergabe der Ergebnisse der Autopsie und der notwendigen Daten an ihre Kollegin Estrella. Und das, bevor sie sich um Bryan kümmern musste. Vermutlich würden sie Sophies Familie nochmal aufsuchen, einige Freunde, Bekannte ... Sie würden heute mit Tränen und Verzweiflung konfrontiert werden.

Vor jenem Augenblick hatte Angel immer einen großen Respekt: den Eltern zum Verschwinden des eigenen Kindes zu sagen, dass die Polizei es unversehrt nach Hause bringen würde. Obwohl sie besser wusste, dass sie manchmal machtlos waren. Es war in der Tragik beinah schlimmer, als ihnen die Todesnachricht zu überbringen. Sie musste den Eltern Hoffnung dort verkaufen, wo es mit der verstreichenden Zeit immer weniger Hoffnung gab. Diesmal sogar einer Familie aus den eigenen Reihen, für die diese Erkenntnis tägliches Brot bedeutete. Dass Bryan den Großteil der Gespräche übernehmen würde, hoffte sie sehr. Und auch, dass sie seiner Verzweiflung standhalten würde. Unbewusst verlangsamte sich ihr Gang, als könnte sie damit die Begegnung mit Bryan in die Unendlichkeit verschieben.

Angekommen an Bryans Arbeitsplatz fand sie ihn zu ihrem Glück nicht dort vor, obwohl sein Computer im Standby-Modus lief. Sie sah, wie verschiedene bunte Fische in einem virtuellen Aquarium umher schwammen.

Angel war erleichtert. Das konnte nur bedeuten, dass Bryan kurzfristig seinen Schreibtisch verlassen hatte. Der anstrengende Part des Tages würde also zeitlich geringfügig nach hinten verschoben. Es war ihr mehr als recht, denn so konnte sie ihre Gedanken auf das Gespräch mit Estrella lenken.

Ihre Kollegin, die sie bisher sogar für eine Konkurrentin im Kampf um Scotts Gunst gesehen hatte, saß hinter dem Bildschirm an Michelle Bellamys Schreibtisch. Sie war tief in die Arbeit versunken, wie Angel von Bryans Schreibtisch aus sehen konnte.

Wie konnte Scott dieser Schönheit irgendetwas abschlagen?, fragte sie sich. *Selbst ich hätte Probleme damit, wenn ich sie nicht als eine Art Feindin sehen würde. Und möglicherweise wird sie das auch für die Ewigkeit bleiben. Dennoch muss ich versuchen, mit ihr zusammenzuarbeiten - Freund oder Feind. Auch wenn ich Scott an sie verlieren würde - ändern kann ich es nicht mehr. Wenn ich mich aber wie eine pubertierende Zicke aufführe, habe ich ganz sicher verloren. Los, Angel, zeig deine Klasse!*

Unbemerkt stellte sie sich hinter Estrella, die ihre Anwesenheit nicht bemerkt hatte. Auf dem Bildschirm, liefen Aufnahmen von Bryans Verhör, die Estrella sehr konzentriert verfolgte. Ein überdimensionaler Kopfhörer ließ die Ermittlerin die Welt um sich herum vergessen. *Mit diesem Ding würde ich richtig dämlich aussehen,* dachte Angel in einem Anflug von Neid. *Mit ihrer Klasse und der Bob-Frisur wirken selbst so dämliche Kopfhörer einfach nur stylish.*

Nach einem Seufzer tippte sie ihrer Kollegin auf die Schulter, worauf Estrella sichtlich erschrak.

»Oh, tut mir leid.« Angel war die Situation wirklich unangenehm.

»Kein Problem«, entgegnete Estrella, mit ihren Gedanken immer noch beim Verhör von Jeffrey Collins verweilend. Sie streifte die Kopfhörer herunter und ließ sie am Hals hängen. Ihr Blick blieb währenddessen am Bildschirm kleben. Mehr zu sich selbst als zu jemand anderem sagte sie: »Er ist tatsächlich ein Sadist. Schau mal, wie viel Freude es ihm macht, Schmerz und Verzweiflung zu sehen. Er ist so skrupellos, dass ich ihm jederzeit grausame Morde zutrauen würde.«

Angel nahm sich einen freien Stuhl und setzte sich neben ihre Kollegin. »Woran siehst du das?«, fragte sie ernsthaft interessiert.

»Im Normalfall denkt man, dass Menschen, die lügen, den Kopf senken. Doch es ist oft genau umgekehrt - wie auch in diesem Fall. Ich halte den Mann sogar für einen gefährlichen Psychopathen mit einer sogenannten dissoziativen Persönlichkeit. Vereinfacht gesagt, kann man ihn als ein Raubtier sehen. Er hat ein übergeordnetes Ziel, das er verfolgt, und dafür tut er alles. Sein Ziel ist, denke ich, immer zu gewinnen. Welche Opfer er dabei hinterlässt, ist ihm egal. Schau mal, wie er Bryan wie ein Meerschweinchen beobachtet: Er saugt seine Emotionen förmlich auf. Es ist so, als würde er die Reaktionen oder besser gesagt neue Muster erlernen. Denn Psychopathen können nur kognitiv die Folgen ihres Handelns begreifen, spüren jedoch können sie sie nicht. In einem früheren Fall habe ich so einen Mann befragt, der zwar auf einer Beerdigung seines Bruders wie die anderen geweint, doch im nächsten Schritt mit seiner Schwägerin geflirtet hat. Er tat so, als wäre nichts passiert. Ihm ist das Verhalten keinesfalls merkwürdig erschienen, doch der Familie seiner Schwägerin, die wir befragt haben, schon. Er hatte seine Freundin ein paar Tage zuvor schwer missbraucht und anschließend umgebracht. Das Leben eines Psychopathen ist meist darauf ausgerichtet, Emotionen der anderen zu imitieren und diese in einer ähnlichen Situation wiederzugeben. Denn sie wollen keinesfalls als Psychopathen auffallen. Schau, Angel, wie sich die Mimik der beiden voneinander unterscheidet. Was siehst du genau bei Bryan, ohne deren Stimmen zu hören?«

»Ähm ...« Angel schaute sich den Film an. »Bryan sieht sein Gegenüber gar nicht an. Was mir eher negativ auffällt, weil ich ihn schon recht lange kenne, ist: Er kneift ungewohnt oft seine Augen zusammen.«

»Genau. Schau hier, er reibt sich dabei sogar den Nasenrücken. Und jetzt, schau mal. Jetzt fährt er sich mit den Fingern durch die Haare, als wollte er seine Kopfhaut stimulieren. Im Zusammenhang mit seinen zusammengepressten Lippen, den Beruhigungsgesten am Nasenrücken oder den Ellenbogen, die eng aneinander am Tisch liegen, zeigt er ganz viele diffizile Stressanzeichen. Besorgnis, Zweifel, Unbehagen, Missfallen ... Je länger du dir das Material anschaust, desto mehr Gesten wirst du bei ihm entdecken. Und es ist verständlich, weil er einem enormen Stress ausgesetzt ist. Nun schau dir an, wie Jeffrey Collins mit seinen Gesten 'spricht'. Was fällt dir auf?«

Angel wechselte den Blick bewusst zu dem Befragten und studierte ihn einen Augenblick lang. »Wenig. Er sitzt recht entspannt; Ellbogen auf dem Tisch«, entgegnete Angel. »So als würde er sehr beherrscht sein. Und soweit man an seiner Kleidung erkennen kann, schwitzt er kaum.« Vielleicht wäre ihr diese Tatsache nicht aufgefallen, hätte Bryan keine dunklen Flecke unter seinen Armen, die ständig in Bewegung waren.

»Gut beobachtet!«, stimmte Estrella zu. »Manche Menschen gähnen, wenn sie verhört werden. Es ist eine hervorragende Stresslinderungsmöglichkeit, zudem dabei der trockene Mund befeuchtet wird. Beim Öffnen des Mundes wird nämlich Druck auf die Speicheldrüsen ausgeübt. Schau mal, Bryan gähnt jetzt. In unserer Gesellschaft ist das Gähnen 'ansteckend', wenn wir uns dem anderen verbunden fühlen. Wenn Jeffrey Collins tatsächlich sein Verhalten darauf ausgelegt hat, Bryan zu schaden, wäre es seine persönliche Rache. Das wiederum würde bedeuten, dass er sich unserem Kollegen verbunden fühlt. Also müsste er gähnen. Dennoch tut er es nicht. Warum? Nun, das Gähnen gehört aber auch zu den Empathie-Mustern von emotionalen Bindungen. Aber was ist, wenn jemand keine Empathie empfinden kann? Ich habe diese Gespräche mit und ohne Ton verfolgt und bin zu der Meinung gekommen, dass Jeffrey Collins zumindest ganz viele Eigenschaften eines Psychopathen aufweist. Darüber hinaus kann ich mir nicht vorstellen, dass er uns bei seiner Geschichte angelogen hat. Er ist ein Mörder. Und er hat einen Komplizen, soviel steht auch fest.«

Angel schwieg.

»Er log uns deshalb nicht an, weil er nicht einsieht, dass er etwas falsch gemacht hat. In meinem Studium ist mir eine Geschichte im Gedächtnis geblieben. Wir hatten gerade eine Fallstudie über BPS, also die sogenannte Borderline-Persönlichkeitsstörung gemacht. Unsere Patientin war stark suizidgefährdet und in einer für diesen Fall typischen Beziehung mit einem sehr dominanten Partner, der nicht davor zurückschreckte, seine Partnerin zu vergewaltigen und ihr einzureden, sie wäre daran schuld. Im Rahmen der Studie hatten wir das Glück, diesen Mann anzuhören, der - wie sich erst später herausstellte - hohe Werte auf der Psychopathen-Test-PCL-R-Skala aufwies. Was mich persönlich sehr überraschte ... Der Mann war felsenfest davon überzeugt, dass seine Partnerin TATSÄCHLICH schuld daran war, vergewaltigt zu werden, weil sie ihm vorenthielt, was ihm zustand. Sie gab ihm keinen Sex. Und zwar dann, wann immer er es wollte. Er fühlte sich im Recht und hielt sie für böse, was er ihr mit Schlägen zu verstehen gab. Von Borderline-Patienten ist bekannt, dass sie durch eine erhöhte emotionale Empfindlichkeit und Angst vor Zurückweisung gekennzeichnet sind. Unsere Patientin versuchte, ihrem Partner mit Empathie zu begegnen, um ihn nicht zu verlieren. In 'normalen' Beziehungen wäre es möglicherweise eine sinnvolle Strategie, eine stabile Beziehung aufzubauen. Bei Psychopathen dagegen weckt jede entgegengebrachte Empathie Aggressionen ... Vermutlich, weil sie mit einem Beziehungszwang oder Unverständnis für das Einfühlungsvermögen verbunden ist ... Oder schlicht und ergreifend, weil es seine sadistische Neigung anheizt. Das bedeutet, dass wir uns eine geeignete Methode erarbeiten müssen, mit Jeffrey Collins umzugehen.«

Estrella Fernández drehte sich endlich zu ihrer Kollegin um. »Tut mir leid, ich langweile dich sicher? Psychologie war schon immer mein Steckenpferd, und Sozio- und Psychopathen interessieren mich ganz besonders.«

»Keinesfalls«, antwortete Angel wahrheitsgemäß. »Es klingt wahnsinnig faszinierend, was du allein durch simple Beobachtung herauslesen kannst.«

»Soll ich dir noch etwas Interessantes zeigen?«, fragte Estrella, froh darüber, eine neue Zuhörerin für das Thema gefunden zu haben, über das sie nur mit wenigen Menschen sprechen konnte.

Es klang deutlich verlockender, als Bryan zu begleiten, wovor Angel sich ohnehin gerne gedrückt hätte. »Na klar.«

»Schau mal hier.« Estrella suchte im Schnelldurchlauf die entsprechende Stelle heraus. »Jetzt erklärt Bryan seinem Gegenüber, dass er seinen Partner verraten hat. Schau, wie sich sein Verhalten urplötzlich ändert ...«

»Tatsache«, warf Angel ein. »Er wird irgendwie hektischer.«

»Genau. Diese Gesten, die du siehst, besonders jetzt, schau!« Estrellas Stimme klang aufgeregt. »Hier greift er sich an den Hals, siehst du? Das deutet auf ein Unbehagen hin. Vielleicht Besorgnis oder Unsicherheit ... Er wirkt insgesamt sehr angespannt.«

»Dann will er seinen Komplizen um alles in der Welt schützen?«, fragte Angel sachlich. »Würde das nicht gegen die Theorie sprechen, dass er ein Psychopath ist?«

»Könnte schon sein«, bestätigte Estrella. »Für mich erscheint es jedoch plausibler, wenn ich ehrlich sein soll, dass ihm genau in diesem Moment Bryan eröffnet hat, dass sein perfekt ausgearbeiteter Plan eine einfache Lücke hatte. Ich halte Jeffrey Collins für einen narzisstischen Perfektionisten, der keine Fehler duldet.«

»Was, glaubst du, bedeutet es für das Profil des Komplizen? Einen schwachen Partner wird er sich nicht ausgesucht haben, oder?«

»Ich vermute, er hat sein Ebenbild gefunden. Ein zweites Alphamännchen – wie er es selbst ist. Ich vermute, der Komplize wird ähnlich intelligent sein. Möglicherweise ist er bereits polizeilich aufgefallen, doch darauf würde ich nicht unbedingt meinen Kopf verwetten. Er wird aber deutlich aggressiver oder fantasievoller sein als Jeffrey Collins es jemals war. Zumindest hat er sich aus welchem Grund auch immer die Aufmerksamkeit seines Meisters verdient. Ob es die Aggressivität oder seine Fantasie ist, werden wir vermutlich aus den Ergebnissen der Autopsie erfahren.«

Kapitel 25

Es war bereits Nachmittag in West Canada Lake rund vierhundert Kilometer nördlich von New York City.

Das Haus der Familie Young lag in einer unauffälligen Seitenstraße mitten im Wald. Was einem Erwachsenen wie die Erfüllung der größten Pfadfinderträume aus Kindheitstagen und eine Flucht aus der hektischen Realität vorkam, war für einen pubertierenden Jungen ein gesellschaftliches Fiasko. Weit und breit nur Bäume und zwischendurch Seen. Die nächste nennenswerte Stadt hatte den seltsamen Namen Speculator - in einer Entfernung von fünfundfünfzig Kilometern.

Martha Young war eine einfache, doch sehr fürsorgliche Mutter, die das gemeinsame Einkommen der Familie mit ihrem Gehalt im Mountain Market in der besagten Stadt Speculator aufbesserte. Sie erhoffte sich für ihren Sohn eine rosige Zukunft, ohne sich die Zeit zu nehmen, ernsthaft der Wahrheit ins Auge zu sehen, dass ihr Mann immer mehr in die Alkoholsucht entglitt. Während Martha sich eine heile Welt wünschte, zerfiel ihre Familie mehr und mehr.

Wenn Martha nach Feierabend mit ihrem reparaturbedürftigen Pick-up nach Hause fuhr, betete sie, dass sie allein sein würde, weil das bedeutete, dass ihr Mann Logan nicht wieder 'krank machte'. Zumindest nannte er diesen Zustand so, der ihn mit dem Geruch des weiträumig verschütteten Bieres auf die Couch zwang.

Aber heute sah es gut aus; Logans Auto stand nicht in der Einfahrt. Martha entspannte sich sichtlich, als sie in der Einfahrt vor dem einfachen, weißen Haus mit der ausladenden Veranda parkte. Das Haus war auch das Einzige, was Logan in die Ehe mit seiner aus Deutschland stammenden Martha eingebracht hatte. Aber nur, weil es ihm als Erbstück in den Schoß gefallen war. Logan hatte sein Leben lang nicht besonders viel von ehrlicher Arbeit gehalten.

Noch ehe Martha die Tür ihres Hauses aufschloss, kam ihr gewohnter Gestank entgegen. Schlagartig wurde ihre Laune schlechter.

»Na großartig! Bailey«, rief sie, als könnte das die Tatsache ändern, dass sie wieder den Hundehaufen zu entfernen hatte.

Normalerweise wartete der sibirische Husky immer schon vor der Tür, wenn Martha oder einer ihrer Männer nach Hause kam. Doch diesmal war es anders. Als hätte das Tier eine Strafe für das Häufchen gefürchtet, machte es sich unter einem Tisch klein und drehte seinen Kopf weg.

Martha überkam Mitleid mit ihrem Familienhund. »Oh, Bailey«, sagte sie sanft. »Wurdest du nicht ausgeführt heute? Na komm, wir gehen kurz vors Haus. Nachher wird dich Jason schon auf einen längeren Spaziergang mitnehmen. Versprochen, Lady Bailey.«

Als hätte die Hündin darauf gewartet, kletterte sie heraus, lief zu Martha hin und schleckte sie wie gewohnt ab. »Hey, hey«, Martha lachte. »Lass mich doch erst den Haufen beseitigen, dann geht es los!« Schnell schob sie noch den Auflauf von gestern in den Ofen, um ihn aufzuwärmen. Sie verließ das Haus mit dem angeleinten Hund in der Absicht, ihren Sohn vom Bus abzuholen.

Wie erwartet, war der gelbe Schulbus überpünktlich. Obwohl darin gerade noch zwei Kinder saßen, verdrehte ihr vierzehnjähriger Sohn schon zur Begrüßung die Augen. Bailey rannte schwanzwedelnd auf ihr Herrchen zu, als hätte sie ihn Jahrhunderte nicht gesehen. Mit Freude betrachtete Martha, wie ihr Sohn zuerst das überglückliche Tier begrüßte.

Der Satz »Oh, neee, bitte, Mama!« in ihre Richtung ausgesprochen, nachdem sich der Hund beruhigt hatte, bedeutete ungefähr so viel wie »Ich komme doch allein nach Haus. Du bist mir zu peinlich.« Ein Begrüßungskuss war schon vor Jahren von der Liste des jungen Mannes auf dem Weg zum Erwachsenwerden gestrichen worden.

Martha schmunzelte trotzdem. Irgendwann hatte ihr ihre Kollegin erklärt, dass man sich in solchen Momenten irgendein Bild aus der Kindheit vor Augen rufen sollte. Eines, auf dem das pubertierende Kind noch ganz klein war und man als Elternteil über irgendetwas herzlich gelacht hatte. Zumindest manchmal war es für Martha dann leichter, ihrem Sohn seine Flausen zu verzeihen.

»Wie wäre es mit einem 'Guten Tag. Danke, dass du mich abholst'?«, entgegnete Martha. »Oder: 'Wie war dein Tag, Mama'?«

Diesmal musste ihr Sohn schmunzeln. »Wie soll er schon gewesen sein? Im Mountain Market?«

»Jason-Ralph, sei doch nicht so frech!«, kam es von Martha eher gespielt als wirklich ernsthaft verärgert. »Heute musst du mit Bailey länger spazieren gehen. Ich muss nach dem Essen nochmal nach Speculator.«

»Nenn mich nicht Ralph!« Jason wurde sauer. Eigentlich hätte sie ahnen können, dass sie den verhassten, deutschen Namen weglassen sollte, wenn sie ihren Sohn um etwas bat. Aber Martha mochte die Kombination so gerne, nicht zuletzt, weil sie dabei leicht sentimental nach ihrer Heimat wurde, die sie bereits vor zwanzig Jahren gegen die Wälder von West Canada Lake getauscht hatte.

»Na gut, entschuldige«, sagte sie beschwichtigend. »Aber Bailey muss heute nochmal raus! Sie hat wieder hingemacht. Der Hund benötigt doch viel Auslauf, Schatz.« Martha brauchte noch kräftigere Argumente. »Hey, Bailey ist doch dein Hund, Jason!«

»Oh, Mann. Und ich habe mich heute mit meinen Kumpels zum Zocken verabredet! Kannst du es nicht ...« Jason war enttäuscht.

»Nein, Jason. Es ist dein Hund! Und er braucht Auslauf. Ich war schon gestern dran. Es kann doch nicht sein, dass ich alle deine Verpflichtungen übernehmen muss!« Diesmal war Jason klar, dass die Diskussion mit seiner Mutter beendet war.

»Na großartig.« Er trat einen Stein, kurz vor der Veranda. Auch wenn Martha irgendwie versuchte, ihren Sohn zu verstehen, ließ sie nicht locker. »Erst die Hausaufgaben, dann der Hund ... Morgen ist auch ein Tag und – falls dein Vater immer noch nicht von der Montage zurück ist – übernehme ich morgen die Pflicht, okay?«

Jason brummte etwas, das Martha als Zustimmung interpretierte.

*****

Es dauerte nicht lange, nachdem sich der Pick-up seiner Mutter entfernt hatte, bis ein roter Kombi vor das Haus von Familie Young vorfuhr. Bailey bellte wie verrückt.

»Aus!«, befahl Jason seiner eigensinnigen Husky-Hündin. Sie verstummte zwar nicht, doch sie wurde wenigstens etwas ruhiger. Drei halbwüchsige Jungs kamen an die Tür von Jasons Haus.

»Ey, Alter! Komm raus!«, hörte Jason einen von ihnen sagen und ärgerte sich bereits. Ein anderer hämmerte gegen die Tür. Er ließ sie einen winzigen Spalt auf – gerade so weit, dass Baileys Nase drin hängen blieb. Sie knurrte.

Dass ich genau heute mit dem Hund raus muss! Morgen wäre es egal, aber heute? »Was geht ab, Alter?«, sagte er in Richtung der Jungen.

»Ey! Lucas' Alter ist heute nicht zu Hause. Spätschicht. Wir können den ganzen Abend Ego-Shooter zocken. Was sagst du, Alter?« Die Freude auf dem Gesicht von Jasons Schulkameraden ließ sich nicht leugnen.

Unter gewissen Umständen hätte Jason sich von der unbändigen Freude seines Freundes anstecken lassen. Aber nicht heute.

»Kann echt nicht, Alter! Der Köter muss raus«, sagte er, um etwas cooler vor den anderen zu wirken. Zum Glück nahm ihm Bailey diese abwertende Bezeichnung nicht krumm, denn er mochte seine Hündin doch sehr. »Meine Mutter legt mich um, wenn sie wieder ins Haus kackt. Aber morgen vielleicht …«

»Was bist du für 'ne Tussi, Alter? Lass den Köter einfach ums Haus laufen und du kommst mit uns mit. Wer soll die schon klauen?«, sagte Lucas und trat die Tür mit voller Wucht auf.

Jason konnte sie nicht mehr festhalten und sie schlug gegen die anliegende Wand. Der unerwartete Knall schreckte die Hündin so auf, dass sie sofort vor Angst in die Ecke kroch. Dann nutzte sie sogleich die Chance, und noch ehe Jason reagieren konnte, rannte das aufgescheuchte Tier an seinen Beinen vorbei, überquerte die schmale Landstraße und verschwand im Wald.

Jason wurde so wütend, dass er im Affekt seinem Freund in den Bauch boxte. »Na großartig, Alter! Du bist ein richtiger Honk! Als sie letztes Mal weggelaufen ist, haben wir sie zwei Tage gesucht! Jetzt dürft ihr mir auch helfen, den Hund zu finden, ihr Schwachmatten!« Jasons Augen wurden zu winzigen Schlitzen. Er war wirklich sauer.

»Nö. Machen wir nicht. Dein Hund – dein Problem, Alter«, rief Lucas, während er und die Jungs zum Auto rannten.

»Schöne Scheiße!«, fluchte Jason, ging ins Haus, um den Schlüssel, sein Handy und die Taschenlampe zu holen. Er hoffte von Herzen, dass die Hündin nicht wieder einem Kaninchen oder Wildschwein hinterher gelaufen war.

Noch bevor seine Mutter nach Hause kam, musste er Bailey finden. Mit Neid dachte er an die Jungs, die die gesamte Nacht spielen konnten, ohne dass ihnen ein nerviges Elternteil auf die Finger gucken würde.

Nachdem er die Landstraße überquert hatte, rief er, so laut er konnte, den Namen seiner Hündin.

»Apropos Autopsie«, fiel Angel wieder ein, was sie eigentlich vorhatte. Sie saß immer noch am Schreibtisch von Estrella und unterhielt sich mit ihr angeregt über die Motive des vermeintlichen Komplizen von Jeffrey Collins. »Scott hat angeordnet, dass ich dir alle Informationen gebe ...«

»Willst du mir nicht helfen, die abschließenden Ergebnisse anzufordern? Ich bin neu in der Abteilung. Dagegen verstehst du dich sicher ganz gut mit den Gerichtsmedizinern.«

»Klar«, entgegnete Angel. Sie war froh darüber, die 'Familienbegehung' mit Bryan nochmal hinausgezögert zu haben. »Soll ich anrufen?« Im nächsten Augenblick nahm sie schon den Hörer in die Hand und wählte.

»Hi, Sam«, hörte Estrella ihre Kollegin sagen.

»Aha, aha ...« Angels Gesicht verfinsterte sich. »Okay, werde ich tun. Bis dann ...« Sie legte auf und wandte ihr Gesicht Estrella zu.

»Nicht zu fassen. Die Ergebnisse sind bereits vor einer Stunde, 'von Dr. Goseburn angefordert' worden. Wir hatten recht mit den unterschiedlichen Tätern. Ein Links- und ein Rechtshänder, wobei letzterer vermutlich Jeffrey ist. Sagt man nicht, dass Linkshänder fantasievoller seien? Diese Vorstellung in Verbindung mit sadistischen Psychopathen jagt mir stets einen kalten Schauer über den Rücken.« Ohne eine Antwort abzuwarten, fuhr sie fort. »Die Gerichtsmediziner fanden außerdem unter den Fingernägeln von Abigail Moore Haarwurzeln, die von einem Hund stammen. Die Bilder haben sie zu einem Spezialisten in Quantico geschickt, der sich damit auskennt. Unsere Leute vor Ort verfügen nicht über die nötige Erfahrung mit dieser Rasse. Aber immerhin haben sie es als Hundehaare identifizieren können. In Quantico konnten sie noch keine genaueren Informationen abgeben, daher wird morgen früh ein Spezialist bei uns eintreffen. Seine erste Vermutung war, dass es sich aufgrund der Bilder, der Länge und der Beschaffenheit der Haarwurzel um eine Art Spitz handelt. Aber... mehr kann er erst morgen vor Ort sagen.«

»Also hat unser Henry einen Hund? Das ist ein weiterer Ansatzpunkt. Weißt du, ob Josh schon etwas über die vermeintliche Klinik, in der Abigail Moore gearbeitet hat, in Erfahrung bringen konnte?«, fragte Estrella mit einem Anflug von Enthusiasmus in ihrer Stimme. Der Kreis um den Täter begann sich bereits zu verengen.

»Nein, leider noch nicht. Ich frage ihn gleich und werde bei dieser Gelegenheit den Bericht von Bryan abholen.« Angel war daran gelegen, sich kooperativ zu zeigen.

»Danke«, antwortete Estrella und wirkte plötzlich nachdenklich. »Angel?«

»Ja?« So leise, wie Estrella ihren Namen genannt hatte, dachte Angel, sich verhört zu haben.

Estrella schaute ihre neue Kollegin an. »Es ist ihm ernst«, wisperte sie.

»Wem?« Angel war sichtlich verunsichert.

»Scott«, fuhr Estrella flüsternd fort. »Ich kenne ihn zu gut, um es nicht zu sehen. Gib ihm etwas Zeit ...«

»Danke für den Ratschlag.« Angel schnitt ihrer Kollegin das Wort ab. *Ich glaube, was meine Beziehungen betrifft, kann ich das selbst regeln.*

»Kein Thema.« Auch Estrella fühlte plötzlich Unbehagen, sich in etwas eingemischt zu haben, das sie nichts anging. Doch sie wollte Angel wissen lassen, dass sie es respektierte. Schweigend schaute sie zu, wie sich ihre Kollegin entfernte. Danach setzte sie erneut die Kopfhörer auf und spulte die Aufzeichnung zu dem Moment zurück, an dem Bryan wütend wurde.

Seltsam, dachte währenddessen Angel, als sie sich an Bryans Schreibtisch setzte. Dass Estrella ihre Beziehung zu Scott offenbar erahnte, war wieder vergessen. Am Arbeitsplatz ihres Kollegen hatte sich immer noch nichts geändert. Die Fische schwammen weiterhin auf dem Bildschirm umher, als hätte den PC seitdem keiner mehr berührt. *Dabei ist es,* Angel schaute auf die Uhr am Handgelenk, *vor genau einer Stunde gewesen, als ich nachgeschaut habe ... So langsam müssten wir tatsächlich losfahren. Ob ich will oder nicht ...*

Angel sah sich um. Alle saßen ganz konzentriert vor ihren Bildschirmen, also bewegte sie Bryans Maus kurz hin und her. Der Bildschirmschoner verschwand und vor ihren Augen erschienen Rechercheergebnisse über eine 'Mental Health Clinic' – offenbar eine Heilanstalt oder etwas Ähnliches. Adressen, Namen und Bilder ...

Was möchte Bryan dort? Einen Beistand? Ist es überhaupt für ihn?, überlegte sie, bis sie sich zum Artikel vom Dienstag, den 23.06.2015 durchgeklickt hatte. »*Ein grausamer Fund*«, daneben das Bild von Abigail Moore. Sie las weiter: »*Gestern, am 22.06.2015 gegen 05:30 Uhr, fand ein Mitarbeiter des Brooklyn Golf Center eine weibliche Leiche in der Nähe der Maisfelder ...*« Angel überflog die Einzelheiten, die ihr bereits bestens bekannt waren. »*... Bei der Leiche handelt es sich um*

Abigail Moore, eine Studentin ...« Dann ein weiterer Artikel, der auf zwei Monate zurückdatiert war. *»Skandal in der 'Mental Health Clinic'«* Weiter: *»... mehrere der Mitarbeiter wurden illegal beschäftigt ...«*

Bis Angel verstand, dauerte es einen Augenblick.

Plötzlich sprang sie in die Höhe und schrie so laut »Verdammt ...«, dass sich Josh sofort in ihre Richtung umdrehte. Estrella hatte die Kopfhörer auf den Ohren, daher bekam sie nichts von der Aufregung mit.

»Alles in Ordnung?«, fragte Josh sichtlich beunruhigt.

»Kommt darauf an«, entgegnete sie. »Sagt dir die 'Mental Health Clinic' etwas?«

»Na klar. Habe es schon Scott erzählt. Er wollte sich gleich auf den Weg machen. Abigail Moore arbeitete dort wohl illegal, weil ihr die notwendige Qualifikation als Pflegekraft fehlte. Bei solchen Prestigeeinrichtungen legt man Wert auf die Personalauswahl, sonst ist man schneller in den Nachrichten, als einem lieb ist. Doch es war nur ein kleiner Skandal, der sich nicht länger als zwei Tage in den Medien hielt. Vielleicht sogar noch kürzer. Die Öffentlichkeit interessierte es kaum. Ich habe auch etwas Zeit gebraucht, das herauszufinden.«

»Hast du das vielleicht auch Bryan erzählt?« Angel hatte eine düstere Vorahnung.

»Na klar, vorhin. Dann waren wir bei Scott. Bryan fühlte sich nicht gut, was ich verstehen kann. Er wollte dringend zum Arzt. So richtig beschissen sah er aus, ließ sich von seiner Frau abholen ...« Joshs Miene zeigte Mitgefühl mit seinem Kollegen. »Hat es dir keiner erzählt?«

»Oh nein!«, rief Angel aus. *Es ist meine Schuld, weil ich ihn aus den Augen gelassen habe!* »Sagst du bitte Scott, er soll sich beeilen? Wenn ich mich nicht täusche, ist Bryan in diese Klinik gefahren. Zumindest hätte ich das mit diesen Informationen getan. Es wäre besser, wenn ihn jemand begleitet. Bei aller Liebe - an die Ausrede mit der Krankheit glaube ich nicht! Ich versuche, in der Klinik jemanden zu erreichen.« Angel rannte zu Bryans Computer und wählte die Nummer. Besetzt. Nochmal gewählt. Wieder besetzt. Angel wählte erneut.

Jemand in der Zentrale nahm ab. Eine Frau, die sich namentlich nicht vorstellte.

»Könnten Sie mich bitte mit der Leitung der Klinik verbinden? Mein Name ist Special Agent Angel Davis vom FBI.« Keine Antwort. Ein Freizeichen, bevor jemand anders abnahm.

Eine tiefe, weibliche Stimme meldete sich. »'Mental Health Clinic', Jennifer Low am Apparat ... wie kann ich helfen?«

»FBI, Special Agent Angel Davis, guten Tag. Ich würde Ihnen gern einige Fragen zu einer Mitarbeiterin stellen. Es geht um Abigail Moore.« Angels Stimme wirkte sachlich, obwohl sie vor Aufregung zu platzen meinte.

»Reicht nicht, was ich dem FBI bereits erzählt habe? Gerade war doch einer Ihrer Mitarbeiter da. Habe ich etwas vergessen? Mehr weiß ich über Abigail Moore nicht.« Jennifer Low klang gereizt. »Hören Sie, ich habe recht viel zu tun, also wenn Sie ...«

»War es vielleicht mein Kollege, Dr. Goseburn, der Sie heute befragt hat?« Abigail ließ sich nicht abwimmeln.

»Ja, ich glaube, dass der Name so war. Stimmt etwas mit ihm nicht?« Die Stimme wandelte sich von gereizt zu neugierig.

»Nein, alles in Ordnung. Ich erreiche ihn nur nicht und hätte ein paar Fragen. Wenn Sie so nett wären, sich nochmal die Zeit zu nehmen? Es wird nicht lange dauern.« Angel blieb weiterhin standhaft. »Wollte Dr. Goseburn von Ihnen etwas Ungewöhnliches wissen?«

»Na ja.« Die Stimme klang nachdenklich. »'Ungewöhnliches' in einer Klinik, die psychisch kranke Menschen beherbergt? Bei uns ist 'Ungewöhnlich' auf dem Tagesprogramm. Also, Ihr Kollege fragte nur ein paar Fakten ab, die ich ihm noch wiedergeben konnte, wie: Sozialversicherungsnummer, wie lange Abigail Moore bei uns tätig war, und so weiter. Diese Daten archivieren wir grundsätzlich für zehn Jahre. Dann wollte er wissen, ob sie sich bei uns mit einem der Patienten gut verstand oder eben gar nicht. Und ob bei uns Patienten zur Zeit registriert sind, die Hunde besitzen.«

»Und? Was haben Sie ihm als Antwort gegeben?« Das war die Art von Fragen, die auch Angel gestellt hätte.

»Hunde? Sind Sie wahnsinnig? Nein, bei uns gibt es keine Tiere. Wir haben genug damit zu kämpfen, uns um die Patienten zu kümmern. Das habe ich Ihrem Kollegen auch bereits erzählt. Doch er bohrte so lange, bis er die Adresse eines - sagen wir - seltsamen Patienten von uns bekam. Es handelt sich dabei um Ethan Nilsen, einen unserer schwierigeren Fälle. Sein Bruder holt ihn gelegentlich für einige Tage nach Hause ab. Er ist mir deshalb in Erinnerung geblieben, weil er vernachlässigt wirkt, wenn er bei uns ankommt. Er erfordert viel Pflege.«

»Was ist das für ein Patient?«

»Ich nehme an, dass ich auch bei Ihnen von der Schweigepflicht entbunden bin? Ihr Kollege sagte, es würde sich um die Verhinderung einer weiteren Straftat handeln?«, fragte die Klinikleitung unsicher nach.

»Das ist richtig«, antwortete Angel und hoffte, dass Bryan mit dieser Notlüge ebenfalls durchkam. »Das Risiko einer Straftat rechtfertigt einen sogenannten Notstand, die Schweigepflicht zu brechen - sofern also eine Straftat verhindert werden könnte. Und in einem solchen Fall befinden wir uns gerade, wie Ihnen Dr. Goseburn sicherlich erzählt hat.«

»Ja, hat er. Na gut. Also. Da einige unserer Patienten die Möglichkeit haben, von ihren Familienmitgliedern zu Hause betreut zu werden und die Vernachlässigung im Fall von Ethan Nilsen schwer nachweisbar ist, müssen wir eine temporäre Verlegung im Sinne der Genesung des Patienten zunächst zulassen, falls sich dies das Familienmitglied mit der Fürsorgepflicht wünscht. So auch im Fall von Ethan Nilsen. Die Querschnittslähmung bei diesem Patienten entstand durch die Fraktur der Wirbelsäule infolge eines Verkehrsunfalls. Sein Rückenmark wurde gequetscht. Nach dem Unfall verfiel der Patient in eine tiefe Depression, in deren Folge er bei uns eingeliefert wurde. Seit er von seinem Bruder gelegentlich abgeholt wird, scheint sich zumindest sein mentaler Zustand deutlich gebessert zu haben.«

»Worin besteht dann die Vernachlässigung, von der Sie sprachen?«, fragte Angel neugierig.

»Ethan Nilsen kommt immer wieder verwahrlost bei uns an. Er riecht so stark nach Exkrementen, dass ich bezweifle, dass ihm sein Bruder hilft, einen Toilettengang zu vollziehen. Ich bezweifle ebenfalls, dass sein Bruder eine behindertengerechte Bleibe für unseren Patienten besitzt. Sehr einfach gesagt, Ethan Nilsen wird von uns gepflegt abgegeben und kommt ungepflegt wieder zurück. Ich habe kaum Personal, das sich bereit erklärt hat, ihn nach diesen Eskapaden zu säubern. Leider brachte meine Meldung über diese vermeintliche Vernachlässigung bei diversen sozialen Einrichtungen nicht besonders viel. Wir überlegen sogar seit geraumer Zeit, im Fall von Herrn Nilsen die Wiederaufnahme zu verweigern.«

»Und diese Geschichte interessierte Dr. Goseburn besonders?«, fragte Angel ungläubig. »Warum das?«

»Ich weiß es nicht. Zumal Ethan Nilsen nicht mal von Abigail Moore gepflegt wurde. Aber das waren die einzigen Patienten in unserer Klinik, auf die die von Dr. Goseburn genannten Merkmale halbwegs zutrafen. Die Kleidung von Ethan Nilsen roch nicht nur streng nach Exkrementen. Sie war auch mit Zweigen und Blättern übersät. Besonders schwer fiel es uns, die unzähligen Tierhaare zu entfernen, weshalb sich unsere Reinigung beschwerte. Und laut der Patientenakte ist der Name des Bruders, der das alleinige Sorgerecht für seinen behinderten Bruder trägt, Joseph Henry Nilsen. Ihr Kollege suchte nach einem Mann mit dem Namen Henry und einem Hundebesitzer. Das waren die einzigen, die mir einfielen. Obwohl Herr Nilsen eigentlich Joseph gerufen wird. Mir ist der zweite Name deshalb im Gedächtnis geblieben, weil mein Sohn ebenfalls Henry heißt. Es ist mein Lieblingsname ... « Angel konnte den Stolz der Mutter heraushören.

Die Ermittlerin schluckte so laut, dass es im Hörer zu hören war. »Entschuldigen Sie bitte. Ist mein Kollege noch bei Ihnen?«

»Nein«, entgegnete Jennifer Low. Falls sie die wachsende Anspannung in Angels Stimme bemerkt hatte, ließ sie es nicht erkennen. »Er ist vor etwa einer halben Stunde gegangen, nachdem ich ihm die einzige uns bekannte Adresse von Herrn Nilsen gegeben habe, an die wir die Rechnungen seines Bruders schicken. Möchten Sie sie haben?«

»Aber selbstverständlich! Falls Ihnen noch etwas einfällt ...« Angel betete den üblichen Routinesatz herunter.

Bevor sie auflegte, wiederholte sie zum Abgleich erneut die Adresse, die sie bereits notiert hatte. Kurz danach öffnete sie die Seite von Google Maps auf Bryans Computer, tippte die Anschrift in die Maske und sah zu, wie auf der Karte ein Pfeil erschien. Es sah aus, als würde es sich um eine kleine, verlassene Stadt außerhalb von NY handeln, die von zahlreichen Grünflächen umgeben war.

Sollte es diese Apotheke sein?, fragte sie sich, als ihr der PC eine Anschrift für eine Kleinstadt-Apotheke auswarf. Die Adresse war identisch. Aufgeregt lief Angel mit dem Zettel in ihrer Hand zu Josh McMelma.

»Ich glaube, Bryan ist unterwegs zu dieser Adresse. Sag bitte Scott, dass ich auch hinfahre. Wenn wir mehr Glück als Verstand haben, ist der Täter so unerfahren, dass er den Fehler begangen hat, eine direkte Spur zu legen.«

Kapitel 26

Ein weiterer, schmerzhafter Mückenstich im Gesicht brachte Sophie Pritchard wieder zu Bewusstsein.

Wie in Zeitlupe hob sie die Hand, um den Eindringling abzuwehren. Keine Chance. Plötzlich verspürte sie ein Jucken am ganzen Körper.

Die langsam untergehende Sonne wärmte ihren Rücken so sanft, als wollte sie das Mädchen, dessen Zeit langsam ablief, trösten. Sophie spürte, wie eine Träne an ihrer Wange entlanglief, um gleich danach im Waldboden zu verschwinden, auf dem sie sich befand. Sie hob ganz leicht den Kopf an, um das Eindringen eines Käfers in ihr Auge zu verhindern. Überall spürte sie krabbelnde Insekten auf ihrer Haut und fragte sich, ob sie diesmal vielleicht auf einem Ameisenhaufen lag.

Sophies Körper war dehydriert und so kraftlos, dass sie sich wünschte, man hätte ihr auf der Stelle ein leichtes Ende gegönnt. Ihre Beine und ihr Kopf fühlte sich so schwer an, dass sie sie kaum heben konnte.

Ihr Gehirn antwortete auf den Wassermangel mit einer Aktivierung des Neurotransmitters Histamin, um das noch vorhandene Wasser im Körper umzuverteilen. Dadurch wurden ihre Nervenbahnen gereizt, die jetzt fortdauernde Impulse auslösten. Der gesamte Körper des Mädchens war in Schmerz aufgelöst ...

Nur nicht ihr starker Wille, Henry und seinem Hund zu entkommen. *Mit jeder Bewegung schwinden die Chancen, dass ich es überlebe, wenn dieser kranke Kerl auf Menschenjagd geht. Aber ich lasse nicht zu, dass er mich lebendig bekommt!*

Ein...

...Aus ...

... Ein ...

Mit den ihr verbliebenen Kräften versuchte Sophie, sich an einem Ast hochzuziehen. Es gelang ihr nicht besonders gut ...

Nicht aufgeben ... nicht einschlafen ..., ermahnte sie sich, obwohl sie wusste, dass es nicht viel nützte. Es war bereits das dritte Mal, dass sie beim Laufen hingefallen war. Nur diesmal war das Aufstehen unmöglich.

Na und? Dann muss ich versuchen zu kriechen. Mit Mühe erkämpfte sich Sophie die notwendige Motivation.

Nur in Bewegung bleiben ... nicht einschlafen ... bitte nicht, sagte sie sich und spürte, wie ihre Augen trotzdem immer schwerer wurden. *Du ahnst nicht, wie gern ich dich umarmen würde, Mutti*, dachte sie, als aus großer Entfernung Hundegebell ihre Ohren erreichte. Im Stillen wunderte sie sich, wie ihr Körper die Restvorräte an Wasser zu zwei weiteren Tränen formen konnte. Diesmal verließ sie der Mut endgültig. Sie fiel auf den Boden.

Zum Unterholz gedreht, konnte sie sehen, wie eine Ameise von dem plötzlich fallenden Tropfen überrascht wurde. Dennoch musste das Tier nicht lange gegen die Tränenflüssigkeit ankämpfen, die sofort vom trockenen Boden eingesaugt wurde. Die Ameise setzte ihren Weg fort, als Sophies Augen zu flattern begannen. Zur gleichen Zeit sendete Sophies Gehirn ihr wunderbare Momente, deren Teil sie in ihrem recht kurzen Leben sein durfte. Wie im Kino wechselten die Bilder von ihren Geburtstagen, von ihrer Kindheit, ihren Ängsten bis zu den Augenblicken, die sie mit einer unbändig-kindlichen Freude erfüllten. Und blendete - wie ein letztes Geschenk - den Zeitpunkt aus, als Sophie Henry zum ersten Mal getroffen hatte.

Als wollte ihr Körper nicht zulassen, dass sie das immer näher kommende Gebell des Hundes und die Laufschritte seines Besitzers wahrnahm und sie das letzte Fünkchen Hoffnung verließ.

Sophies Mundwinkeln verzogen sich zu einem zarten Lächeln.

Kapitel 27

Kurz vor 19 Uhr bog ein kleiner silberner Toyota, ein würdiger Nachfolger des defekten Fords, in das verträumte Städtchen namens Speculator ein.

Die Kühle des beginnenden Abends versprach den schwülen Tag ein wenig aufzulockern, was Angel dazu bewog, die Klimaanlage ihres Autos herunter zu drehen. Als sich dabei ihr Diensthandy mit einem Piepton endgültig abschaltete, verfluchte sie, es in ihrer Vergesslichkeit am Vortag nicht aufgeladen zu haben. Oder wenigstens ein USB-Ladekabel mitzunehmen. Verärgert erinnerte sie sich, dass ihr Privattelefon auf dem Küchentisch hatte liegen lassen, weil sie gemeint hatte, es nicht zu benötigen. *Da liegt es wunderbar. So ein Scheiß!*, fluchte sie im Inneren. *Nun bin ich auf mich selbst gestellt.*

Sie brauchte nicht lange, um ihr eigentliches Ziel zu erreichen. Die Ortschaft bestand aus wenigen Querstraßen, die ihren 400 Einwohnern allerlei zu bieten hatten – von einem Supermarkt über einen Maschinenverleih ganz wenigen Restaurants. Doch Angel interessierte lediglich die eine Apotheke, in der Joseph Henry Nilsen Post von der 'Mental Health Clinic' empfangen hatte. Ihr Navigationssystem führte sie mühelos zu der angegebenen Adresse.

An einem weiß gestrichenen, einfachen Haus kam Angel zum Stehen und sah sich um. Das einzige Schmuckstück, das das Gebäude etwas moderner erscheinen ließ, war ein im Boden befestigtes, beleuchtetes Informationsschild mit einem roten Kreuz darauf. Angel parkte, obwohl das Schild mit der Aufschrift 'Open' bereits ausgeschaltet war. Trotzdem entschloss sie sich dann, auszusteigen, in der Hoffnung, Passanten fragen zu können. Doch vor dem Gebäude war es leer.

Geschlossen, Angel war enttäuscht. Bis sie ein auf der gegenüber liegenden Straßenseite geparktes Auto sah. Sie erkannte es auf Anhieb, also richtete sie ihre Schritte hin, bis sie zu einem großen Parkplatz kam. Dort schaute sie sich erneut um.

Es war eine Art Zentrum des Städtchens mit einem Supermarkt für Lebensmittel des täglichen Bedarfs. Einige der Läden waren bereits geschlossen, doch Angel war sich sicher, dass sie nicht in einem Laden fündig werden würde.

Eine Pizzeria fesselte ihren Blick. *Da wird er bestimmt sein ...*

Und noch ehe Angel die Tür vollständig öffnen konnte, sah sie bereits von hinten einen silbergrauen Haaransatz über eine Sitzlehne hervorragen. Ihre Idee, die Pizzeria als erstes aufzusuchen, war goldrichtig gewesen. Schmunzelnd richtete sie ihre Schritte in die Richtung, in der sie Bryan vermutete.

»Hey, Partner«, sagte sie, als sie sich vor ihren Kollegen stellte. Auch wenn Bryan sie ebenfalls anzulächeln versuchte, so erschrak sie angesichts des Ausdrucks in seinem Gesicht. Der sonst sanfte Blick eines beherrschten Mannes in den – wie man es allgemein sagte – besten Jahren war der sorgenerfüllten Miene eines verzweifelten Vaters gewichen, dessen Kind nicht aufzufinden war. Angel kämpfte bei dieser herzzerreißenden Erscheinung mit den Tränen.

»Sie weiß nichts ... sagt sie ...«, erwiderte er mit einer Kopfbewegung in Richtung der Kellnerin. »Keiner hier will was wissen ...« Es klang traurig.

Sowohl Bryan als auch Angel wussten, dass Sophies Überlebenschancen mit jeder Minute überproportional schnell schwanden. Und dass sie nichts tun konnten, außer auf ein Zeichen zu warten und zu hoffen. Wie all die Eltern der entführten Opfer, die unzählige Male als Aktenaufzeichnungen über ihre Schreibtische geschoben worden waren. Nur diesmal hatte das Opfer ein bekanntes Gesicht, einen bekannten Namen, eine gemeinsame Vergangenheit ...

»Es tut mir leid, Partner«, sagte Angel so liebevoll sie nur konnte und registrierte, dass dieser Trost nicht wirklich ankam.

Ich muss dringend etwas sagen, dachte sie. *Irgendetwas, das ihm eine Richtung angibt. Dass wir zurückfahren, wird sich sicherlich nicht bewerkstelligen lassen. Er hofft, in dieser Stadt die Antwort zu finden, und wird so lang hier bleiben, bis wir eine Nachricht von Sophie erhalten ... Ich muss auf Scott warten. Vermutlich wird er gleich eintreffen, falls Josh nicht vergessen hat, es ihm zu sagen. Mit ihm wird es einfacher sein, Bryan dazu zu bewegen, den Rückweg anzutreten.* Angel setzte sich dazu und bestellte zwei Tassen Kaffee.

»Hey, Bryan.« Er schaute sie traurig an. »Pass auf! Wir machen es so: Zunächst trinken wir den Kaffee aus, okay? Das sind fünf Minuten, um uns zu sammeln, bevor es weitergeht. Und dann nehmen wir uns die Leute aus dem Städtchen vor?«

Bryan nickte. Ob er es wirklich verstand oder einverstanden war, wusste Angel nicht recht. Er wirkte resigniert. Mit einer solchen Verzögerung hoffte sie, dass Scott mit Verstärkung kommen würde, um Bryan aus der Suche rauszuhalten. Doch die Situation war äußerst sensibel, und es lag nicht in ihren Händen, Babysitter für ihren Kollegen zu spielen.

»Ich gehe mal kurz auf die Toilette«, hörte sie Bryan ohne Umschweife sagen.

Sie nickte. Die Kellnerin brachte ihnen beide Kaffees, während Bryan aufstand. Beinah hätte er sie der Bedienung aus der Hand geschlagen, worauf diese recht barsch reagierte. Ohne sich zu entschuldigen, entfernte sich Bryan vom gemeinsamen Tisch. Angel fiel dabei auf, dass er seine Aktentasche hatte liegen lassen. Es beruhigte sie. Auf gar keinen Fall wollte sie sich jetzt auf die Suche nach einem durchgedrehten Kollegen in einer ihr unbekannten Stadt begeben.

Mit einem freundlichen Lächeln und einer Entschuldigung für Bryans Verhalten beschwichtigte sie die Kellnerin.«

»Wem gehört die Apotheke?«, fragte sie interessiert.

»Das hat Ihr Begleiter auch schon wissen wollen. Einem älteren Ehepaar. Ganz nette Menschen. Warum fragen Sie all das?« Neugier schien den Menschen angeboren zu sein.

Besonders in kleinen Städtchen mit zwei Querstraßen weckten mehrfache Fragen von FBI-Beamten zu einem scheinbar banalen Sachverhalt eine große Sensationslust. Daher unterließ Angel es, ihre Marke zu zeigen, solange sie Fragen einfach so stellen konnte, ohne ihre berufliche Überlegenheit zu demonstrieren. Manchmal erhielt sie auch mehr Informationen, wenn sie sich nicht als FBI-Ermittlerin auswies.

Ab und an macht es einen Unterschied, ob die Leute deine Marke wirklich sehen oder sie lediglich erahnen. Bei einigen Zeugen reicht es auch, wenn sie nur wissen, dass der Partner eine hat. Dann nehmen sie an, ich hätte auch eine. Und trotzdem haben sie dann mehr Vertrauen. Als würde eine Polizeimarke eine unsichtbare, hohe Mauer zwischen Menschen aufbauen, hörte sie ihren früheren Ausbilder in solchen Fällen wiederholen.

»Ach, nichts Besonderes«, beschwichtigte sie. »Wir ermitteln gerade in einem Bagatellfall und wollten die Besitzer befragen.«

Alt dürfte der Mittäter nicht sein, überlegte sie. *Selbst, wenn alle unsere Vermutungen falsch wären. Sophie würde nicht unbedingt auf so einen Menschen hereinfallen. Aber auch die Leiche konnte er nicht so ohne weiteres abladen. Wenn Jeffrey Collins sich einen Partner gewählt hat, dann muss es ein starker, eher jüngerer Mann sein. Schon aus logistischer Überlegung heraus. Ein Alpha-Männchen,* vermutete sie.

»Sagt Ihnen der Name Nilsen etwas?«, fragte sie beiläufig.

»Hören Sie, ich komme nicht von hier«, antwortete die Kellnerin. „Und mein Chef ging vorhin nicht ran, als ich ihm die Fragen Ihres Kollegen stellen wollte. Vermutlich wird er auf die Jagd gegangen sein. Das machen sie oft hier. Wenn der Mann, nach dem Sie fragen, kein Zugereister ist, dürfte er ihn kennen. Ich versuche es gleich nochmal, wenn Sie wollen ...«

»Sehr gern«, erwiderte Angel und lächelte. Sie fragte sich, wo Bryan so lange blieb. »Noch eine letzte Frage: Wissen Sie unter Umständen, ob das Apothekerehepaar Kinder oder Enkelkinder hat?«

»Die beiden? Kann ich mir kaum vorstellen. Ich habe zwar schon mal einen jüngeren Mann gesehen, der die Post geleert hat, doch Kinder haben sie meines Wissens keine. Sie sind beide sehr alt und schaffen es manchmal nur mühsam, ein, zwei Sachen aus dem gegenüberliegenden Supermarkt zu holen. Soweit ich weiß, suchen sie jemanden, der ihnen die Apotheke abkauft. Hätten sie Kinder, dann bräuchten sie doch nicht zu suchen, oder?«

»Wirklich gut beobachtet.« Angel lächelte. »Vielen Dank für Ihre Zeit. Könnte ich die Rechnung bekommen?«

»Aber klar«, entgegnete die Kellnerin diesmal recht freundlich, dankbar dafür, dass man sie gelobt hatte, und entfernte sich schnell.

Eher gelangweilt schaute Angel aus dem Fenster auf die vorbeigehenden Menschen. *Wenn das Mobiltelefon plötzlich fehlt, kann man mit der freien Zeit kaum etwas anfangen. Die Beschäftigung vermisse irgendwie*, stellte sie verblüfft fest.

Zu dieser eher späten Zeit war das Städtchen nur wenig belebt. Angel zog einen Zehn-Dollar-Schein aus dem Portemonnaie heraus und legte ihn auf den Tisch.

Das müsste reichen, beschloss sie und schaute weiterhin zur Straße hinaus. *Wenn Bryan noch länger braucht, werde ich gleich nachschauen müssen, ob er sich nicht wieder selbstständig gemacht hat – ohne mich einzuweihen. Wäre ja nicht das erste Mal am heutigen Tag.*

Der Tisch am Fenster, den ihr Kollege gewählt hatte, war ideal, um die Apotheke zu beobachten. Seitlich gelegen, konnte man stundenlang versteckt Ausschau halten. Daher hatte sie Bryan erst bemerkt, als sie die Tür vom Lokal öffnete. Vorher nicht. Sie fragte sich, ob Bryan sie dagegen früher gesehen hatte.

Ein paar Familien mit ihren Kindern gingen am Schaufenster der Pizzeria vorbei. Meist waren die Erwachsenen in Gespräche vertieft - entweder mit den Kindern, die sich hin und wieder gefährlich nah an den Parkplatz gewagt hatten, oder mit ihren Partnern. Angel verspürte eine Prise Sentimentalität, als sie an ein Familienleben dachte.

Nanu? Fängt etwa meine biologische Uhr an, zu ticken?, überlegte sie, ihren Gedanken träge nachhängend. Bryan ließ immer noch auf sich warten. Auch wenn ihr dieses Trödeln seltsam vorkam, so wollte sie ihm eine Chance geben, alleine zu sein, wenn er es wünschte.

Plötzlich bemerkte sie einen weißen Lieferwagen mit der Werbeaufschrift eines kleinen Blumenladens in Brooklyn, der abseits der Apotheke hielt. Der Fahrer, ein junger Mann Mitte zwanzig, passte genauso wenig ins Bild des verschlafenen Nestes wie die Tatsache, dass er einen fast vierstündigen Weg aus Brooklyn nach Speculator wegen einer Blumenlieferung gemacht haben sollte. Angel ließ den Mann nicht aus den Augen.

Vielleicht besucht er seine Familie oder Verwandte oder sonst was?, überlegte sie und beobachtete die Szene mit deutlich gesteigertem Interesse. Der Mann sah sich auffällig um, womit er Angels berufliche Instinkte weckte. *Bryan, komm schon!*, rief sie im Geiste.

Doch als der Mann seine Schritte zum Briefkasten der Apotheke richtete, nahm sie ihre Sachen in die Hand, bereit, ihm zu folgen. Bryan war ärgerlicherweise immer noch nicht zurück.

Ich kann nicht mehr warten!, entschied sie. Ihr Blick streifte noch kurz den Tisch, auf den sie das Geld gelegt hatte. In letzter Sekunde entschied sie sich, Bryans Tasche mitzunehmen. Zum einen wollte sie sie nicht unbeaufsichtigt im Lokal liegen lassen. Zum anderen war sie damit sicher, dass Bryan ohne seinen Autoschlüssel keine 'Dummheiten' machen würde.

Eilig verließ sie die Pizzeria. Mittlerweile sah sie den Fahrer in der Tür des Lieferwagens verschwinden, noch ehe sie ihn auffordern konnte, stehenzubleiben. Zur gleichen Zeit lief Bryan aus der Pizzeria heraus. Er war wütend

»Sag mal, hast du sie nicht mehr alle?«, schnaubte er, als er bei Angel angekommen war. Er war auf diese Entfernung sogar deutlich schneller am Auto als sie.

»Ich erkläre dir gleich alles!«, unterbrach sie zischend. »Wir folgen dem Wagen!«

Erfreut über den kleinen Vorsprung, den ihr der Lieferwagenfahrer geboten hatte, schnallte sie sich an. Offenbar schien sich der Fahrer kurz mit etwas aufgehalten zu haben, denn sein Auto startete mit Verzögerung.

Ich hätte den doch stellen können, ärgerte sich Angel maßlos. *Es bestand zwar das Risiko, dass er in dieser Zeit wegfährt, doch vielleicht hätte ich ihn noch auf dem Parkplatz verhaften können ... Na, egal, verhaften kann man ihn auch beim nächsten Anhalten. Und wenn es der Irre ist, der Sophie entführt hat, dann folge ich ihm direkt in das Versteck ... Das ist vielleicht unsere Chance.*

In knappen Worten schilderte sie Bryan ihren Verdacht und rollte den Toyota vorsichtig in die Startposition in der Erwartung, dass der Lieferwagen ebenfalls gleich losfahren würde. Ihr Kollege schien nach Kenntnis der Sachlage erst einmal beschwichtigt zu sein. Sein Handy klingelte, während der Lieferwagen endlich losfuhr.

Bryan schaute kurz auf das immer noch defekte Display, welcheser noch nicht geschafft hatte, gegen ein anderes zu tauschen. Scotts Nummer war annähernd erkennbar.

»Hi, wo seid ihr?«, schrie Scott in den Hörer. Angel folgte jetzt dem Lieferwagen in sicherem Abstand durch die Stadt auf die Landstraße hinaus. »Ich versuche seit Stunden, Euch zu erreichen!«

»In Speculator. Wir glauben, dem Verdächtigen zu folgen...«, erwiderte Bryan.

»Weißer Lieferwagen mit der Aufschrift eines Blumenladens?«, fragte Scott aufgeregt.

»Jupp.« Dass Bryan wahrlich erstaunt war, ließ sich nicht leugnen.

»Wir haben bereits das S.W.A.T-Team vor Ort. Josh hat die Adresse der Hütte, die sich im Familienbesitz der Nilsens befindet, herausgefunden, als wir hierher gefahren sind. Der Blumenladen gehörte mal einer Frau namens Amelia Nilsen, die vor einigen Jahren verstarb.«

Der Lieferwagen wechselte die Landstraße. Die umherstehenden Bäume wurden dichter – ein Zeichen, dass sie in Richtung Wald fuhren.

»Und die Karre ist offenbar das Letzte, was ihren Söhnen davon noch geblieben ist, denn der Rest ging an den Insolvenzverwalter«, fuhr Scott fort. »Es ist erstaunlich, dass ihre Jungs bei diesen Schulden die Hütte behalten konnten, doch – wie Josh herausfand – haben sie vor kurzem unerwartet eine große Geldspritze bekommen. Würde mich nicht wundern, wenn die von Jeffreys Konto kam ...« Dass es sich wieder um eine 'Entschädigung' für Sophies Entführung hätte handeln können, wagte keiner zu erwähnen. »Jedenfalls sind wir dabei, das nachzuvollziehen. Gib mir bitte Angel. Ich muss etwas Persönliches mit ihr besprechen, okay?«

Bryan reichte Angel wortlos den Hörer.

»Hi. Hör zu und sag bitte nichts, einverstanden?«, sagte Scott trocken. Sie spürte, dass jetzt nicht der Zeitpunkt war, sich zu widersetzen. Dass er während der Fahrt am Steuer und der laufenden Observation eines Verdächtigen nach ihr verlangte, verhärtete dieses Gefühl zusätzlich.

»Okay, Chef«, erwiderte sie, wohl ahnend, dass sie Scott damit ärgerte. Er mochte diese ständige Betonung der beruflich bedingten Distanz zwischen ihnen beiden nicht.

»Hör zu« Ignorierte Scott diesen Umstand freundlich. »Gerade haben wir einen Notruf bekommen aus West Canada Lake. Das ist im unmittelbaren Umkreis. Es handelt sich um eine tote Frau, auf die Sophies Beschreibung passt. Ich bezweifle jedoch, dass sie es ist. Es werden jetzt die ersten Hundestaffeln, organisiert. Ich möchte, dass du mit Bryan dahin fährst. Ob es Sophie ist, wissen wir nicht. Ich lasse die Leute in West Canada Lake informieren, dass ihr kommt. Mit einem Teil des S.W.A.T-Teams warte ich bereits vor der Hütte; da scheint jemand drin zu sein. Hinter euch sollte jetzt ein schwarzer Wagen herfahren.«

Angel sah es im Rückspiegel. Sie brauchte nicht lange, um die für solche Fälle speziell ausgebildeten Kollegen zu erkennen. Vermutlich genauso schnell würde ein erfahrener Verbrecher den Wagen als 'Bullenkarre' identifizieren – doch Henry Nilsen fehlte vermutlich diese Erfahrung. Zum Glück stand er erst am Anfang seiner verbrecherischen 'Karriereleiter'. Er schien einige katastrophale Fehler gemacht zu haben. Die BAU brauchte manchmal neben viel Können auch noch etwas Glück.

»Sind wir aus dem Einsatz in Speculator raus?«, fragte Angel, ungläubig. Scott wollte sie wieder von 'ihrem' Fall abziehen. Genauso empfand sie es.

»Ja. Ihr überlasst die Verfolgung dem S.W.A.T. ich bin bereits vor Ort. Und du fährst mit Bryan nach West Canada Lake. Das ist keine Bitte, sondern ein Dienstbefehl«, sagte er und legte auf, weil er spürte, wie wütend Angel wurde.

Wortlos reichte sie Bryan den Hörer wieder zurück. Sie stierte nach vorn, während sie aufgebracht sprach. »Wir müssen umdrehen. In West Canada Lake, also in der Nähe, wurde eine Person gemeldet, deren Beschreibung Sophie ähnelt.«

Dass es sich sehr wahrscheinlich um eine Frauenleiche handelte, erwähnte sie nicht. Der Wagen des Sonderkommandos überholte sie, wobei der Beifahrer in ihre Richtung nickte. Sie musste nicht lange überlegen, um zu wissen, wessen Befehle auf der anderen Seite des Headsets zu hören waren. Dann stellte sie ein neues Ziel in ihrem Navigationssystem ein.

Kapitel 28

Kurz davor, 20:00
Notruf-Zentrale

Pünktlich um 20:00 Uhr bereitete sich die diensthabende Telefonistin, Sunny Edwards, auf den Schichtwechsel vor. Doch ihre Ablösung, eine junge Medizinstudentin, die sich auf diese Weise ihr Geld für das Studium aufbesserte, verspätete sich mal wieder.

Sunny wechselte nervös den Blick zwischen der Tür und ihrer Armbanduhr, als könnte sie auf diese Weise die Schritte ihrer Kollegin mental beschleunigen. Der heutige Dienst war deutlich ruhiger verlaufen, als sie gedacht hatte, daher hatte sie ihrer Tochter vor etwa einer halben Stunde versprochen, sie diesmal persönlich ins Bett zu bringen. Doch selbst eine Viertelstunde später war von der Kollegin nichts zu sehen.

Als sie verärgert zum Hörer griff, um ihrem Kind mitzuteilen, dass sie ihr Versprechen nicht halten könnte, hörte sie ein Piepen im Headset. Ein Notruf. Sofort war sie aufnahmefähig.

»911, Notruf. Von wo rufen Sie an?«

Sunny hörte, wie der Anrufer panisch atmete. »Sie ist tot ... sie ist tot ...! Oh mein Gott ... sie ist tot«, schrie eine jugendliche Stimme.

»Hörst du mich?« Sie entschied sich für ein 'Du', obwohl sie nicht sicher war, mit wem sie es zu tun hatte. »Ganz ruhig ... ganz ruhig ... hörst du? Ganz ruhig ... wo bist du?«

»Ich ... ich bin im Wald ...«, stotterte die junge Stimme. Die Person beruhigte sich immerhin soweit, dass Sunny langsam die Sätze verstehen konnte. Sie bereitete sich zum Tippen vor.

»Gut, ruhig ... bleib bei mir, okay? In welchem Wald? Ich brauche eine Adresse ...«

»In der Nähe von... West Canada Lake ...« Der Anrufer schluchzte. »Ich wollte Bailey suchen und habe mich verlaufen ... Und dann fand ich Bailey ... neben dieser Frau ... sie ist tot!«, schrie der Anrufer in den Hörer. Aus dem Augenwinkel registrierte Sunny, wie ihre Ablösung endlich kam. Doch das war für sie jetzt zweitrangig.

»Nähe West Canada Lake. Okay. Siehst du etwas Markantes, womit wir dich finden können? Ein Auto, was auch immer?«

»Nein, ich sehe nur Bäume ...«, antwortete der Anrufer immer noch aufgeregt.

Ehe er zu einem weiteren Schluchzen ansetzen konnte, sagte Sunny: »Okay, kein Problem. Wir versuchen dein GPS-Signal aufzuspüren. Ich schreibe mir nur deine Nummer auf. Ist das dein Handy?« Sie tippte kurz.

»Ja, mein Handy ... meine Mutter will immer, dass ich es mitnehme und jetzt ... sie ist tot ...«

»Ganz ruhig. Wen habe ich denn am Apparat?« Manchmal wunderte sich Sunny über ihre Geduld in der Notrufzentrale. Mit ihrer Tochter war sie bei weitem nicht so geduldig.

»Ich bin Jason Young«, antwortete der Junge.

»Okay, Jason. Wie alt bist du?«

» ... vierzehn«, schniefte der Junge.

Sunnys Stimme wurde noch ruhiger. »Gut, Jason. Du machst das sehr gut. Du bist nicht ganz allein, nicht wahr? Bailey ist bei dir?«

»Ja, Bailey ist bei mir. Das ist mein Hund. Ein Husky. Sie hat sie gefunden. Aber sonst bin ich allein ...« Seine Stimme brach.

»Okay. Bleib bei mir, Jason. Wir versuchen gerade, die Adresse herauszubekommen, hörst du? Was ist passiert?«

»Ich .. ich ... ich wollte meinen Hund finden. Bailey ist wieder weggelaufen. Ich wollte ja keinen Ärger mit meiner Mutter bekommen. Dann lief ich im Wald herum, bis ich Bailey bellen hörte. Ich fand sie neben dieser Frau. Sie lag da ...« Der Junge weinte.

»Jason, hör zu! Du machst das prima. Ist das wirklich eine Frau?« Sunny tippte den Sachverhalt geduldig ins System.

»Ja, eine Frau. Sie ist fast nackt und ... liegt auf dem Bauch ... Hiiilfe, ich glaube, sie ist tot ... Oh mein Gott ... sie ist tot ... sie ist tot ...«

»Jason, Jason ... ruhig! ... Hör mir bitte mal zu. Kannst du zu der Frau hingehen und schauen, ob sie lebt? Du musst mir helfen, okay? Bald ist jemand da, doch bis dahin brauche ich deine Hilfe, okay?« Sunny hoffte inständig, dass sie dem Jungen damit kein Trauma bereitete. »Vorher schaust du, ob du wirklich allein bist und bleibst dran, verstanden?«

»Ähm... ja«, stotterte der Junge. Sie hörte ihn schwer atmen, was sie als Fügsamkeit interpretierte. Der Junge schien sich zu bewegen, dem Geräusch nach zu urteilen.

»Und?«, fragte Sunny und empfing die Meldung, dass die GPS-Koordinaten lokalisiert wurden. »Lebt diese Frau noch?«, fragte sie so ruhig, wie sie nur konnte.

»Nee, sie ist bestimmt schon tot. So, wie sie da liegt ... Auf dem Bauch ... sie ist fast nackt ... oh, mein Gott! Ich kann das nicht ... ich kann nicht zu ihr. Ihr Schuh ist abgefallen... Sie ist überall so blau ...« Der Junge weinte erneut.

»So, mein Junge. Ganz ruhig. Ich sage, was zu tun ist und du folgst meinen Anweisungen, bitte. Bis die Polizei kommt, okay? Also ...« Während sie die Instruktionen gab, wurde Sunny klar, dass sie jetzt ein Wunder vollführen musste, um den Jungen davon zu überzeugen, eine möglicherweise tote Frau anzufassen. Als sich ihre Kollegin neben sie stellte, um das Gespräch zu übernehmen, winkte sie ab. Heute gab es einen wichtigen Grund, das Versprechen, das sie ihrer Tochter gegeben hatte, zu brechen. Nebenbei tippte sie die Informationen für die Rettungseinheit, ohne zu wissen, dass das Ergebnis ihrer Arbeit auch vom S.W.A.T.-Team vor Ort empfangen wurde.

Kapitel 29

Black River,
21:00 Uhr, Waldhütte

Henry Nilsen fuhr direkt vor der Hütte vor, als er das Bellen seines Hundes vernahm. Er interpretierte es als Freude über das Ankommen seines Herrchens. Als Argus immer noch nicht aufzuhören bereit war, hielt Henry es für ein Zeichen von Jagdfreude. Auf die Idee, dass sein Bärenhund lediglich seinem Territorialinstinkt Folge leistete, Eindringlinge zu vertreiben, kam er nicht. Er ahnte ebenfalls nicht, dass die Präzisionsgewehre des Sonderkommandos mit dem harmlos klingenden Namen 'M40A5' das gesamte Gelände observierten. Für jeden erdenklichen Ausgang dieser Verfolgung.

»Aus!«, brüllte Henry und öffnete vorsichtig die Tür der Hütte. Der Hund bereitete sich zu einem Sprung durch seine Beine vor, was einen der auf der Erde hockenden Scharfschützen erschaudern ließ. Noch wussten sie nicht, wie viele Personen im Haus waren. Oder ob eine Geiselnahme vorlag. Der Zeitpunkt eines Zugriffes war ungünstig und der Hund konnte sie verraten. Scott spürte, wie seine Anspannung stieg.

Aber das Zielobjekt selbst kam ihnen zu Hilfe. Henry trat seinen unfolgsamen Hund mit aller Kraft in den Bauch und verhinderte, dass das Tier auf einen der Scharfschützen zulaufen konnte..

Kurz danach trat er in die Hütte hinein. »Aus, du blöder Köter!«, donnerte er erneut. Das Nachhallen seines lieblosen Erziehungskommandos vermischte sich mit dem entsetzlichen Gejaule des verletzten Tieres. Auch wenn die Gefahr, aufzufliegen, nicht gegeben war, senkte Scott die Lautstärke seiner Kopfhörer. Es war einer dieser Momente, in denen er die Sensibilität des Richtmikrophons verfluchte.

Aus Argus' Kehle kam wieder ein gedämpftes Knurren, doch der Tritt schien noch im Gedächtnis geblieben zu sein. Er machte den Eindruck, als hätte er sich etwas beruhigt. *Vermutlich nicht der erste*

Tritt, dachte Scott deprimiert. Der Gedanke, Sophie bei diesem Sadisten zu finden, erfüllte ihn mit Angst.

Bisher nur ein Hund und eine Zielperson. Wir warten, deutete er mit Fingerzeichen an und sah zu, wie die Information lautlos weitergegeben wurde.

Jetzt kam der Moment, der eine enorme Konzentration erforderte. Wenn ein Zielobjekt im Allgemeinen nicht ahnte, dass es unter Beobachtung stand, würde die Begrüßung gute Auskunft für die Anzahl weiterer Komplizen und eventueller Geiseln bieten. Zumindest solange der Hubschrauber mit einer angeforderten Infrarot-Kamera noch nicht vor Ort war.

»Bin zu spät. Die Alte von der Apotheke hat mich aufgehalten«, hörte er die Stimme, die er aufgrund der Logik der Sprachabfolge als Henry Nilsens identifizierte. »Sie hatte noch etwas zu reparieren. Bei der Gelegenheit habe ich gleich die Post geholt. Der Scheck ist noch nicht gekommen. Vielleicht Morgen. Dann werde ich mich aber so schleichen, dass mich die Alte von der Apotheke nicht sieht, sonst muss ich wieder etwas reparieren oder so. Diese alte Schrulle! Ausgerechnet heute, wo unsere Pussy mit uns durch den Wald rennt. Na egal. Das Zimmer ist ausreichend eingerichtet, um mit der Kleinen etwas Spaß zu haben. Du bekommst den Ehrenplatz, weil ich weiß, wie viel Freude es dir bereiten wird. Endlich werden unsere Kindheitsträume wahr, Bro. Das wird der Hammer!«

Bei diesen Worten lief Scott ein Schauer über den Rücken. *Vielleicht meint er Sophie?*

»Die Kleine dachte, sie würde es schaffen. Und dann ist sie im Kreis gelaufen, das 'arme' Kind ... so ein Jammer für sie ...« Henry lachte laut auf. »Mit der nächsten machen wir es aber anders. Ein halber Tag reicht, sich warmzulaufen. Dann hat sie noch genug Energie für uns, Brüderchen! Zu doof, Argus ist jetzt schon scharf auf die!« Stille. »Schau mal, Ethan. Der ist schon so aufgeregt, der verlauste Köter! Aber du freust dich noch mehr, Alter, das weiß ich! Wie früher, als wir im Bett lagen und uns ausmalten, wie wir so eine töten können. Nur diesmal ist es real. Am Montag werden alle Weiber im Krankenhaus wieder jammern, dass du so vollgepisst dasitzt. Sie wissen nicht, dass es Freudenpisse ist, Brüderchen. Endlich kriegst du was Ordentliches zu sehen! Ich lasse die Kleine dir vorher einen runterholen, Bro. Mit dem Mund, so wie du es magst. Und so erschrocken, wie die war, macht sie es schöner als die anderen. Du wirst schon sehen ... diesmal alles sogar vollends kostenlos. Mann, wird das geil, Alter!«

Der Hund bellte erneut. »Halt's Maul, Argus!« Stille. Ein dumpfer Schlag. Erneutes Aufjaulen des Hundes, begleitet von Lachen. »Ey, der Typ, der mit uns Abby zersetzt hat, sitzt übrigens ein. Armer Jeffrey, So schnell kommt der nicht wieder aus dem Knast raus. Ich habe gesagt, dass die Bullen leichter auf ihn kommen, wenn er eine aus dem eigenen Haus nimmt. Doch er wollte in den Bau ... Kannst du dir das vorstellen? ER WOLLTE IN DEN BAU! So ein alter, seniler Sack! Dabei wollte ich ihm zeigen, wie das Jagen von Weibern geht. Eine habe ich mir sogar schon ausgeguckt. Eine geile Schnitte. Viel besser als die Kleine, die sich Jeff ausgesucht hat. Sie ist Kellnerin in der Stadt. Ey, Alter! Selbst dann, als sie mir ihre Telefonnummer kritzelte, wackelten ihre Titten so stark, als würde sie mit denen schreiben. Ich kann mir kaum ausmalen, wie es bebt, wenn sie damit durch den Wald läuft. Da wird der alte Jeffrey was verpassen, sage ich dir! Egal, mit dir und dem Köter wird es sowieso besser! Quitt bin ich mit dem Alten, seit die Bullen die Eingeweide der Kleinen gefunden haben - wie Pilze im Wald verstreut ... Jeffrey sagte, die erste, die man tötet, sei die beste immer. Also soll ich besser kreativ sein, damit er im Knast 'was Feines' zu lesen hat. Aber Fantasie war noch nie ein Problem für Henry!«

Ethan Nilsen war nicht besonders gesprächig. Das würde die langen Sprechpausen und den Monolog seines Bruders erklären. Der Hund wurde vermutlich scharf gemacht. Sophie scheint sich nicht in der Hütte zu befinden. Um seine Vermutung zu überprüfen, horchte Scott noch einige Zeit, bevor er eine weitere Meldung an die Scharfschützen gab: *zwei Zielpersonen, ein Hund, vermutlich keine Geiseln. Zugriff nur auf Kommando.* Alles in ihm kämpfte dagegen, Henry Nilsen die Chance zu geben, sich zu ergeben. Dennoch konnte er nicht anders. Im nächsten Augenblick nahm er das Megaphon in die Hand.

» Henry Nilsen? Das Haus ist umstellt. Kommen Sie mit erhobenen Händen heraus. Hören Sie?«

Stille. Nicht eine Bewegung war zu hören. *Vielleicht ist er bewaffnet? Für ein unkontrolliertes Feuergefecht sind wir möglicher Weise zu wenige.* Nach weiteren fünf Sekunden der Stille machte er endlich das erlösende Handzeichen für den Angriff. Aus der Entfernung betrachtete Scott, wie eine Flashbang durch das Fenster flog und die Scheiben zerbarsten. Die Aktion sah sehr effizient und wohldurchdacht aus. Sekunden danach blitzten die aktivierten Granaten in der Hütte. Starke Knallgeräusche folgten.

Nun sah im nächsten Augenblick zwei Gruppen mit jeweils drei schwarz bekleideten, vermummten Männer sämtliche Fenster einnehmen. Eine weitere Dreiergruppe stürmte, mit einem Rammbock bewaffnet, die Eingangstür. Kaum einen Augenblick später verschwanden die Männer im Inneren der Hütte. Scott rannte los – seine 18er Glock vor dem Gesicht zum Schuss gespannt - ebenfalls hinein. Noch ein letztes Mal hörte man das wütende Bellen des Hundes, bevor sich ein Schuss löste, der das Tier für immer verstummen ließ. Als Scott, dem Sonderkommando folgend, ebenfalls Henrys Bleibe erreichte, sah er den Hund in einer Blutlache liegen. Henrys Bruder wurde von einem der Männer in schwarz mit einer auf ihn gerichteten Waffe bewacht, während die anderen das Verlies sicherten.

Wäre Scott nicht mit Adrenalin vollgepumpt gewesen, so hätte er sicher etwas Mitleid mit der armen Kreatur gehabt, deren Leben von Menschenhand zerstört und in diesem Augenblick von einem der stürmenden Männer beendet worden war. Doch bei diesem Einsatz durften sie sich keine durch Sentimentalitäten verletzten Sondereinsatzkräfte leisten.

Scott erwartete außer dem in einer Blutlache liegenden Hund und dem verängstigten Bruder noch eine zweite, verwirrte Person. Er hoffte, dass Henry ebenfalls die durch die extreme akustisch-visuelle Belastung der Lärm- und Blendgranate am Boden kauerte. Doch von ihm fehlte jede Spur.

Da sie wussten, dass alle Ausgänge gesichert waren, musste es noch einen unterirdischen Unterschlupf geben, durch den Henry Nilsen verschwunden war. Einer der Spezialagenten zeigte auf den Boden. In diesem Moment sah Scott es. Die Fransen des Teppichs verschwanden an einer Stelle im Holz.

Als wären solche Fälle tausendfach eingeübt worden, wurde der Teppich in Sekundenschnelle entfernt. Einer der schwarzbekleideten Männer hob die Bodenklappe hoch, worauf sie einen Schuss von unten vernahmen. Zum Glück war es ein Blindgänger, der ihre Vermutung bestätigte, dass sich jemand im Keller befand. Nun musste alles schnell gehen, da sie nicht sicher waren, wer unterhalb der Hütte außer dem zweiten Zielobjekt noch war. Einer der Männer entsicherte eine weitere Flashbang und warf sie hinunter. Ein gleißender Blitz. Ein ohrenbetäubender Knall. Kurz danach stürmten vier Männer den unterirdischen Raum.

»WIR HABEN IHN! Keine Geiseln! Alles gesichert!«, hörte Scott einen der Männer rufen, bevor er die Stiege hinunter stieg.

»Ach du Scheiße!«, schrie ein anderer überrascht. »Was ist das für ein Folterkeller?«

Scott beschleunigte seinen Schritt nach unten. Beinahe wäre er die letzte Stufe hinuntergefallen, als sich auch ihm der Anblick eröffnete, der ihn erschaudern ließ. Er fühlte sich, als wäre er in einer mittelalterlichen Folterkammer gelandet, in deren Mitte sich eine alte Matratze befand, auf der eine stinkende Sturmhaube lag. Er ahnte nicht, wie stolz Henry auf die zügige Ausstattung des Raumes mit den wichtigsten Folterwerkzeugen war. In seiner Vorfreude auf den Abend mit Sophie Pritchard hatte er es in wenigen Stunden vollbracht.

Nun saß Henry Nilsen mittendrin und hielt sich, unfähig zur Bewegung, die Ohren zu. Seine Handgelenke kleideten jetzt Handschellen, was zu diesem gruseligen Interieur erstaunlich gut passte.

Das Einzige, worauf Scott den Blick fixierte, war ein unordentlicher Stapel Klamotten, die einer Frau von Sophies Statur gehören konnten.

Ob er professionell genug war, diesen Mann im Namen seines besten Freundes nicht umzulegen? - Er war sich nicht sicher.

EPILOG

**Freitag, 26.06.2016,
5:00 Uhr, St. Mary's Hospital**

Angel schreckte plötzlich aus ihrem Nickerchen auf, als die automatische Tür aufging. *Wo bin ich?*, dachte sie für einen winzigen Augenblick, bevor ihr wieder einfiel, dass sie sich immer noch im Krankenhaus befand, in das vor ein paar Stunden Bryans Nichte eingeliefert worden war. Auch Bryan lag in den Sitz gelehnt und schlief. *Das war einer der anstrengendsten Tage seit langer Zeit. Wir müssen eingenickt sein*, überlegte sie. Der Raum war ansonsten menschenleer.

Bis auf ein paar herumstehende, halbvolle Einwegbecher recht sauber. Fehlende Wandbilder, dafür aber ein Kaffee- und Süßigkeiten-Automat an der mintgrün gestrichenen Wand erweckten das gewohnte Gefühl von Sterilität eines Krankenhauses.

Sie konnten von Glück sagen, dass die Hundestaffel schnell genug vor Ort gewesen war, dass sie im Krankenhaus und nicht vor dem Leichenschauhaus standen. Viel mehr Glück, als sie es überhaupt fassen konnten. Ohne die Hilfe der örtlichen Polizei hätte man Sophie und ihren jungen Retter mit seinem Husky nicht so schnell finden können. Was dann gewesen wäre, mochte sie sich gar nicht ausmalen.

Ein junger Mann im grünen Kittel kam durch die geöffnete Tür. »Wer von Ihnen gehört zur Familie des eingelieferten Mädchens?« An seiner Miene ließ sich Sophies Zustand nicht ablesen.

»Das ist ihr Onkel, Dr. Bryan Goseburn.« Angel zeigte auf den noch schlafenden Bryan. »Wir sind beide vom FBI und an diesem Fall dran. Es handelte sich um eine Entführung. Ich bin Special Agent Angel Davis.« Aus dem Blickwinkel registrierte sie, wie Bryan aus seinem Kurzschlaf wieder erwachte. Sein Unterbewusstsein hatte wohl trotz großer Übermüdung die menschlichen Stimmen registriert.

»Mein Name ist Doktor Michael M. Rooney«, stellte sich der Mann vor. »Wir haben die Patientin bereits stabilisiert. Vorab: Sie muss auch noch einige Tage im Krankenhaus zur Beobachtung bleiben.«

»Wie ist der genaue Zustand meiner Nichte?«, fragte Bryan, während er sich wieder zum Sitzen aufrichtete.

»Eigentlich darf ich nicht ... nun, Sie kennen das. Doch wenn es quasi dienstlich ist, kann ich Ihnen den Befund dennoch mitteilen. Sophie Pritchard weist zahlreiche Verletzungen und Wunden auf, die wir bereits versorgt haben. Ihr Bein ist an einer ganz ungünstigen Stelle gezerrt – möglicherweise als Folge eines Aufpralls. Daher entschieden wir uns, das Bein mit Gips zu fixieren, um es nachhaltig still zu legen. So viel zu den sichtbaren Verletzungen.« Dr. Rooney machte eine kurze Pause. »Als die Patientin aufgefunden wurde, war sie trotz sommerlicher Temperaturen unterkühlt. Des Weiteren machte uns ihr dehydrierter Zustand etwas Sorgen. Sie muss sich, bevor sie hingefallen ist, sehr verausgabt haben. Da man sie in Unterwäsche auf dem Boden gefunden hat, wurde vorsorglich ein Abstrich zur Sicherung der Beweise für den Fall einer Vergewaltigung gemacht. Insgesamt ist die Patientin in einem sehr starken Erschöpfungszustand, daher entschieden wir uns, sie mithilfe von Schlafmitteln ruhen zu lassen. Sie wird bestens versorgt. In ein paar Stunden kann sie bestimmt den ersten Besuch empfangen. Ich denke, es ist Sache von ein paar Tagen, dass sie das Krankenhaus wieder verlassen kann. Sie ist noch jung ...«

Die Gesichtszüge von Bryan erhellten sich zum ersten Mal seit Tagen.

»Ich schlage vor, dass Sie sich ein Zimmer mieten und in etwa acht Stunden wieder hierherkommen. Sie könnten etwas Schlaf auch gut vertragen. Nach dem Mittagessen dürfte es kein Problem sein, die Patientin zu sehen. Und ... fast hätte ich es vergessen ... die Untersuchung im Vaginalbereich auf Fremdeinwirkung ist ohne Befund. Wir hatten sehr viel Glück, dass der Junge sie so schnell gefunden hat. Sie war wirklich so stark unterkühlt und mit blauen

Flecken übersät, dass er zunächst einen Leichenfund meldete. Kann ich vollkommen verstehen. Dank der Notrufbetreuung erfuhren wir, dass sie noch einen schwachen Puls hatte. Es gab bei uns schon einen ähnlichen Fall, bei dem die Rettung nicht so glimpflich verlaufen ist. Auch eine junge Dame, deren Mutter bis heute felsenfest davon überzeugt ist, sie wäre entführt worden. Es ist schon ein paar Jahre her ... Das Mädchen war bereits im Wald verstorben. Die Entführung konnte man damals leider nicht nachweisen, wie es in der Presse überall stand. Damit die Rettung nie wieder zu spät kommt, gründete die Bürgerwehr eine eigene Hundestaffel. Bei uns gibt es immer Kinder, die sich im Wald verlaufen ... dabei sind die Hunde sehr behilflich.« Er senkte die Stimme. »Aber ich langweile Sie sicher. Fahren Sie in unser Hotel um die Ecke und schlafen Sie ein wenig. Das Mädchen ist sehr stark. Sie wird schnell wieder auf den Beinen sein.«

Im gleichen Augenblick öffnete sich die Tür erneut. Angel sah einen Mann auf sich zukommen.

»Mein Vorgesetzter, Special Agent Scott Goodwin ...«, stellte sie mehr überrascht fest, als dass sie Scott tatsächlich vorstellen wollte.

»Was ist nun mit Sophie?«, fragte dieser besorgt.

»Sie ist sehr erschöpft, aber wohlauf, wenn ich Sie richtig verstanden habe, Dr. Rooney, oder? Erst in ein paar Stunden kann man zu ihr hinein«, entgegnete Bryan.

»Unterm Strich kann man es so sagen«, bestätigte der Arzt mit einem Lächeln im Gesicht. Da keiner mehr Fragen stellte, entfernte er sich unter einem Vorwand.

»Wir haben den Kerl gestellt«, berichtete Scott zufrieden. »Details gibt es später. Alles in allem befindet sich Henry Nilsen auf dem Weg zu seinem Komplizen Jeffrey Collins. Vielleicht kann unser spielbegeisterter Meister mal etwas Japanisches wie 'Ching, Chang, Chong' mit ihm spielen. Zumindest habe ich seine Steine der Gerichtsmedizin zum Vergleich mit den früheren Fällen übergeben. Er scheint uns nicht angelogen zu haben, was seine Taten betrifft. In der Hütte fanden wir auch die Affen – offenbar ein Andenken an seinen Freund. Vielleicht wollte er die Tradition seines Meisters, die Opfer zu benachrichtigen, fortsetzen, wer weiß? Wenn die Staatsanwältin alle unsere Beweise vorträgt, dürfte die Kaution für beide recht hoch ausfallen. Ich schlage vor, wir suchen uns hier ein Hotel und schlafen erstmal richtig aus. Diesmal waren es genug Überstunden, dass wir uns quasi ein verlängertes Wochenende leisten können. Da wir alle zu müde zum Fahren sind, nehmen wir gleich das Hotel, das ich um die Ecke gesehen habe. In Ordnung?«

»Jupp.« Bryan war sofort einverstanden. Seine Schwester würde auch einige Stunden brauchen, um zum St. Mary's Hospital zu kommen. »Macht es euch etwas aus, wenn ich vorgehe?« Trotz der körperlichen Ermüdung spürte Bryan eine seltsame Spannung zwischen den Kollegen, der er unbedingt ausweichen wollte.

»Kein Thema, mach das. Wir kommen nach.« Scott wusste, dass Angel wirklich sauer war. Und er konnte es ihr nicht einmal verübeln.

»Was ist los?«, fragte er unsicher, als sie sich allein auf dem Weg zum Hotel befanden. »Ist es immer noch wegen Estrella?«

Angel schwieg zunächst. Dann entlud sie sich.

»Hör mal zu, Scott ... so geht es nicht! Du kannst mir die Fälle nicht entziehen, weil sie gefährlich erscheinen. Und noch weniger kannst du mich zu einem Babysitter degradieren, nur weil du Angst hast, dass mir bei einem Einsatz etwas passieren könnte! Früher, als wir einen Job, aber kein Bett miteinander geteilt haben, war noch alles in Ordnung. Aber so funktioniert unser Leben nicht! Wenn wir es nicht schaffen, gleichberechtigt zu arbeiten, müssen wir unsere Beziehung nochmal überdenken, Kompetenzen verteilen ... Ich habe viel zu hart dafür ...«

Den letzten Satz konnte Angel nicht mehr zu Ende sprechen. Zu lange hatte Scott seit Estrellas Auftauchen im Team darauf gewartet, sie in seinen Armen zu spüren.

In dieser Nacht hatte er erlebt, wie schnell ein Leben ausgelöscht werden und war es nur das eines treuen Hundes ... Oder wie schnell das Glück einer Mutter zu Sorge um ihr verlorenes Kind werden konnte ... Er war zu müde, über den Ernst des Lebens nachzudenken.

Während er Angel innerlich versprach, es nochmal anders zu versuchen, hoffte er, dass sie seine Gefühle auf diese Weise verstand.

Zögernd erwiderte sie seinen Kuss.

In eigener Sache

Es gibt viele Menschen, bei denen ich mich bedanken könnte, doch ich möchte Sie, lieber Leser, nicht langweilen.

*Jeder Mensch, der selbständig arbeitet, weiß, wie wichtig die Liebe und die Unterstützung der eigenen **Familie** und der engsten Freunde für die tägliche Arbeit ist. Ich habe die toleranteste und beste Familie der Welt.*

*Einen ganz, ganz lieben Dank möchte ich meinen **Lektoren**: der großartigen, lieben Elke Krüßmann, Sabine Steck und meinen allerbesten Freunden: Aaron K. Archer, Niels und Britta widmen. Für das tolle Cover ist Sabine & Aaron verantwortlich. Sie sind die geduldigsten, die schnellsten und die besten Menschen, die es je auf dieser Erde gibt. Ihr habt auch mal wieder einen fantastischen Job gemacht!*

Für die medizinischen Tipps bedanke ich mich bei meiner Freundin Maria (Anästhesistin) und bei meiner Mutter, die ich über alles liebe.

*Doch was wäre das beste Buch der Welt, ohne seine **treuen Leser?** Nichts!*

Daher gilt der größte Dank meinen Lesern, die mir ihre kostbare Zeit schenken, um meine Geschichte zu erzählen. Ohne Euch alle - gäbe es dieses Buch nicht!

Einen herzlichen Dank dafür!

Liebe/-r Leser/-in,

Die hier dargestellten Personen entspringen voll und ganz meiner eigenen Fantasie. Ebenfalls deren Beziehungen und sämtliche dargestellten Sachverhalte. Die Grundideen basieren jedoch auf wahren, wenn auch verfremdeten Gegebenheiten.

Ihre Rezension dieses Buches würde mir sehr helfen, weitere Leser zu erreichen. Auch, wenn ich mich nicht explizit bedanke, so kommt jede einzelne davon bei mir an.

Vielen Dank dafür,
Ihre May Brooke Aweley

Drei Fragen an May B. Aweley

In meinem ersten Buch mit dem Titel **»Puppenbraut«** *entstand eine Idee, mit meinen Lesern bei einem imaginären Gläschen Wein über die Arbeit zu plaudern. Gerade habe ich mein Manuskript beendet und wollte mich der Beantwortung der mir häufig gestellten Fragen widmen. Doch diesmal wird es nur eine Frage sein, die ich sehr ausführlich beantworten werde, weil sie mir immer wieder begegnet.*

»Wie kommst du auf die Ideen? Wie schreibt man ein Buch?«

Stückeschreiben ist wie Schach:

Bei der Eröffnung ist man frei;

Dann bekommt die Partie ihre eigene Logik.

[Friedrich Dürrenmatt]

Ich glaube, diese Aussage von meinem Lieblingsautor Friedrich Dürrenmatt trifft es genau und kann auch auf Thriller übertragen werden. Am Anfang stand die Idee – am Ende das geschriebene Wort.

Wenn man Bücher schreiben möchte, braucht man Fantasie, Durchhaltevermögen und sehr viel Übung im Umgang mit Kritik. Doch ... wie komme ich nun auf meine Ideen?

Ideen befinden sich überall. Im Internet, in anderen Büchern (bitte immer nur als Gedankenanstoß für eigene Fantasiereisen nehmen), in Bildern, in Zeitschriften und so weiter.

Dennoch wollte ich der Frage, wie man zu einem Buch kommt, nachgehen und gründete in der Schule meines Kindes eine Schreibgruppe. Unser Projekt ist es, zu einem Bild mindestens eine Geschichte von jedem Kind zu schreiben. Das Ergebnis werden wir im Sommer präsentieren können – darauf bin ich sehr gespannt.

Eine weitere Technik, Kreativität zu fördern, ist, sich eine Reizwortgeschichte auszudenken. Es werden zu diesem Zweck ein paar Wörter genannt, die in der Geschichte benutzt werden sollen. Dabei muss ich sagen, dass ich Kurzgeschichten für eine besondere Herausforderung halte. Bei diesen muss mit Hilfe von wenigen Worten Spannung aufgebaut werden, sie sollten sowas wie eine Pointe besitzen und den Leser »mitnehmen«. Je kürzer die Geschichte, desto höher die Kunst.

Wollen wir eine solche Geschichte zu schreiben versuchen? Dann los! (Bitte vorher meine nicht lesen – der Kreativität wegen).

Meine entstand an einem Tag, als ich mich für ein Projekt mit meinen Kollegen für einen Sammelband für Kurzgeschichten zusammengeschlossen habe. Es sollte eine Kostprobe unserer Schreibkunst mit maximal 1.000 Wörtern entstehen.

Nun hatte ich keine neue Idee, da ich gerade mit einem anderen Projekt beschäftigt war. Also bat ich um ein paar Reizwörter für meine Geschichte. Sie waren: **Kunst, Genialität, erschrecken, Muskulatur, Eindringling**.

Und so entstand »Der Künstler«, der in einem (kostenfreien) Band mit dem Titel »Kurze Geschichten für Zwischendurch: von 84 Autorinnen und Autoren« veröffentlicht wurde. Viel Spaß beim Lesen.

Er hielt Naomi seit ihrem ersten Unterricht an der Kunstakademie bereits für arrogant.

Und dabei war sie so wunderschön.

Kunstdozent Jack war seiner Schülerin von Anfang an verfallen. Doch sie nahm in ihrer Überheblichkeit keine Notiz von einem gewöhnlichen Mann wie ihm. Ein mittelgroßer, unattraktiver Kerl in den späten Dreißigern, alleinstehend ... Irgendwann musste sich Jack damit abfinden, dass Frauen vom Format einer Naomi nichts Aufregendes an ihm fanden. Selbst auf seine Männlichkeit schien er sich mittlerweile nicht immer verlassen zu können. Er war für die Damenwelt so lange nicht existent, bis er mit dem Kohlestift in der Hand die einleitenden Striche auf die Leinwand setzte. Erst dann sahen sie seine eigentliche **Genialität**.

Sein üppiges Zubrot verdiente Jack sich dennoch nicht durch seine mickrig bezahlte Lehrstelle, sondern durch den Verkauf von Aktbildern an eine ausgesprochen gut ausgewählte Kundschaft. Bei seinen Klienten konnte er sicher sein, dass sie die besondere Art realer Kunst zu schätzen wussten. Jack bediente eindeutig einen illegalen Nischenmarkt.

Gelegentlich nahm er die schönsten Frauen der Akademie in sein großzügiges Atelier über den Dächern von Los Angeles mit. Unbekannte Püppchen, die er anschließend in seinen Werken für die Ewigkeit festhielt. Natürlich nur, wenn er sie für diesen Zweck als würdig erachtete. Nach der abgeschlossenen Arbeit langweilten sie ihn meist, also ließ Jack sie gehen.

Naomi war aber anders als alle Models zuvor. An ihr hing sein Künstlerherz besonders. Nicht nur deshalb, weil er es als Herausforderung ansah, ihre Schönheit festzuhalten. Jack hatte sich einfach in sie verliebt.

Im Liegen, durch weiche, mit Satin bespannte Kissen gestützt, sah sie so wahrhaft königlich aus, dass er seinen Blick kaum abwenden konnte. Ihre helle Haut war beinahe so zart wie das Samtpolster, auf das er sie gebettet hatte.

Naomi schien ihn zu meiden ... Er musste unbedingt wieder diesen Ausdruck in ihren Augen sehen. Ihre offensichtliche Gleichgültigkeit kränkte ihn.

»Ich muss deine Position etwas verändern, meine Schöne. Anderenfalls wird das nichts mit dem Bild«, erklärte er ihr zärtlich.

Naomi schwieg.

»Nicht **erschrecken**, ich werde jetzt deine goldenen Haare zur Seite tun, weil sie sonst das Wesentliche verdecken. Wenn du dich traust, könnten wir eine freizügigere Variante versuchen. Anders, als du es von der Aktmalerei in der Akademie kennst. Was meinst du, Liebes?«

Naomi rührte sich nicht. *Also kann sie nichts dagegen haben,* schlussfolgerte Jack.

Es schien für ihn, als würde sie die Berührung genießen. Vermutlich war sie noch zu schüchtern, ihre Begeisterung offen zum Ausdruck zu bringen.

Wäre sie bloß nicht so verklemmt!, dachte der Maler an ihren ersten Akt. Mit solchen kleinen Diensten, die im Höchstfall eine entblößte Brust beinhalteten, verdienten sich die Mädchen etwas Kleingeld für ihr Studium.

»Es gefällt dir, nicht wahr?« Naomi blinzelte nicht einmal, was für ihn stets das Zeichen ihrer Bereitschaft war. Sanft wie ein Liebhaber verschob er ihren weiblich geformten Körper in die Position, die er für sie vorgesehen hatte. Er lächelte zufrieden, da sie es widerstandslos zuließ. *Jede von euch will ein Teil der berühmten Bilder von Jack sein.*

Gelassen flanierte er hinter seine Staffelei und warf einen letzten Blick auf sein Model. Diesmal würde er Renoirs »Schlafende Baigneuse« neu erschaffen.

Auf seine Art. Bizarr, lüstern ...

Naomi saß nun, halb liegend auf die Kissen gestützt, mit einladend geöffneten Beinen da. Ihre Hände waren hinter dem Kopf verschränkt, was ihr einen beinah koketten Charakter verlieh und ihre üppigen Brüste in die Höhe streckte. Das war die optimale Ausgangsposition, die er erst festhalten musste, bevor er diesem

Bild seinen eigenen Schliff verleihen würde, für den sein Kunde ein Vermögen zu zahlen bereit war.

Diesmal war ihr Blick starr auf die Wand gerichtet, an die er ein Gemälde von ihrer Vorgängerin gehängt hatte. Eine, wie Jack fand, besonders gelungene Interpretation von Rubens' »Leda mit dem Schwan«, die jedem seiner Models diesen speziellen Ausdruck entsetzlicher Angst verlieh.

»Keine Sorge, Liebes«, sagte er so sanft, wie er konnte. »Ich werde dir nicht die Beine brechen müssen. Und mit dem Tier, das war auch eine Schweinerei. Das Vieh hat noch geblutet.« Mit einer gewissen Freude registrierte Jack, wie sich die Pupillen von Naomi weiteten. Genau so wollte er es haben. Der Künstler setzte mit seinem Kohlestift zum Skizzieren an.

Ein plötzliches Klopfen unterbrach die Stille. Seine Gesichtszüge verspannten sich merklich. Eilig verschwand er aus Naomis Blickwinkel, und sie hörte, wie sich das Fenster rasch geöffnet hatte. Er muss nach oben geflüchtet sein, ging es ihr durch den Kopf. Der Sog stieß die Staffelei mit dem neu angefangenen Bild um.

»LAPD, wir wollen nur mit Ihnen sprechen, Sir! Die Nachbarin von unten hat sich über laute Schreie beschwert.« Keine Antwort. Die Eingangstür öffnete sich leise, und Naomi spürte, dass sie nicht mehr allein im Raum war.

»Verdammt, schau dir das an! Ist das nicht unser gesuchter Mann?«

»Er hat Ihnen Pancuronium verabreicht. Das Mittel hat Ihre gesamte **Muskulatur** für annähernd zwei Stunden gelähmt. Ähnlich einer Querschnittslähmung. Es geht bald vorüber. Mein Partner kümmert sich um den Täter«, hörte sie einen Moment später eine besorgte weibliche Stimme flüstern.

Könnte Naomi die Gedanken der Polizistin lesen, würde sie die makabren Bilder ihres Aktmalers kennen, die illegal gehandelt wurden. Ihr Anblick brachte die Polizisten bereits seit einem halben Jahr regelmäßig um ihre Mahlzeiten. Zu ihrem Glück war sie nicht mit dieser Fähigkeit gesegnet.

Beißende Stille auf dem Dach.

»Alles klar, ich bin gleich oben. Wenn du ihn siehst, schieß! Ich werde Verstärkung anfordern!« Die Polizistin schien über ein Headset mit ihrem Partner in Kontakt zu bleiben.

»STEHENBLEIBEN! HIER IST DAS LAPD! LASSEN SIE DIE WAFFE FALLEN! FALLENLASSEN, HABE ICH GESAGT!«, hörten sie plötzlich eine schallende Stimme vom Dachgeschoss.

Laute Schritte oben. Leider war dort oben ein Jack bestens bekanntes Revier. Dort war der Künstler auf jeden **Eindringling** aus der Unterwelt, in der er sich bewegte, vorbereitet.

Mehrere Schüsse fielen.

Dann schrie die Polizistin hysterisch in das Funkgerät nach Verstärkung, während sie ihrem Kollegen zur Hilfe eilte. »Wir haben einen Verletzten! Mein Partner hat die Verfolgung aufge ...«

Weitere Schüsse lösten sich, bevor auch die Stimme der Frau verstummte.

[06.02.2015 © May B. Aweley]

MAY B. AWELEY

PUPPEN
BRAUT

THRILLER

Ein Mädchen.
Er liebt es.
Es ist falsch.

Zoey Andrews verschwindet an einem warmen Herbsttag aus einem Park mitten im Herzen von New York City. Es gibt keine Zeugen.

Die Cops des New York City Police Departments halten das Mädchen für das dritte Opfer des von ihnen spöttisch genannten „Dolly-Lovers".

Für die Journalistin Doreen Bertani beginnt ein Wettlauf gegen die Zeit. Sie hat exakt sieben Tage, die Antwort auf die Frage zu finden:

Wie weit würdest du für das Leben eines fremden Kindes gehen?

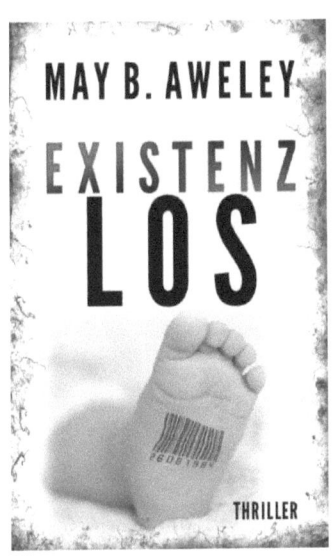

MAY B. AWELEY

EXISTENZ LOS

THRILLER

Du öffnest die Augen.
Du weißt nicht, wer du bist. Eine Frau ohne Namen, ohne
Vergangenheit.
Kann das, was sie dir erzählen, deine Geschichte sein?
Vielleicht ist die simple Wahrheit,
dass sie dich deiner wahren EXISTENZ beraubt haben!

Die Polizistin Alicia Juárez wird im Central Park bewusstlos aufgefunden.
Wie im nahegelegenen Krankenhaus später festgestellt wird, leidet sie an
retrograder Amnesie.

Während sie versucht, ihrer Vergangenheit auf die Spur zu kommen, findet sie
dunkle Geheimnisse. Sie öffnet dabei Türen, die besser verschlossen geblieben
wären ...

MAY B. AWELEY

ERINNERUNG AUS GLAS

THRILLER

Du glaubst die Wahrheit über dein Leben zu kennen?
Die Wahrheit ist, dass dein Leben eine große Lüge ist.

Nach einem traumatisierenden Erlebnis mit ihrem Lebensgefährten Graham scheint das Schicksal es mit Anna Eliot, einer jungen Lehrerin aus North Fork, endlich gut zu meinen. Sie lernt den charmanten Robert Wright kennen, und ihr Traum vom Familienglück nimmt feste Konturen an.

Doch was wie eine Romanze anfing, endet in einem Albtraum, als nebenan ein Nachbar einzieht, der ihr von Anfang an unheimlich ist. Nach und nach zweifelt Anna an ihrem eigenen Verstand.

Und dann verschwindet eines Tages ihr geliebter Hund …